DIE COGHEART-ABENTEUER

DAS EWIGE HERZ

PETER BUNZL

LAGO

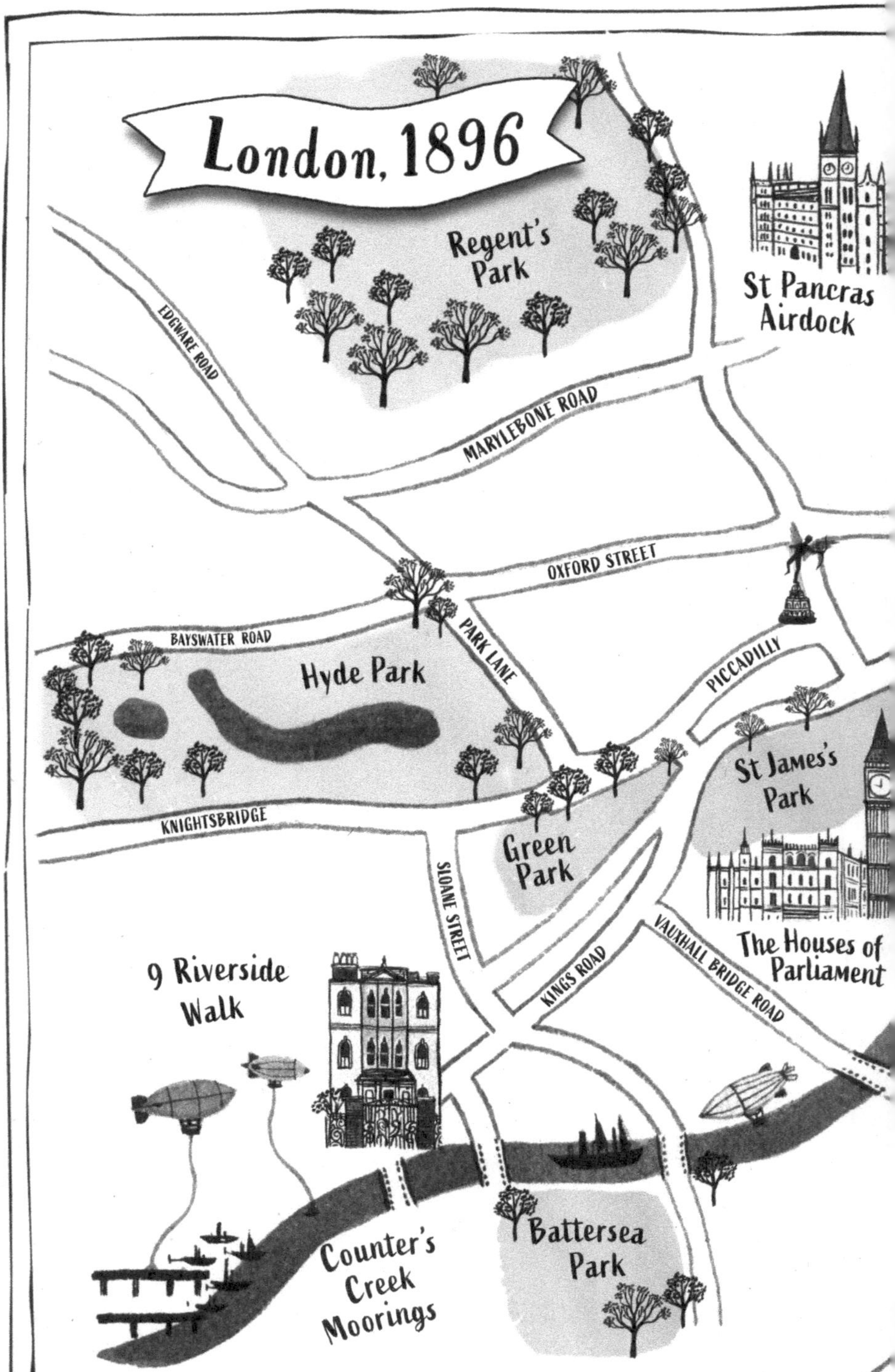
London, 1896
Regent's Park
St Pancras Airdock
EDGWARE ROAD
MARYLEBONE ROAD
OXFORD STREET
BAYSWATER ROAD
PARK LANE
Hyde Park
PICCADILLY
St James's Park
KNIGHTSBRIDGE
Green Park
SLOANE STREET
VAUXHALL BRIDGE ROAD
KINGS ROAD
The Houses of Parliament
9 Riverside Walk
Counter's Creek Moorings
Battersea Park

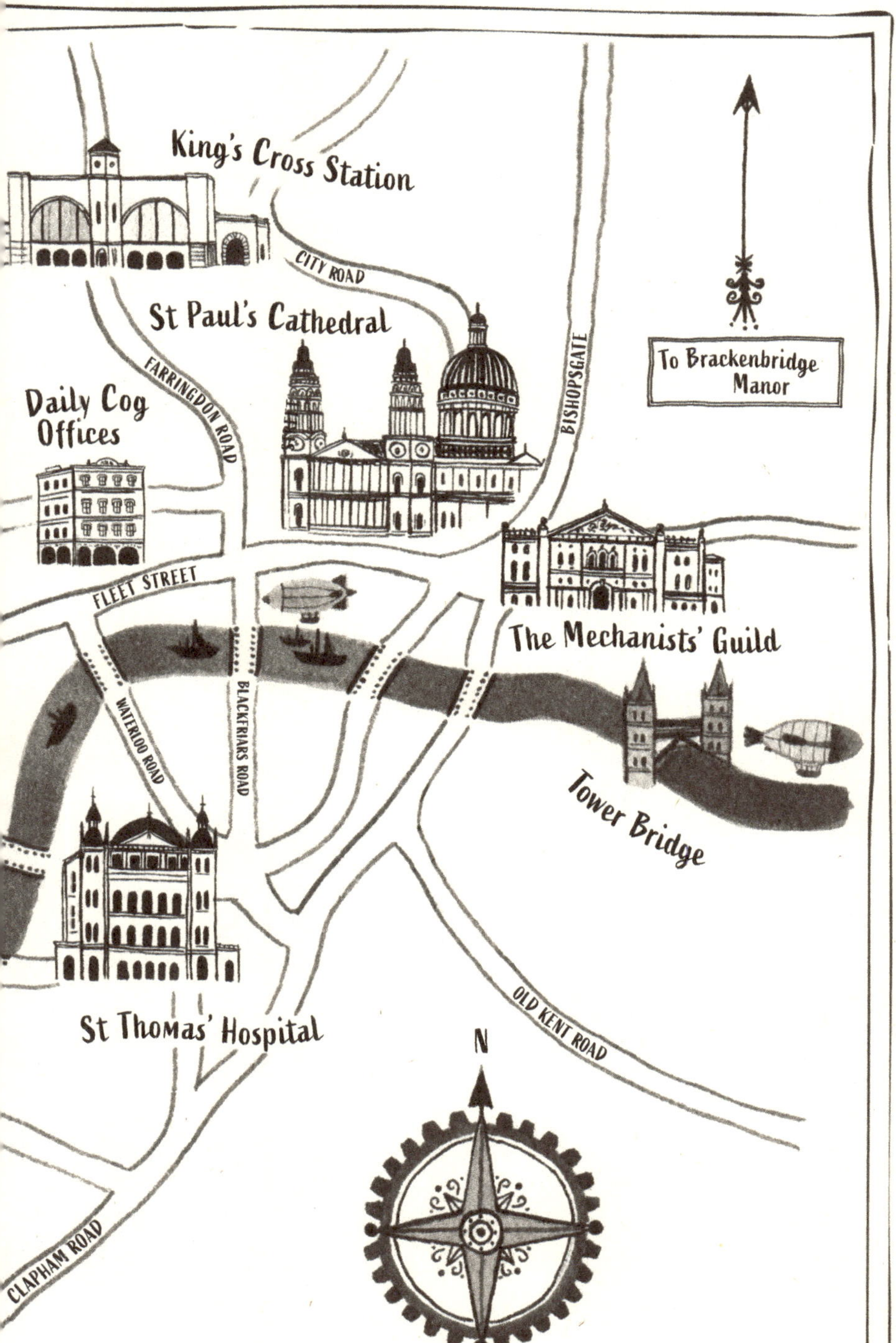

King's Cross Station
City Road
St Paul's Cathedral
Farringdon Road
Bishopsgate
To Brackenbridge Manor
Daily Cog Offices
Fleet Street
The Mechanists' Guild
Waterloo Road
Blackfriars Road
Tower Bridge
St Thomas' Hospital
Old Kent Road
N
Clapham Road

FÜR MICHAEL, IN LIEBE

Bibliografische Information der Deutschen Nationalbibliothek
Die Deutsche Nationalbibliothek verzeichnet diese Publikation in der Deutschen Nationalbibliografie. Detaillierte bibliografische Daten sind im Internet über http://dnb.d-nb.de abrufbar.

Für Fragen und Anregungen
info@lago-verlag.de

1. Auflage 2021
© 2021 by LAGO, ein Imprint der Münchner Verlagsgruppe GmbH
Türkenstraße 89
D-80799 München
Tel.: 089 651285-0
Fax: 089 652096

Die englische Originalausgabe erschien 2016 bei Usborne Publishing Ltd., Usborne House, 83-85 Saffron Hill, London EC1N 8RT, England unter dem Titel Cogheart.

Übersetzung: Christiane Bernhardt, Gisela Fichtl
Redaktion: Christiane Geldmacher
Umschlaggestaltung: Karina Braun
Umschlagabbildung: vom Original übernommen
Layout: vom Original übernommen
Satz: Röser MEDIA GmbH & Co. KG, Karlsruhe
Druck: GGP Media GmbH, Pößneck
Printed in Germany

ISBN Print 978-3-95761-201-4
ISBN E-Book (PDF) 978-3-95762-282-2
ISBN E-Book (EPUB, Mobi) 978-3-95762-283-9

DIE COGHEART-ABENTEUER
DAS EWIGE HERZ
Ein aufregendes Abenteuer voller Rätsel und unerschrockenem Mut
PETER BUNZL

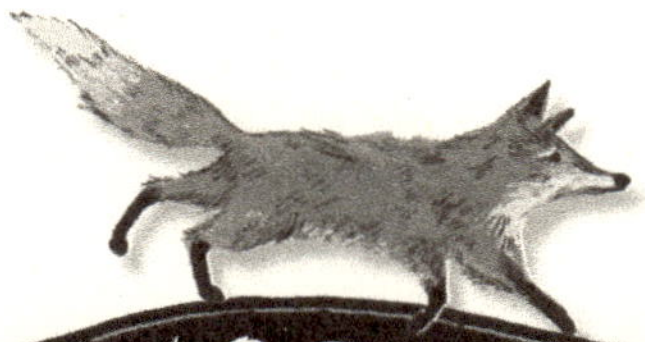

VORGESCHICHTE

Malkin presste seine Vorderpfoten ans Fenster der Führergondel und spähte hinaus. Das silberne Luftschiff verfolgte sie noch immer und holte auf. Das Surren der Propeller und das Rauschen des messerscharfen Rumpfes jagten ihm Schauer des Entsetzens durch das Uhrwerk in seinem Inneren.

Der Fuchs riss sich von dem Anblick los und starrte auf sein Herrchen. Die *Dragonfly*, Johns Luftschiff, war zwar schnell, aber mit Feuerwaffen konnte es nicht aufwarten. Das silberne Luftschiff dagegen war gespickt mit Waffen. Die scharfen Metallspitzen, die aus seinem Rumpf ragten, ließen es wie ein hochgerüstetes Stachelschwein aussehen.

Da bewegte sich das Ruder der *Dragonfly*, und sie kippte weg. John hatte das Steuer zu einer Hundertachtzig-Grad-Kurve in Stellung gebracht, um in einer plötzlichen Kehrtwende den Verfolgern zu entkommen.

Das silberne Luftschiff wurde kleiner, doch schon wenige Sekunden später vollzog es die gleiche Wendung und setzte die Jagd fort. Und wieder kam es näher. Seine Propeller hackten durch die Wolken und warfen dunkle Schatten über das Heck. Als die beiden Luftschiffe in einen blauen, wolkenlosen Bereich gelangten, feuerte es.

Eine Harpune zischte über den Himmel, schlug in den Rumpf der *Dragonfly* ein und durchbohrte mit ihrer Spitze die Backbordseite.

Rums! Wieder landete eine Harpune, diesmal im Heck.

Malkin schlug Alarm, als sich in der Führergondel der Gestank von brennendem Gas ausbreitete und die Zeiger der Instrumententafeln in Richtung roter Gefahrenzone zitterten.

Neben dem Heulen der abgewürgten Motoren war das Knarren sich spannender Stahlseile zu hören. Das silberne Luftschiff hatte begonnen, sie einzuziehen.

John arretierte das Steuer der *Dragonfly* und schaltete auf Autopilot. Er warf die Cockpit-Tür auf und rannte Richtung Maschinenraum, Malkin folgte ihm dicht auf den Fersen.

Kolben pumpten und die Kurbelwellen drehten sich mit voller Kraft. Die Kabine ruckelte und bebte. Auf dem Boden in der Mitte in einem Gewirr von Rohren stand eine eiförmige Metallkapsel.

John öffnete die Tür. »Hier ist kein Platz für uns beide«, sagte er. »Du gehst, Malkin.«

Der Fuchs winselte missbilligend. »Nein, John. Du solltest gehen. Menschen vor Mechantieren. So lautet das Gesetz.«

John schüttelte den Kopf. »Ich kann das Luftschiff nicht verlassen. Ich muss versuchen, es sicher zu Boden zu bringen – und du hast keine Daumen zum Greifen!« Er lachte müde und zog einen abgenutzten Umschlag aus der Tasche. Er ging in die Hocke und steckte ihn in einen Lederbeutel, der um Malkins Nacken hing.

»Das ist für meine Lily. Sieh zu, dass sie es bekommt.«

»Was ist das?«

John lächelte. »Geheimnisse. Sag ihr, sie soll sie sicher aufbewahren. Sie darf niemandem davon erzählen, niemals! Kannst du dir das merken?«

»Ich glaube schon.« Malkin stupste den Lederbeutel mit der Schnauze an und schnüffelte daran.

»Gut«, sagte John. »Lauf nach Brackenbridge, dort wirst du sie finden. Wenn ich es lebend hier raus schaffe, komme ich nach.«

»Gibt es sonst noch etwas?«

»Sag ihr, dass ich sie liebe.« John kraulte seinem Mechantier ein letztes Mal die Ohren. »Es ist mindestens eine Tagesreise von hier entfernt, bist du noch richtig aufgezogen?

Malkin nickte.

»Nimm den Schlüssel zum Aufziehen vorsichtshalber mit.« John zog einen angelaufenen Schlüssel an einer Kette hervor und hängte ihn dem Fuchs zum Lederbeutel um den Hals. »Weiß der Himmel, wer das machen wird, wenn ich nicht da bin.«

»Danke, John.« Malkin begab sich in die Rettungskapsel und rollte sich auf dem Sitz ein. »Bei allem, was tickt, ich hoffe, ich werde dich wiedersehen.«

»Und ich dich, alter Freund.« John schloss die Tür. Scheppernd und mit einem lauten Brummton öffneten sich die Klappen des Schachtes für die Rettungskapsel und mit einem Ruck war sie frei.

Als John ihr durch die offene Luke nachsah, wie sie am Himmel kleiner und kleiner wurde, stand ihm das Bild seiner Tochter Lily vor Augen. Wenn er sie doch ein letztes Mal noch sehen könnte! Ihr die Wahrheit über die Vergangenheit erzählen. Er hätte es schon lange tun sollen, aber er hatte den Mut dazu nicht gefunden. Jetzt musste Malkin sich darum kümmern. Es stand alles in dem Brief.

Die nächste Harpune schlug in die *Dragonfly*. Surrende Sägeblätter durchschnitten die Stahlrippen und sägten Risse in den Blechrumpf des Luftschiffs. Mit kreischenden Geräuschen, die die Luft zerrissen, wurde eine Türöffnung herausgebrochen und die Silhouetten zweier Gestalten wurden sichtbar. Ihre silbernen Augen glitzerten im Licht. Die schmalere Gestalt hob einen Gehstock mit Totenkopfknauf, da spürte John einen grellen Schmerz und alles wurde schwarz ...

KAPITEL 1

Lily trottete als Letzte hinter einer Reihe von Mädchen her und zog ihre sommersprossige Nase kraus. Bei jedem Schritt schlug ihr das Herz hart in der Brust, und ihre grünen Augen jagten über die Seiten mit den Eselsohren in ihrem geliebten Groschenroman, den sie in einem Schulbuch versteckt hatte.

Sie freute sich gerade an einer besonders blutigen Szene in *Varney der Vampir gegen die Luftpiraten*, in der Varney, der Vampir, die Heldin auf einem leer stehenden Dachboden eines italienischen Internats gefangen nimmt und gerade ansetzt, sich an ihrem Blut zu laben.

Lily hielt einen Stift zum Markieren der grausamsten Passagen des Heftchens bereit, um sie später in aller Ruhe nachlesen zu können. Ein weiteres fragwürdiges Buch balancierte sie auf ihrem Kopf. Es wackelte bei jedem Schritt, doch dadurch ließ sie sich nicht von Varney ablenken.

»Hoch die Köpfe! Augen nach vorn!« Mit einem Band *Das Oxford-Handbuch für die perfekte Körperhaltung*, den auch sie auf dem Kopf balancierte, führte Mrs McKracken, eine Frau mittleren Alters und Lilys Benimm-Lehrerin, die Mädchen in der Aula im Kreis herum. Ihre Plattfüße klatschten auf den polierten Holzboden. Lily sagte »die Krake« zu ihr – natürlich nie direkt ins Gesicht, das wäre viel zu riskant gewesen.

Die Krake war geradezu besessen von guter Haltung. Lily dagegen verschwendete kaum einen Gedanken daran. Ihrer Meinung nach war es besser, die Bücher zu lesen, als sie auf dem Kopf zu balancieren. Dafür waren sie ja schließlich gedacht. Und wer etwas auf seinem Kopf tragen wollte, für den gab es einen nahezu perfekten, genau dafür ersonnenen Gegenstand: den Hut.

Lily warf heimlich einen Blick auf die anderen Mädchen ihrer Klasse. Voraus ging Miss Lucretia Blackwell. Sie streckte ihr affektiertes Näschen in die Luft und balancierte drei Bände *Zweckmäßige Benimmregeln für gehobene Anlässe* auf ihrem perfekt frisierten Haar.

Als Zweite folgte Miss Alice Harvey, die sieben Ausgaben von *Butterwick's Leitfaden für bessere Manieren* auf ihrem geflochtenen Dutt balancierte. Kein Wunder bei diesem monströsen Haar-Knäuel, dass ihr nie auch nur ein Buch herunterfiel.

Als Nächste kam Miss Gemma Ruddle. Sie balancierte gewagte vier Exemplare von *Das Höflichkeitshandbuch für Damen.* Nach jedem Schritt blieb sie kurz stehen, vorgeblich, um sich am Ohr zu kratzen, in Wirklichkeit aber, um ihren schiefen Bücherturm neu auszurichten.

Lily war schon lange aufgefallen, dass die anderen Mädchen im Haltungsunterricht nie lasen. Denken und laufen gleichzeitig war ihnen offenbar zu schwierig. Ja, sie zweifelte überhaupt daran, dass ihnen je auch nur ein einziger bedeutsamer Gedanke in den Sinn gekommen war. Sollte eines dieser Mädchen Jack mit der Sprungfederferse, dem Vampir Varney oder den Luftpiraten oder sonst einem der Schurken, die in England herumstreiften, in einer dunklen Gasse in die Fänge geraten, wäre es mit Sicherheit tot. Tot, ohne ihr Konversationsfranzösisch auch nur zur Anwendung bringen zu können, tot, noch bevor sie sich höflich über das Wetter austauschen oder »Tee oder Kaffee?« fragen könnte; kurzum, sie wäre schon tot, bevor ihr Körper in perfekter Haltung auf das Kopfsteinpflaster aufschlüge. Und wozu sollte Körperhaltung bitteschön gut sein, wenn man tot war? Für nichts. Für rein gar nichts.

»Stopp«, schrie die Krake, und ein Mädchen nach dem anderen blieb in ordentlicher Reihe hinter ihr stehen. Alle, außer Lily, die ihre offenen Schnürsenkel nicht bemerkt hatte. Sie stolperte, trat Gemma auf den Fuß und fiel hin.

»Autsch!« Gemma taumelte. In dem Versuch, die Balance zu halten, klammerte sie sich an Alice, doch vergeblich. Alle vier Exemplare von *Das Höflichkeitshandbuch für Damen* rutschten ihr vom Kopf.

»Vorsicht!«, rief Alice, und die sieben Ausgaben von *Butterwick's Leitfaden für bessere Manieren* fielen herunter.

Rums-rums-rums-rums-rums-rums … Rums.

Lucretia schwankte, griff nach den Büchern auf ihrem Kopf, doch es war zu spät. Die drei Exemplare von *Zweckmäßige Benimmregeln für gehobene Anlässe* rutschten ihr über die Stirn und verteilten sich mit flatternden Seiten auf dem Boden zu ihren Füßen.

»Können Sie nicht aufpassen, Sie Trampel?«, schrie die Krake. »Was haben Sie zu Ihrer Verteidigung zu sagen?«

Lily blickte aus dem Meer heruntergefallener Bücher nach oben. Sprach die Frau etwa mit ihr? Sie probierte es mit: »Entschuldigung?«

Die Krake schnaubte. »Ich sagte: WAS HABEN SIE ZU IHRER VERTEIDIGUNG ZU SAGEN? Ach, schon gut.« Sie nahm *Das Oxford-Handbuch für die perfekte Körperhaltung* von ihrem Kopf und warf es nach Lily, die sich wegduckte, als der schwere Band knapp an ihrem Ohr vorbeisauste.

»Sie haben gelesen. Lesen während meines Unterrichts ist nicht erlaubt ...«

»Ich dachte ...«

»Und denken auch nicht.« Die Krake verschränkte die Arme vor der Brust. Sie war rot angelaufen, ein fauliger Rot-Ton, der perfekt zu ihrem violetten Kleid passte. Ob es an ihren engen Korsetts lag, dass ihr Gesicht so glühte?

Die Schulglocke läutete. Die anderen Mädchen wühlten auf dem Boden nach ihren Büchern und klappten sie zu. Sie stapelten die Bände auf das Pult der Krake, stellten sich an der Wand auf und warteten auf das Zeichen, aufbrechen zu dürfen.

»Ihr könnt gehen«, sagte die Krake und trieb sie mit ungeduldigen Handbewegungen hinaus. Die Mädchen verließen in Zweierreihen den Saal und tuschelten gehässig. Lily klopfte den Staub von ihrer Strumpfhose und wollte sich ihnen anschließen.

»Sie nicht, Miss Grantham. Mit Ihnen möchte ich noch sprechen.«

Die Krake watschelte auf sie zu. »Wie kommen Sie auf die Idee, Sie könnten meinen Unterricht missachten für diese Lügengeschichten?«

Sie riss Lily das Schulbuch aus den Händen und studierte das blutrünstige Heftchen, das zwischen den Seiten versteckt lag. Besondere Aufmerksamkeit schenkte sie dem Bild einer blutüberströmten Leiche mit fledermausartigen Flügeln.

»Woher um alles in der Welt haben Sie diesen Schund?«

»Papa hat es mir in seinem letzten Päckchen mitgeschickt, Miss. Er weiß, dass ich gern Groschenromane lese.«

»So, tut er das?« Die Krake war wenig beeindruckt.

Lily fuhr fort. »Er ist der Meinung, man sollte viel mehr lesen als nur Benimm-Bücher, wenn man eine hervorragende Bildung anstrebt. Finden Sie das nicht auch?«

Die Krake wog das Heftchen in ihrer Hand. »Nein«, sagte sie. »Das tue ich nicht. Im Übrigen wird solcher Unsinn in unserer Lehranstalt nicht gebilligt. Er besitzt keinerlei pädagogischen Wert.«

»Man lernt etwas über Piraterie und über den Luftkampf.«

»Und welche junge Dame muss das wissen?« Die Krake nahm einen tiefen Atemzug. »Nein. Ich fürchte, Miss Grantham, ich muss das konfiszieren. Und sollten Sie noch weitere solcher Heftchen besitzen, geben Sie sie mir am besten gleich.«

Lily zuckte die Schultern. »Ich habe kein Einziges mehr von diesen Heften.«

»Unsinn. Sie haben da noch eines.«

»Entschuldigen Sie bitte? Wo?«

»Sie verstecken es doch.«

Die Krake reckte den Hals, um zu sehen, was Lily hinter dem Rücken hatte. Lily ließ das Heft von der rechten in die linke Hand gleiten. »Ich weiß nicht, was Sie meinen.«

»Geben Sie es mir!« Die Krake streckte Lily ihre schaufelartige Hand entgegen.

»Gut.« Lily blickte finster und händigte ihr *Jack mit der Sprungfederferse und die Schurken* aus.

»Da haben wir's. War doch gar nicht so schwer, oder?« Die Krake klemmte sich die beiden Hefte unter ihre verschwitzte Achsel.

»Nein, Ma'am.«

»Gut.« Die Krake gab Lily ihr Schulbuch zurück. »Denken Sie daran«, sagte sie mit erhobenem Zeigefinger, »sollten Sie noch mehr von diesen Groschendingern besitzen, können Sie sicher sein, dass ich sie finde. So, und jetzt laufen Sie los, Sie wollen sicher nicht zu spät zur nächsten Unterrichtsstunde erscheinen. Und streichen Sie Ihre Schürze glatt, die ist so faltig wie das Ohr eines Elefanten.«

»Ja, Ma'am. Schönen Nachmittag, Ma'am.« Mit ihren tintenblauen Fingern zupfte Lily die zerknitterte Schürze zurecht und machte einen Knicks. Doch als die Krake sich zu ihrem Pult umdrehte, streckte Lily ihrem breiten davoneilenden Rücken die Zunge heraus. Dann stolzierte sie in der aufrechtesten Haltung, die sie aufbieten konnte, zur Tür und eilte den Gang hinunter.

Miss Octavia Scrimshaws Lehranstalt für junge Damen lag in einer wilden Gegend in England und bestand aus mehreren vom Wind gebeutelten roten Ziegelgebäuden. Die Schule war stolz darauf, auf den Gesellschaftsseiten der Zeitungen unter einem mit Schnörkeln verzierten Wappen mit ihrem eleganten Ruf werben zu können. In Wahrheit freilich war dieser Ruf über die Jahre, ähnlich wie die Gebäude selbst, immer brüchiger geworden und inzwischen dringend reparaturbedürftig.

Lilys Vater hatte seine Tochter dorthin geschickt, nachdem sie etliche Gouvernanten verschlissen hatte. Sein Hauptkriterium: Die Schule lag abseits und niemand dort würde Fragen über sie stellen. Er hatte ihr sogar einen falschen Nachnamen gegeben: Grantham – eine Kombination aus Grace (wie ihre Mutter) und Hartman – ihr wirklicher Familienname. Er hatte ihr nie erklärt, warum oder wovor er sie verstecken wollte, aber seit Mamas Tod war er darum besorgt, Lilys Aufenthaltsort geheim zu halten, ja, sogar ihn von London weg aufs Land zu verlegen. Lily vermutete, dass er einfach von Natur aus besorgt war, auch wenn er darauf bestand, dass sie das Leben einer normalen, wohlerzogenen viktorianischen jungen Dame führen sollte.

Das Problem war nur, dachte Lily, als sie die letzten Stufen zum Schlafsaal hinaufschlich, dass sie das Leben einer wohlerzogenen viktorianischen jungen Dame nicht führen wollte. Sie wünschte sich das Leben einer Luftpiratin.

Das war auch der Grund, warum sie nach ihrem Zusammenstoß mit der Krake entschieden hatte, Französische Konversation zu schwänzen und lieber ihren verbleibenden Vorrat an Groschenheftchen zu verstecken, bevor sie beschlagnahmt oder – schlimmer noch – vernichtet würden wie all die anderen auch nur entfernt interessanten oder unerlaubten Dinge in dieser Einrichtung.

Die Schlafsaaltür war abgesperrt, aber sie wusste sich zu helfen. Sie zog eine Haarnadel aus dem Knoten ihres roten Haars, bog sie gerade und steckte sie in das Schlüsselloch. Geschickt bewegte sie die Nadel hin und her und drehte dabei am Türknauf. Diesen Trick hatte sie schon ausprobiert. Gelernt hatte sie ihn von dem berüchtigten Entfesselungskünstler und außergewöhnlichen Dieb Jack Door. Also nicht von ihm selbst, sondern aus dem Buch *Der berüchtigte Jack Door: Entfesselungskünstler und Dieb der Extraklasse*. Freilich hätte sie nichts dagegen, mit ihm mal ein paar Worte über das Knacken von Schlössern für Fortgeschrittene zu wechseln, sollten sie jemals aufeinandertreffen. Wie auch immer, laut Jack war alles, was man zu beachten hatte, darauf zu lauschen, dass es ... *Klick!* machte.

Da war es. Leise zog sie die Tür auf und schlich in den Schlafsaal. Ihre Stiefel quietschten auf den Dielenbrettern. Tickende Radiatoren heizten den Saal, und Lily hörte, wie die anderen Mädchen aus dem Klassenzimmer im Erdgeschoss französische Verben im Chor aufsagten. Eine fahle Novembersonne hing über den gegenüberliegenden Gebäuden. Vereinzelte Lichtstrahlen stahlen sich durch die frostbedeckten Fenster, um Lily das Gesicht zu streicheln.

Sie lief zu ihrem Bett und zog ihre Groschenhefte aus der Schublade ihres Nachttischchens. Als sie ihren Schatz unter die Matratze schieben wollte, vernahm sie ein undeutliches, gedämpftes Schluchzen.

Sie blickte sich um. Anscheinend war der Schlafsaal gar nicht leer. Hinter einem dünnen Trennvorhang am Ende der Bettreihe entdeckte sie die Silhouette einer gebückten Gestalt, die auf der Ecke einer Matratze saß. Sie ging hin, spähte um die Ecke des Tuchs und fand Molly Tarnish, das mechanische Dienstmädchen, wie sie dasaß und still vor sich hin weinte. Ihre metallenen

Schultern bebten unter ihrer gestärkten weißen Schürze. Die Tür zum Treppenhaus der Dienstboten hinter ihr stand einen Spalt offen.

Molly hob den Kopf und schniefte eine Ölträne weg. »Entschuldigen Sie, Miss. Ich habe Sie nicht hereinkommen hören. Ich sollte wohl gehen.«

»Oh, nicht nötig«, sagte Lily. »Ich sollte auch nicht hier sein.« Sie zog ein schmuddeliges Taschentuch aus ihrem Ärmel und reichte es Molly, die sich die Nase mit einem Geräusch laut wie ein Nebelhorn putzte.

»Danke«, nuschelte Molly und gab Lily das Taschentuch zurück.

»Bitte. Nicht der Rede wert.« Lily steckte das feuchte Tuch, das nun voller Motoröl war, zurück in den Ärmel ihrer Bluse. »Aber was ist los?« Molly hielt ein hellrosa Bettlaken von dem Stapel hinter ihr in die Höhe. »Ich habe die hier zusammen mit den Schuluniform-Blazern in die Wäsche gegeben, und jetzt sind sie alle verfärbt. Miss Scrimshaw wird mich umbringen, wenn sie das herausfindet. Sie wird mich zum Schrott- und Lumpenhändler schicken. Oder schlimmer noch, sie lässt mich zerlegen und einschmelzen wie die arme alte Elsie.« Molly brach wieder in Tränen aus, untröstlicher als zuvor.

Lily strich ihr über den Rücken. »Nicht weinen, Molly. Wir lassen uns was einfallen. Vielleicht kann ich der Schulaufsicht in der Sache schreiben?«

Molly schluchzte auf. »Oh, bitte, Miss, ziehen Sie die nicht mit rein, ich flehe Sie an!«

»Gut, dann nicht.« Lily ließ ihren Blick über die Eisenbetten schweifen und dachte nach. »Ich verstehe«, sagte sie, »warum nehmen wir nicht deine verfärbten Laken für unten, dann können wir die alten weißen als oberes Laken verwenden und sie darunter verstecken?«

Molly schniefte. »Meinen Sie wirklich?«

»Warum nicht?«, gab Lily zurück. »Los, komm.« Sie faltete ein rosa Laken auseinander und nahm die Decken vom nächstliegenden Bett. Molly beobachtete sie eine Weile, dann stand sie auf und half ihr.

Gemeinsam brauchten sie nicht sehr lange, um den Großteil der Betten neu zu beziehen, und als die Wolldecken obenauf lagen, war es kaum noch zu sehen, dass die unteren Laken verfärbt waren. Sie waren fast fertig und bezogen gerade die letzte Matratze am anderen Ende des Schlafsaals, als ein Geräusch sie herumwirbeln ließ.

Alice Harvey und Lucretia Blackwell standen in der Tür, die Gesichter zu einem spöttischen Grinsen verzogen.

»Sieh dir das an, Alice«, sagte Lucretia. »Lily hilft der Haushaltshilfe.«

»Was macht ihr denn hier?«, fragte Lily.

»Madame Laroux hat uns beauftragt, dich zum Unterricht zu bringen«, antwortete Alice. »Wir sind gerade bei Kapitel zweiundzwanzig in *Die Kunst höflicher Konversation* in Französisch.«

»Ich komme nicht«, teilte Lily ihr mit. »Mir ist nicht danach. Und überhaupt, Madame wüsste nicht mal, was höfliche Konversation ist, wenn die ihr in den Hintern beißt.« Sie schielte zu Molly hinüber, die den Kopf eingezogen hatte und sich das Lachen verkniff.

»Wie kannst du es wagen!« Lucretia griff sich das letzte von Mollys Laken und warf es auf den Boden. »Schau, was du gemacht hast, du dämliche Mechaner-Magd, du hast die Laken rosa gefärbt!«

»Es tut mir leid, Miss«, murmelte Molly.

Lily ballte die Fäuste. »Warum lasst ihr sie nicht einfach in Ruhe?«, sagte sie und stellte sich vor Molly, um sie vor den Mädchen zu schützen.

»Was geht dich das an?«, fragte Alice.

»Sie ist meine Freundin.«

»Sie? SIE?« Lucretia verschränkte die Arme vor der Brust und lachte verächtlich. »Das ist kein Lebewesen, Lily. Mechaner sind keine Lebewesen.«

»Im Übrigen«, Alice tippelte näher zu Lucretia, »jeder weiß, dass Mechaner und Menschen keine Freunde sein können. Mechis haben keine Gefühle.«

Lily seufzte. Es war ermüdend, sich mit solchen Idioten auseinandersetzen zu müssen.

»Macht euch nicht lächerlich«, erwiderte sie. »Natürlich haben sie Gefühle. Sie sind nicht anders als deine oder meine.«

Lucretia spöttelte. »Ach, Lily, Lily, da liegst du ziemlich daneben. Ich zeig es dir.« Sie zückte ihre Hand und schlug Molly mehrmals auf den Kopf.

Mollys Augen flackerten, aber sie zeigte keine Reaktion.

»Siehst du?«, sagte Lucretia. »Das Mechi hat nicht mal gezuckt.«

Ächzend rieb Molly sich den Kopf. Sie bückte sich, sammelte die heruntergefallenen Laken auf und machte einen Schritt in Richtung Dienstbotentür. »Bitte, Misses, streiten Sie nicht meinetwegen. Ich muss mich jetzt entschuldigen, ich muss los, die Arbeit wartet.«

»Ja, Mechaner, geh nur«, fauchte Lucretia. »Lauf, bevor du auf dem Schrotthaufen landest.« Sie lächelte triumphierend zu Alice hinüber.

Noch nie hatte Lily so große Lust, jemanden zu schlagen – sie konnte sich kaum zurückhalten. Aber schließlich hatte sie Papa versprochen, sich gut zu benehmen. Und sich gut benehmen hieß, keinen Ärger zu machen. Dennoch, als sie so die Zähne aufeinanderbiss und zusah, wie Molly aus dem Saal eilte, tickte die Wut in ihrem Inneren und drohte zu explodieren.

Lucretia kicherte überheblich und Alice fiel mit ein.

Lily konnte sich nicht mehr halten – es ging nicht darum, Ärger zu machen, es ging darum, für das Richtige einzutreten. Denn Mechaner verdienten, genauso behandelt zu werden wie die anderen auch.

»Hört mal, ihr zwei albernen, dämlichen Ziegen«, sagte sie, »wenn ihr jemals wieder so mit Molly umgeht, werde ich ... Ich werde ...«

»Du wirst was?«, höhnte Alice. »*Du* brauchst mir gar nicht zu drohen.«

Lily biss sich auf die Lippen. Sie sollte besser über ihre Antworten nachdenken.

Alice grinste breit wie ein Pferd. »Siehst du, du schnöseliger kleiner Giftzwerg? Gar nichts wirst du tun – so ist das nämlich in Wirklichkeit. Nur weil du eine Mechaner-Freundin bist, denkst du, du kannst uns herumkommandieren. Tja, kannst du nicht. Entschuldige dich, dann werden wir die Sache vergessen.«

Lily schüttelte den Kopf. »Ihr würdet euch nie bei Molly entschuldigen, also werde ich mich auch nicht bei euch entschuldigen.«

»Wie du möchtest.«

Alice stürzte sich auf Lily und packte sie bei den Haaren. Lily duckte sich, und die Hand des Mädchens kratzte über ihren Kragen und zog an ihrem Dutt. Sie versuchte, sie wegzuschubsen, aber Lucretia war ihrer Freundin beigesprungen – sie hatte Lilys anderen Arm gepackt und ließ ihn nicht mehr los.

Alices lange Fingernägel gruben sich in Lilys Kopfhaut und zerkratzten ihr die Ohren. Es blieb Lily nichts anderes übrig, als zurückschlagen. Sie hieb mit geballter Faust in Alices Gesicht.

Knack. Knochen auf Knochen.

»Ich habe doch gesagt, dass es mir leidtut«, protestierte Lily, als die Krake sie am Kragen ihrer Bluse durch den Korridor schleifte. »Außerdem hat sie mich zuerst geschlagen.«

»Unsinn!« Die Krake tobte. »Es ist kaum zu übersehen, dass sie die Farbe einer gequetschten Roten Rübe hat.«

»Ihr Gesicht sieht immer ein bisschen violett aus.«

»Was erzählen Sie nur für Lügen, Kind!«

Sie erreichten den Haupteingang, und Lily schielte auf das Motto der Lehranstalt, das über der Tür in Granit gehauen war. *Vincit Omnia Veritas* – Die Wahrheit siegt über alles.

Nicht in diesem Fall, dachte Lily, als die Krake sie unsanft ein paar Steinstufen hinunter nach draußen zerrte.

Mädchen in dicken Winterjacken und Wollmützen schlenderten Arm in Arm über den Hof oder hockten wie die Vögel auf Bänken, ihre Rücken so gerade wie Bügelbretter. Sie tuschelten hinter ihren behandschuhten Händen, als sie sahen, wie die Krake Lily den schmalen Weg hinunter zur gegenüberliegenden Seite des Hofes stieß.

Sie wussten alle, wohin *der* führte – vorbei an einer Reihe baufälliger Verschläge und einem Plumpsklo mit abgeblätterten Holzwänden, vorbei an einer hohen Mauer, in deren Zinnen Glasscherben eingelassen waren, bis hin zu dem Kohlebunker, der sich in die abgelegenste Ecke des Geländes duckte und dessen Eingangstür so finster war wie das Maul eines Dämons.

Gerüchten zufolge lagen in diesem Bunker die schlimmsten Verbrecher unter den ehemaligen Bewohnern begraben, und wenn die Kohle zur Neige ging, kamen die weißen Knochen zum Vorschein und ragten aus dem Dreck.

»Bitte, Mrs McKracken«, schrie Lily, »sperren Sie mich nicht da rein, ich habe Angst im Dunkeln!«

»Papperlapapp. Dunkelheit hat noch niemandem wehgetan.« Die Krake schloss den Bunker auf und stieß Lily hinein. »Solange Sie sich wie ein dahergelaufener Kaminkehrer benehmen müssen, sollten Sie auch leben wie einer. Widersprechen Sie nie wieder Leuten, die älter und klüger sind als Sie. Sie bleiben so lange hier drin, bis Sie den Wert von ordentlichem Benehmen zu schätzen wissen.«

Die Krake schlug die Tür zu und mit ihrem wütenden Gesicht verschwand auch der Lichtspalt. Lily hörte, wie das Vorhängeschloss zuschnappte und die Krake schweren Schritts über den Hof davonwankte.

Die Angst bohrte sich Lily ins Herz, allein in diesem kalten, dunklen Bunker. Sie tastete mit den Händen ihre Umgebung ab, ihre Hände berührten eisige Kohlebrocken. An der hinteren

Wand fand sie einen wackligen Stuhl. Sie setzte sich darauf, ein Bein war morsch, und er schaukelte gefährlich hin und her. Als sie versuchte, ihren Fuß auf die Querstrebe zu stellen, merkte sie, dass auch die gebrochen war. Sie zog die Knie an und legte die Arme um ihre Beine. Die Wärme, die von dieser engen Berührung ausging, wirkte ein wenig beruhigend.

An ihrem Knöchel krabbelte etwas, und sie kickte es mit der Spitze ihres Stiefels weg. Ein schwaches Getrippel im Raum hallte von den Wänden wider. Lily versuchte, sich nicht auszumalen, was das alles Grausiges sein könnte. Ohrwürmer, Spinnen, Mäuse, Ratten ... Doch als ihre Augen sich an die Dunkelheit gewöhnt hatten, sah sie etwas noch viel Schlimmeres: einen abgetrennten Arm, der aus dem Kohlehaufen ragte.

KAPITEL 2

Malkin war schon geraume Zeit unterwegs. Er bemühte sich, immer außer Sicht zu bleiben, und lief in kurzen Sprints im Zickzack zwischen den Bäumen hindurch. Wichtig war, möglichst großen Abstand zum Absturzort zu gewinnen. Er musste es bis zu Lily schaffen und ihr Johns letzte Nachricht überbringen, bevor sein Uhrwerk ablief.

Die Sonne war schon lange untergegangen, und dicker grauer Nebel lag in der Luft, dessen kalter Tau sich in Tröpfchen an sein Fell haftete. Die Sträucher schüttelten ihre feuchten Blätter, wenn er sie streifte, und weiter oben tuckerten gleichmäßig die schwerfälligen Motoren des silbernen Luftschiffs, das seine Suchscheinwerfer auf der Jagd nach ihm über den Wald gleiten ließ.

Er erreichte den Stamm einer alten Eiche und hielt an, verborgen unter dem Dach einer von Efeu geblähten Baumkrone. Seine schwarzen Augen funkelten im Nebel und tasteten die trübe Umgebung ab. Vor ihm war der Weg übersät mit abgebrochenen Zweigen und überall standen diese stacheligen Sträucher, deren

Kletten sich ständig in seinem Schwanzfell verfingen. Er rümpfte vor Abscheu die Schnauze. Vielleicht sollte er umdrehen und einen anderen Weg nehmen ... Doch seine Spürnase sagte ihm, dass die Männer ihm folgten, also setzte er vorsichtig seinen Weg fort.

Der Grund war sumpfig, und als er weiterlief, quetschten sich Würste aus Schlamm durch seine Krallen und besudelten das Säckchen, das um seinen Hals hing. Er hinterließ Fährten, die leicht nachzuverfolgen waren – im Grunde markierte er seine Route für die Verfolger –, und verfluchte den sumpfigen Boden, das miese Wetter, die Männer, das Luftschiff, alles. Er war eine Präzisionsmaschine, nicht konstruiert für diese Art Abenteuer. Und das Erniedrigendste dabei: wie ein gewöhnlicher Aasfresser durch den Wald gejagt zu werden!

Noch mehr dornige Büsche – sie waren überall. Er fand eine Lücke im Dickicht und quetschte sich durch. Ein paar Meter weit führte ein Tunnel durch dichte Vegetation, dann öffnete er sich auf einen schmalen, von Tierkot bedeckten Pfad. Er blieb stehen und schnüffelte daran – ein alter Fuchspfad, der offenbar seit einiger Zeit nicht mehr benutzt wurde.

Er lief weiter, das Gestrüpp wurde wieder dichter. Ein dicker Brombeerzweig blockierte den Weg. Er schlängelte sich daran vorbei. Die teuflischen Stacheln verfingen sich in seinen Beinen – es war unerträglich!

Er kroch vorwärts und blickte sich um. Jetzt befand er sich tiefer im Wald, der Suchscheinwerfer des Luftschiffs war nicht mehr zu sehen, und das Brummen der Motoren war kaum noch zu hören. In der Ferne stieß eine Eule einen Warnruf aus.

Plötzlich näherten sich die schroffen Stimmen der Männer und das Bellen ihres elenden Hundes und hallten von überallher wider; dann tauchten unter den Bäumen neben ihm ihre Laternen auf, wie fette Leuchtkäfer schwebten sie in der Luft und sahen aus, als würden sie blinken, wenn sie kurz hinter Baumstämmen verschwanden und wieder aufblitzten.

Malkin schielte über seine Schulter zurück und zählte die Lampen. Es waren drei. Doch da waren noch mehr Männer – einer, der den Hund führte, und weitere, die Waffen trugen. Eine ganze Horde war aus dem Luftschiff gestiegen.

Er lief um einen tiefen Graben voller Regenwasser, dann um einen breiten Mühlweiher. Am gegenüberliegenden Ufer entdeckte er die unförmige Silhouette einer verfallenen Mühle.

Wie gern würde er sich in den Graben stürzen und hinüberschwimmen, doch dass Mechantier und Wasserschlucken nicht zusammenging, wusste er nur zu gut. John hatte ihn gewarnt: Schon ein, zwei Gläser wären genug und er würde von innen rosten.

John. Jetzt war er tot. Wahrscheinlich verbrannt, womöglich sogar im stählernen Bauch der *Dragonfly.* Der Gedanke daran ließ die Rädchen in Malkins Innerem unruhig werden.

Er kletterte über moosbewachsene Felsvorsprünge, stolperte über eine Wurzel, taumelte vorwärts und stürzte in einen feuchten Laubhaufen.

Er musste sich konzentrieren. Später würde noch Zeit genug sein, um an John zu denken.

Er stand wieder auf und schüttelte das Laub ab, prüfte, ob der Beutel noch um seinen Hals hing – er war da, Tock sei Dank!

Das Gebell des Hundes kam näher. Ein mechanisches Bellen, um einiges tiefer als sein eigenes.

Die rauen Männerstimmen drangen von der anderen Seite der Felsvorsprünge durch die kalte Winterluft.

»Ich glaube, er ist da lang. Der Farn ist zertrampelt.«

»Hier auch. Da am Wasser sind Spuren.«

»Sucht weiter. Er muss ganz in der Nähe sein.«

Aus den Augenwinkeln sah Malkin eine dicke schwarze Silhouette mit silbernen Augen, die durch die Bäume in seine Richtung zeigte, und suchte nach einem Versteck. Er befand sich in einer Mulde mit nur wenigen kahlen Baumstämmen drumherum. Er musste in Bewegung bleiben.

Er kroch weiter, schlich über die Lichtung, den Bauch hielt er immer am Boden und achtete auf Zweige, die unter seinem Gewicht brechen könnten.

Er roch, wie sie sich näherten, und hörte ihre Tritte, als sie über den Felsvorsprung kletterten. Ihr scheppernder Mech-Hund bellte wie wild und zog vorwärts, doch der Mann ließ ihn angeleint. Der Nebel erwies sich als Glück, sonst hätten sie den Hund sicher freigelassen.

»Da lang.«

»Ich hab ihn gehört, glaub ich.«

»Er war eben noch hier.«

Malkin kraxelte über eine Böschung und glitt hinter eine Baumreihe. Als er durch eine Lücke zwischen zwei Büschen huschte, wagte er einen Blick zurück.

Der Mech-Hund hatte bestimmt seinen weißen Hals aufblitzen sehen; er riss an der Leine, sprang in seine Richtung und zog den Hundeführer hinter sich her.

Malkin legte einen Zahn zu. Er war ihnen jetzt wohl um die zehn Meter voraus – so jedenfalls schätzte er durch den Nebel. Diesen Abstand musste er unbedingt aufrecht erhalten.

Er sprang über einen seichten Bach und schlängelte sich durch eine Gruppe von Tannen – sollten diese elenden Schwachköpfe doch versuchen, ihm hierher zu folgen. Der Abstand zwischen den Bäumen wurde größer, Nebelbänke hingen zwischen den Stämmen und ihre Zahl ging weiter zurück; er sah die letzten Tannen vereinzelt in einem Meer aus Farn stehen, der bis zu einem Holzzaun entlang eines Feldes reichte. Er verließ den Wald und robbte durch die hohen Farnwedel bis zu einer Lücke im Zaun. Mit eingezogenem Schwanz schob er sich unter einer Querlatte durch und trat hinaus auf das offene Feld.

Hier war es kälter, und die obere Bodenschicht war gefroren, sodass seine Pfoten keine Abdrücke mehr hinterlassen würden. Er musste vorsichtig sein auf offener Fläche, doch der dichte Nebel sorgte für ausreichenden Schutz.

Vorsichtig ging er voran. Zwischen den grauen Nebelschwaden entdeckte er in der Ferne die Umrisse einer Trockenmauer und glaubte, einen Feldweg zu erkennen.

Wieder kamen die Stimmen näher, doch das Feld war nicht so breit, wie er zunächst gedacht hatte. Er könnte es also durchaus schaffen, auf die andere Seite zu gelangen, bevor sie da waren. Er wählte den Weg quer über die Mitte und rannte los.

Auf halbem Weg ging der Suchscheinwerfer des Luftschiffs über ihm an und schnitt den Himmel mit einer leuchtend weißen Säule entzwei. Die Motoren stießen Nebelschwaden aus. Plötzlich stand er im Rampenlicht, seine helle Gestalt hob sich gegen die Landschaft ab.

Gewehrfeuer prasselte los.

Malkin blickte sich um.

»Stehen bleiben!« Eine Gestalt mit silbernen Augen tauchte aus dem Wald auf und hielt ein Dampfgewehr in die Höhe.

Malkin wurde kalt beim Anblick des Feindes. Sein Herz trommelte gegen den Brustkorb. Die Sekunden dehnten sich.

Ohne zu blinzeln, starrte er auf die Spiegel in dem dunklen Gesicht und versuchte, irgendeinen noch so winzigen Ausdruck darin zu entdecken.

Der Mann atmete tief aus. Malkin schob sich langsam rückwärts, um den Abstand zwischen ihnen zu vergrößern. Würde er tatsächlich feuern?

Der Mann spähte durch das Zielfernrohr, nahm ihn ins Visier und legte seine Finger an den Abzug. Malkin drehte sich um und rannte in der Hoffnung, der Nebel wäre dicht genug und könne ihn retten …

Knack!

Eine glühende Explosion jagte durch seine Schulter. Der Boden gab nach. Er rollte vorwärts, überschlug sich auf dem gefrorenen Untergrund und drehte sich weiter bis zum Rand des Feldes. Der Strahl des Suchscheinwerfers fuhr wild um ihn herum den Boden ab und holte Kreise von raureifüberzogenem Gras aus der Dunkelheit hervor. Ein gespenstisches Nachbild dieser verspiegelten Augen hatte sich in sein Gesichtsfeld eingebrannt. Er schüttelte es ab.

Die langen Schatten der Männer jagten über das offene Feld auf ihn zu, Laternenlichter schwebten vor ihnen.

»Er liegt am Boden!«

»Ich glaube, du hast ihn erwischt.«

»Ich finde ihn nicht. Wo ist er hin?«

Malkin rappelte sich verstört und im Schock auf und humpelte in Richtung Mauer. Der Hund, jetzt ohne Leine, bellte und sprang ihm nach. Die Männer rannten hinter ihm her und feuerten wild um sich. Der Schütze mit den Spiegelaugen blieb etwas zurück und versuchte, sein Gewehr nachzuladen, während die unbewaffneten dem Luftschiff mit ihren Laternen Zeichen gaben.

Malkin erreichte die Mauer, ließ sich darüberfallen und landete auf dem Feldweg auf der anderen Seite. Lose Steine rieselten auf ihn herab. Er kämpfte sich hoch und trabte weiter.

Der Schmerz in seiner Schulter brannte heftig. Er rieb seine Schnauze daran und tastete nach einer Austrittswunde, fand aber keine. Die Kugel musste tief in ihm stecken, wie ein Dorn in der Pfote. Er hörte die entfernten Rufe der Männer – sie hatten noch nicht aufgegeben. Immerhin war sein Lederbeutel noch da. Den durften sie nicht bekommen.

Der Feldweg gabelte sich. Malkin nahm auf gut Glück die linke Abzweigung und verlangsamte seinen Schritt. Humpelnd hielt er nach einem Schuppen oder einer Scheune Ausschau, wo er sich verstecken könnte, aber da war nichts. Langsam lief sein Uhrwerk ab. Ziemlich bald würde er stehen bleiben – und wenn das auf offenem Feld passierte, fingen sie ihn garantiert.

Da tauchte plötzlich nach der nächsten Kurve ein Häuschen auf. Und dahinter, eins ums andere hingetupft, noch weitere. Das Dorf Brackenbridge – er war fast zu Hause. Wenn er nur sicher auf die andere Seite käme ...

Ein letztes Mal noch prüfte er, ob der Lederbeutel mit Johns Brief da war, und war erleichtert, ihn zu finden. Er hatte versprochen, ihn Lily zu geben. Immerhin enthielt er wichtige Geheimnisse. Die letzten Worte eines Vaters für seine Tochter waren eine Botschaft, die man um jeden Preis übergeben musste.

Nun war sein Herr tot, und Malkin durfte nicht scheitern.

KAPITEL 3

Robert Townsend wachte auf, bevor sein Wecker geklingelt hatte, und blieb liegen. Er lauschte in die Dunkelheit. Irgendetwas hatte seinen Schlaf gestört – ein Geräusch von draußen. Ein entferntes, aber deutlich hörbares Knacken. Er warf einen Blick auf die Zeiger der Uhr auf seinem Nachtisch.

Zwanzig vor sechs.

Knack. Knack. Knack.

Da war es wieder. Was in aller Welt konnte das nur sein?

Robert sprang aus dem Bett und lief über die kalten Dielen zum Fenster. Er zog den Vorhang zurück, wischte die beschlagene Scheibe mit dem Ärmel seines Nachthemds frei und spähte hinaus.

Das Dorf war menschenleer. Auf der Suche nach der Ursache des Geräuschs ließ er seinen Blick über die nahe gelegene Landschaft schweifen.

In einiger Entfernung durchschnitt hinter einer Baumreihe ein Lichtstrahl den Nebel und bewegte sich ruckartig über die

Felder – die Bogenlampe eines Luftschiffs. Dem Anschein nach war es ein großes Exemplar, ungewöhnlich für diese Zeit am Morgen.

Robert kannte jeden Flugplan auswendig. Wenn er nicht gerade arbeitete, besuchte er so oft wie möglich den örtlichen Flughafen, der Brackenbridge und Umgebung diente. Er beobachtete die Zeppeline, die auf den Luftstraßen einflogen, sah sich die Piloten mit ihren Fliegerbrillen und Lederhelmen an, die ihre Werkzeugkisten herumtrugen, und musterte die Passagiere in eleganter Reisekleidung, die auf den Gangways Schlange standen. Eines Tages, schwor er sich, wenn er erst einmal seine Höhenangst überwunden hätte, würde er genau wie sie gen Himmel steigen.

Dieses Luftschiff war anders. Seine Größe und Flugbahn ließen Robert ahnen, dass es sich nicht um einen planmäßigen Flug handelte. Als sich der Nebel lichtete und der Rest des Schiffs zum Vorschein kam, wusste er sicher, dass er recht hatte. Er konnte weder seinen Namen noch sein Kennzeichen ausmachen, doch seinem Aussehen nach war das Schiff ein militärisches Modell. Sein silbern reflektierender Ballon schien das Mondlicht zu absorbieren, aus einer Luke in seinem Rumpf ragte eine Harpunenkanone und die Vorderseite seiner Gondel war gespickt mit Metallspitzen.

Plötzlich schaltete der Zeppelin seinen Suchscheinwerfer aus, änderte seinen Kurs und stieg höher hinauf in die Wolken. Eine Gewehrsalve schallte über ein nahe gelegenes Feld, und Robert machte drei flackernde Lampen aus, die aus dem Wald auftauchten und die Hügel hinabschwebten. Im Tal versammelten sie sich und nahmen Kurs auf das Dorf.

Irgendetwas ging da vor sich, und er musste wissen, was. Er schnappte sich seine Hose, die am Ende des Bettgestells hing, sprang hinein und zog seine Hosenträger über das Nachthemd.

Als er sich in seinen Wintermantel zwängte, warf er einen letzten Blick aus dem Fenster. Zum Glück, denn sonst hätte er den Fuchs verpasst.

Der taumelte die Straße entlang und warf nervöse Blicke über seine Schulter. Als er den Dorfplatz erreichte, hielt er schwankend inne, sah sich um und fasste die Ladenzeile unterhalb von Roberts Fenster ins Auge. Robert beschlich das seltsame Gefühl, der Fuchs würde das Schild über der Werkstatt seines Vaters lesen, aber das war doch nicht möglich. Oder etwa doch?

Der Fuchs nickte vor sich hin und humpelte davon. Er lief an der Kirche und der Friedhofsmauer neben dem Dorfplatz vorbei und stolperte auf Pincher's Alley – einen überwucherten Pfad, der hinter den Reihenhäusern der Flughafenarbeiter lag.

Robert wartete darauf, dass seine schwankende Gestalt am Ende des Pfads auf dem Feld wieder auftauchte, aber sie kam nicht. Der Fuchs hatte sich wohl irgendwo entlang des Wegs versteckt, vielleicht in einem der Gärten hinter den Häusern. Er beschloss, ihn zu suchen.

Schnell schlüpfte er in seine Socken und Schuhe und nahm die Kerze von seinem Nachttisch. Er öffnete die Tür und schlich auf Zehenspitzen den Flur hinunter, um seinen Vater im Nebenzimmer nicht zu wecken.

Am Fuß der Treppe zog er den Flickenvorhang zur Seite und huschte in die Werkstatt.

Der Geruch nach Möbelpolitur aus Bienenwachs und das leise Ticken der Uhren ließen ihn innehalten, als er den Flur durchquerte. Die Form und der Klang jeder einzelnen Uhr war ihm derart vertraut, dass sie sich so tröstlich anfühlten wie alte Freunde. In schlaflosen Nächten kam er oft hier hinunter, um sich die Uhren anzusehen und ihrem Ticken zuzuhören, aber nicht heute Nacht. Mit einer Hand brachte er die Türglocke zum Verstummen, öffnete die Tür und trat auf die Straße.

In der Luft hingen graue Nebelschwaden, die frühmorgendlichen Geräusche waren gedämpft. In weiter Ferne hallte das Bellen eines Hundes über die Felder. Genauso gut hätte er der einzige Mensch auf der Welt sein können.

Zunächst machte er sich dorthin auf, wo der Fuchs stehen geblieben war und zur Werkstatt hinaufgeschaut hatte. Dort, auf dem kalten Boden, zwischen einigen Büscheln Ackergraswurzel, fand er ein winziges Zahnrädchen.

Es ähnelte denen, die er für gewöhnlich in Reiseuhren entdeckte, die ihm sein Vater zum Reparieren überließ, nur dass dieses verbogen und mit warmem Maschinenöl verschmiert war, so zähflüssig wie trocknendes Blut. Robert wusste, dass dies nur eines bedeuten konnte: Im Fuchs war ein Uhrwerk – er war ein Mechantier.

Er wischte das Zahnrad an seiner Hose ab, steckte es in seine Tasche und folgte dem Weg, den das Mechantier durchs Dorf genommen hatte.

Er lief an der Kirche vorbei und war kurz davor, hinter den Häusern der Flughafenarbeiter auf Pincher's Alley einzubiegen, als er auf der Straße hinter sich Schritte hörte.

Er wandte sich um und erblickte einen riesigen angeleinten Hund, eine ungewöhnliche Rasse, so ähnlich wie ein Schäferhund, nur größer. Als er näher kam, sah er, dass seine Haut von

Metallnieten übersät war. Es war also ein Mech-Hund. Ihm folgten vier Männer in langen Mänteln, die Dampfgewehre und Laternen trugen – wie die, die er von seinem Fenster aus gesehen hatte.

Er wich zur Seite, um sie vorübergehen zu lassen, doch sie kreisten ihn ein und ließen ihren Mech-Hund an ihm schnuppern. Als dieser eine gute Schnauze des Ölflecks auf seiner Hose eingesogen hatte, ließ er ein lautes Knurren ertönen.

»Sei still!«, sagte einer der Männer zu dem Mechantier.

»Hast du etwas vorbeilaufen sehen?«, fragte ein anderer Robert.

»Etwas Ungewöhnliches«, ergänzte ein Dritter.

Der vierte Mann sagte nichts und blickte nur finster drein.

Robert beschloss, ihre Fragen nicht zu beantworten. Ihr Auftreten gefiel ihm ganz und gar nicht.

Dann kam ein kräftiger Kerl mit einem roten Backenbart, der ebenfalls ein Dampfgewehr trug. Sein Körper war plump wie ein Sack voll Steine. Er ähnelte einem Gendarm, nur ohne Polizeihelm, über seinem hochgeschlagenen Kragen leuchteten seine Wangen so rot wie pralle Blutwürste.

Doch was Robert schlucken ließ, waren die beiden silbernen Spiegel, die in die blutigen Augenhöhlen des Manns eingenäht waren. Narben zogen sich von dort im Zickzack über seine Wangen bis unter die Krempe seines Huts.

»Wer bist du?«, verlangte der Mann zu wissen und blickte an seiner mit Äderchen übersäten Nase vorbei, bis Roberts Gesicht in seinen verspiegelten Augen reflektiert wurde.

Robert blieben die Worte im Halse stecken. Er atmete tief ein. »Ich wohne hier, Sir«, presste er schließlich heraus.

»Meine Kollegen haben gefragt, ob du etwas Ungewöhnliches hast vorbeilaufen sehen.« Der backenbärtige Mann kratzte sich an seiner Augenhöhle, gefährlich nah an seinem rechten Spiegelauge.

»Was meinen Sie damit?«, fragte Robert, und seine Stimme war nicht mehr als ein ersticktes Flüstern, das der Wind fortzutragen drohte.

»Einen Fuchs.« Der Backenbärtige kniff seine Lippen fest zusammen. Es schien, als wollte er mehr verraten, doch dann entschied er sich dagegen. »Nicht so wichtig.« Mit einem seiner Wurstfinger stieß er Robert in die Brust. »Mach, dass du nach Hause kommst.«

»Ich habe Ihren Fuchs gesehen, er ist da lang gerannt«, platzte es aus Robert heraus, der auf die Straße zeigte, die aus der Stadt hinausführte.

»Bist du dir sicher?« Die Spiegelaugen des backenbärtigen Mannes ließen zwar nichts erkennen, aber er schien nicht überzeugt. Er sah zu dem Hund hinunter, der an seiner Leine zerrte – in Richtung Pfad.

»Oh, ja«, antwortete Robert. »Ich habe ihn von meinem Fenster aus gesehen.«

»Welchem Fenster?«

»Eines von denen dort drüben.« Er winkte in Richtung einer Ladenzeile auf der anderen Seite des Dorfes; er blieb so schwammig wie möglich, für den Fall, dass die Männer daran dachten, zurückzukehren.

Der backenbärtige Mann nickte. »Danke, Kleiner. Wir machen uns auf, und du solltest das auch tun. Ein junger Mann wie du sollte an einem kalten Novembermorgen, wenn Gefahr droht, nicht draußen sein.« Er wandte sich zum Gehen, und die anderen und der Hund folgten ihm.

Robert trödelte auf seinem Weg nach Hause, er beobachtete sie, ging sicher, dass sie den Weg nahmen, den er ihnen vorgeschlagen hatte. Sie eilten durch das Dorf, doch als sie das letzte Haus auf der linken Seite erreichten, blieben sie verwirrt stehen. Der Hund hatte scheinbar die Fährte verloren und irrte im Versuch, sie wieder aufzunehmen, ziellos umher.

Einen Moment lang sah es so aus, als würden sie zurückkommen, doch dann zog das Tier sie weiter voran. Als sie den letzten Zaun des Dorfs passierten, tauchte am Rand des Waldes ein schwarzes Dampffuhrwerk auf, aus dessen Schornstein Rauch puffte. Der backenbärtige Mann zeigte darauf, erteilte Anweisungen und die Gruppe teilte sich. Die anderen vier Männer gingen weiter mit dem Hund die Straße hinunter, während er zurück in die Stadt lief.

Robert beschloss, sich rarzumachen. Er würde später nach dem Fuchs suchen, wenn der backenbärtige Zeitgenosse weg war. Außerdem musste er seine Pflichten erledigen, bevor die Werkstatt öffnete. Er sollte sich besser beeilen.

Als er zur Uhrmacherwerkstatt zurückstapfte, schien die tief stehende Sonne auf die Ladenfront, verscheuchte den letzten Rest des Nebels und ließ die Uhren im Schaufenster glänzen.

Roberts Familie war seit fünf Generation im Besitz von Townsends Uhrmacherei. Die schlichte Fassade und das klassische Ladenschild gaben keinerlei Hinweis auf die prächtigen Zeitmessgeräte im Inneren. Reiseuhren, Pendeluhren, Kuckucksuhren und Barometer bedeckten jeden Zentimeter der Wand, und im hinteren Teil befand sich eine alte Standuhr mit goldenem Pendel, die früher einmal Roberts Großvater gehört hatte. Im Mittelpunkt des Raums stand eine getäfelte Ladentheke mit einer schweren silbernen Kasse, hinter der Robert die meiste Zeit des Tages verbrachte.

Wenn die Sonne schien, so wie an diesem Morgen, warfen die Uhrgläser Lichtmuster an die Wände. Und jeden Tag, unabhängig vom Wetter, füllte ihr Ticken den Laden, und ihre verschiedenen Klangfarben verliehen dem Ort eine ganz eigene Schlagzeugmusik.

Roberts Vater, Thaddeus Townsend, bewegte sich bei der Arbeit im Rhythmus dieses Takts. Die wasserblauen Augen des kleinen Mannes mit den feinen Gesichtszügen erschienen vergrößert hinter den Gläsern seiner Lupenbrille, die er trug, wenn er Zeitmessgeräte reparierte.

Die Leute kamen mit allerlei seltsamen Reparaturen zu Thaddeus. Nicht nur mit Armbanduhren und Wanduhren, sondern auch mit anderen Apparaten: Barometer, Chronometer, Spieluhren, manchmal sogar mit einfachen Mechans. Thaddeus nahm sie dann auseinander und versuchte, sie zu reparieren. Wenn eine Maschine sein Interesse weckte, übernahm er die Arbeit oft auf eigene Kosten. Ein geschickter Mechaniker und Graveur und obendrein ein Ass im Nachbessern von Miniaturfiguren, erzählte er den Menschen gerne, dass in einem Uhrwerk genauso viel Kunstfertigkeit stecke wie in einer schönen Skulptur oder einem Gemälde. Seine Kunden mochten ihn, weil er mit Herzblut bei der Sache war. Sie kamen von überallher im Land, um seine Fähigkeiten in Anspruch zu nehmen, bezahlten aber nie den Preis, den seine Arbeit wert war.

Sein Vater war so talentiert, dass sich Robert wünschte, er würde die Werkstatt schließen, und sie könnten irgendwohin ziehen, wo man sie für ihre Arbeit angemessen bezahlte. Es hätte ihm auch sehr gut gefallen, die Maschinen am Flughafen zu reparieren oder alte Mechantiere zu restaurieren, aber Thaddeus zog das ruhige Leben als Uhrmacher vor.

Wie es aussah, würde Robert für alle Zeiten Uhrmacherlehrling bleiben, was eigentlich bedauerlich war, da er dafür einfach nicht taugte.

Ein Tollpatsch mit zwei linken Händen – so sah er sich selbst. Er war jetzt dreizehn, und egal wie hart er auch arbeitete, fehlte ihm doch das Feingefühl, das man braucht, um kleinste Apparaturen zu reparieren – oder um Kundschaft zu bedienen.

Es war nicht immer so gewesen. Als Kind war er ein enthusiastischer Schüler gewesen, flink und wissbegierig, doch in den letzten Jahren fühlte er sich zunehmend ungeschickt. Ständig verlegte er das Werkzeug oder ließ wichtige Zahnräder in die Ritzen zwischen den Dielen fallen.

An jenem Morgen, nur eine Stunde nach all der Aufregung mit den Männern und dem Fuchs, hatte er eine wertvolle Reiseuhr kaputtgemacht. Er hatte sie überdreht, während er von dem Mechantier und dem Luftschiff vor sich hin träumte, und als er aufblickte, hatten sich die Zahnrädchen der Uhr im Spannmechanismus festgefressen.

»Wie oft muss ich dir das noch sagen?«, fragte Thaddeus (nach Roberts Zählung war es jetzt das hundertdreizehnte Mal). »Es sind siebeneinhalb Umdrehungen – einmal Aufziehen sind siebeneinhalb Umdrehungen.« Sein Vater erhob normalerweise nie die Stimme, anders bei diesem Vorfall. »Jetzt muss ich sie auseinandernehmen und überholen. Allein die neuen Teile werden mehr kosten als mein Lohn.«

»Es tut mir leid«, murmelte Robert. »Ich muss mich wohl verzählt haben.«

Thaddeus nahm seine Brille ab und kniff sich in den Nasenrücken. »Nur wenige Gegenstände sind so empfindlich wie ein Uhrwerk, Robert. Versuch, vorsichtiger zu sein.«

Robert seufzte, und Thaddeus klopfte ihm auf die Schulter.

»Mach dir nichts draus, wir werden schon noch einen richtigen Uhrmacher aus dir machen. Aber vielleicht arbeitest du heute lieber hinter der Ladentheke oder zumindest so lange, bis dein Selbstvertrauen wiederhergestellt ist.«

Robert tat, wie ihm geheißen, aber aus einer Weile wurden zwei lange Stunden, und dann beinahe drei, in denen sich der Fuchs und das Luftschiff und der backenbärtige Mann mit den verspiegelten Augäpfeln im Kopf drehten wie ein Uhrwerk.

Dann endlich, nach der Arbeit, als er ein bisschen Zeit für sich hatte, zog Robert seinen dicken Mantel, seine Mütze und seinen Schal an und machte sich auf den Weg durch das Dorf.

Er lief an der Friedhofsmauer vorbei, an der Kapelle und durch die Kopfsteinpflasterstraße mit den Reihenhäusern der Flughafenarbeiter, bevor er einmal mehr zu Pincher's Alley kam.

Ohne zu zögern, bog er auf den überwucherten Pfad. Die nach hinten liegenden Fenster der Häuser waren dunkel. Robert blickte an den hohen Hinterhofmauern entlang und hielt nach einer Stelle Ausschau, an der sich ein verletzter Fuchs hätte verstecken können. Etwas weiter entfernt entdeckte er ein halb geöffnetes Tor.

Hinter dem Tor befand sich eine alte Holzhütte, deren Dach die Mauern überragte. Genau der Ort für einen verängstigten Fuchs. Robert ging durch das Tor und überquerte den Hof. Um zur Hütte zu kommen, drückte er sich an einem Haufen alter Landwirtschaftsgeräte vorbei.

Das Schloss war aufgebrochen worden; so wie es aussah, erst vor Kurzem, der Bügel des Schlosses hing lose an ein paar Schrauben und das Holz oberhalb des Türknaufs war angenagt, die Bissspuren noch frisch. Robert öffnete die Tür und bedeckte seinen Mund, da im Inneren Staub aufgewirbelt wurde.

Krimskrams aus Holz lehnte an den Wänden, von denen die Farbe abblätterte. Vor einer Reihe an Regalen waren Zeitungen aufgestapelt und der Boden war mit Kartons übersät. Auf einem alten Tisch in der Mitte des Raums standen Glasflaschen in Grüppchen zusammen, und über ihnen hingen Spinnenweben, dick wie gestrickte Hängematten im finsteren Giebel des Dachs.

Robert sah sich nach dem Fuchs um und entdeckte seinen ramponierten Schwanz, der hinter einem Stapel Kisten hervorlugte. Er ging an einem alten Überseekoffer vorbei und erblickte jetzt auch den Rest des Tiers, das sich am Rand einer ausgeblichenen Matratze mit Wasserflecken zusammengerollt hatte. Es war ein verwahrlostes Etwas mit glasigen Augen und heruntergekommenem Pelz, an manchen Stellen wechselte es wohl gerade sein Fell. Ein Beutel und der eigens für das Mechantier gefertigte Aufziehschlüssel hingen um seinen Hals. Robert kroch zu ihm, aber es rührte sich keinen Millimeter. Es war stehen geblieben. Abgelaufen.

KAPITEL 4

Der Kohlebunker war eiskalt. Lily hatte Gänsehaut und rieb sich die Arme. Allmählich passten sich ihre Augen an, und sie konnte mehr erkennen. Der Raum war nicht stockdunkel. Durch eine mit Maschendraht abgedeckte Öffnung in der Decke fiel trübes Licht.

Der Arm, der aus dem Kohlehaufen ragte, schimmerte matt. Es war kein menschlicher Arm, wie Lily zunächst gedacht hatte, sondern der alte, abgebrochene Arm eines Mechaners. Wahrscheinlich gehörte er einer armen Haushaltshilfe, die rausgeflogen war. Entsetzlich!

Eines freilich wurde klar: Egal, wie mies das Leben gerade lief, Mechaner hatten es noch schlechter. Lily starrte auf die vielen Kohlenstaub-Handabdrücke an der dicken Mauer neben ihr: die Spuren früherer Gefangener in diesem Bunker – lauter Übeltäter!

Sie würde nie in diese abscheuliche Schule passen. Jedes Mal, wenn sie etwas Ausgelassenes tat, wurde sie bestraft. Zugegeben: Alice geschlagen zu haben, war einen Schritt zu weit gegangen – die anderen Mädchen würden es von jetzt an bestimmt auf sie absehen. Aber sie brauchte sich keine Sorgen zu machen, nur ein paar Wochen noch musste sie überleben, dann käme Papa sie abholen.

Die Zeit verstrich, das Licht wurde schwächer. Da nahm Lily das schwache Knirschen sich nähernder Schritte wahr. Gelbe Lichtstrahlen fielen durch die Schlitze der Tür, und als sie hörte, wie der Schlüssel im Schloss umgedreht wurde, hob sie das Kinn von den Knien.

Die Tür öffnete sich knarrend, und es erschien nicht etwa die Krake, mit der sie gerechnet hatte, sondern Gemma Ruddle – eine ihrer nervigen Klassenkameradinnen – mit einer Talgkerze in der Hand.

Lily schützte die Augen vor dem Licht und starrte zu Gemma, die verlegen kicherte.

»Mensch, Lily, du bist dreckig wie ein Putzlappen.«

»Ist meine Strafe vorbei?«, fragte Lily. Verfroren und trostlos, war sie nicht in der Stimmung für solche Frotzeleien.

»Davon weiß ich nichts«, sagte Gemma. »Ich weiß nur, dass Miss Scrimshaw deine sofortige Anwesenheit in ihrem Büro wünscht. Und ich soll dich hinbringen.«

»Was will die von mir?«

Gemma grinste. »Meine Güte, ich habe keine Ahnung. Soll ich zurückgehen und sie fragen?« Ohne eine Antwort abzuwarten, schlenderte sie auf dem schmalen Pfad davon Richtung Schule.

Lily duckte sich durch die niedrige Tür und dachte über diese beunruhigende neue Meldung nach, als sie dem Kerzenlicht und dem rauchigen Geruch verbrannten Schweinefetts folgte, der hinter Gemma herzog.

Sie stiegen die Eingangstreppe hinauf und liefen den Hauptgang der Schule entlang, wo Gemma die Kerze ausblies, da die Gaslampen an den Wänden genug Licht spendeten.

Als sie an einer der Lampen vorbeilief, bemerkte Lily, dass ihre Hände voller Kohlenstaub waren. Sie sah sich nach einem Vorhang oder irgend so einem geschmacklosen Polstersessel um, an dem sie die Hände abwischen könnte, aber da war nichts. Und Gemma lief immer weiter. Schließlich erledigte sie das kurzerhand an der Unterseite ihrer Schürze, in der Hoffnung, Miss Scrimshaw würde ihr äußeres Erscheinungsbild nicht allzu genau unter die Lupe nehmen. Was die adleräugige Schulleiterin allerdings gern tat.

»Da wären wir.« Gemma führte Lily zu einer Bank vor Miss Scrimshaws Büro. »Du sollst hier warten, bis du gerufen wirst«, sagte sie steif, und noch bevor Lily antworten konnte, schlurfte sie feixend davon.

Lily wollte sich gerade hinsetzen, als sie bemerkte, dass ihre Schuhsohlen auf dem Teppichläufer schwarze Spuren hinterlassen hatten. Sie wischte sie rasch mit der Fußspitze weg, dann setzte sie sich und wartete wie befohlen.

Fünfzehn Minuten verstrichen ohne auch nur einen Piep aus dem Büro. Wofür brauchten die so lang? Klügelten sie noch ein paar neue schreckliche Strafen für sie aus? Ein eiskalter Gedanke traf sie wie ein Hieb: Vielleicht planten sie ihren Mord, um ihre Organe an Organhändler zu verkaufen – solche wie in ihren Groschenromanen? Oder vielleicht planten sie ein Schicksal, das schlimmer war als der Tod? Vielleicht sollte sie endgültig rausgeworfen werden.

Sie schob sich näher an die Tür, presste ihr Ohr daran und versuchte zu hören, was gesprochen wurde. Es war schwer, etwas durch die dicke Eichentür zu verstehen, die alle Geräusche aus dem Raum dämpfte.

»Die Umstände sind wirklich schrecklich, das muss ich zugeben«, sagte Miss Scrimshaw gerade, »aber ich kann Ihnen nicht verhehlen, dass ich froh bin, sie loszuwerden – in letzter Zeit war sie ziemlich schwierig.«

»Sie war von ihrem ersten Tag an schwierig«, erwiderte die Krake.

Und dann hörte Lily die Stimme einer anderen Frau – ein Singsang mit ausländischem Akzent, den sie nicht recht zuordnen konnte.

»Sie war immer ein widerspenstiges Kind«, sagte die Stimme. »Manche mögen das verständlich finden angesichts ihrer Vergangenheit. Sie wurde versteckt gehalten und gezwungen mit einer Lüge zu leben – ihr Name, Sie verstehen. Auf Professor Hartmans Wunsch natürlich. Ich selbst bin mir nicht sicher – solche Ausflüchte werden ja gern angeführt, *n'est-ce pas?* Es wird noch schlimmer für sie werden, *maintenant,* mit dieser neuen schrecklichen Wendung der Ereignisse. Deshalb hielt ich es für das Beste, sie aus der Schule zu nehmen, bis die Dinge geregelt sind.«

Was für Dinge? Was für Ereignisse? Wer war diese Person, die ihren echten Namen kannte? Lily presste ihr Ohr noch fester ans Holz, doch jetzt senkten sie ihre Stimmen zu einem Flüsterton.

Sie musste mehr hören. Wenn sie doch nur ein Glas oder so etwas hätte, das sie gegen die Verkleidung halten könnte. Sie trat einen Schritt zurück und entdeckte in dem Vorraum eine Vase mit Trockenblumen, die auf einem Beistelltisch stand. Das würde reichen.

Sie kippte die Blumen auf den Tisch und wollte gerade den Rand der Vase an die Tür halten, als sie geöffnet wurde und die Krake erschien.

Ihre hervortretenden Augen erfassten sofort, was Lily vorhatte. Aber statt ihr einen Rüffel zu verpassen, nahm sie nur die Vase und führte sie mit einem kurzen teilnahmsvollen Lächeln in das Büro der Schulleiterin und schloss die Tür hinter sich.

Miss Scrimshaw saß mit einem Brief in der Hand an ihrem Mahagoni-Schreibtisch. Sie hatte ihre übliche glockenförmig aufgetürmte Frisur und trug ein schwarzes Kleid mit einem dunkelblau eingefassten Kragen. Sie blickte nervös auf Lily, bevor ihr Blick sich abwandte. »Miss Grantham – oder sagen wir richtiger Hartman. Danke, dass Sie gekommen sind. Nehmen Sie doch bitte Platz.«

Lily ging durch das weiträumige Zimmer auf die beiden Stühle mit den hohen Lehnen zu, die dem Schreibtisch gegenüberstanden. Auf dem einen saß eine Frau in einem wallenden schwarzen Kleid, die Hände verschränkt auf dem Schoß. Obwohl die Stuhllehne ihr Gesicht verdeckte, füllte ihr schweres Parfum mit seinem scharfen, überreifen Duft den Raum. Lily wusste sofort, wer sie war.

»Madame Verdigris, was tun Sie hier?«

Die Haushälterin ihres Vaters lehnte sich vor und schenkte Lily ein mattes Lächeln, halb verborgen unter einem schwarzen Schleier, der ihr Gesicht bedeckte. *»Bonjour, chérie.«*

»Madame Verdigris hat Neuigkeiten von Ihrem Vater«, sagte Miss Scrimshaw.

Lily spürte sofort, dass es etwas Schlimmes war. So viel schwarzer Taft und offene Anteilnahme: Es war wie in den Monaten in London nach Mamas Tod. Das kann es doch sicher nicht sein, oder? Nicht auch noch Papa?

Sie fühlte Galle ihre Kehle aufsteigen und grub ihre Fingernägel in die Handflächen.

»Was ist passiert?«, fragte sie.

Madame Verdigris schüttelte traurig den Kopf. »*Ma petite*, es tut mir so leid, dass ich dir das sagen muss, aber dein Vater wird vermisst. Sein Luftschiff ist gestern auf dem Heimflug abgestürzt.«

»Vielleicht setzen Sie sich lieber?«, schlug Miss Scrimshaw vor, doch Lily ignorierte sie und schnappte nach Luft.

»*C'est terrible*«, fuhr Madame mit ihrer melodiösen Stimme fort.

»Die Polizei hat den Unfallort untersucht, aber sie haben keine Leiche gefunden, nur die Reste des Luftschiffs. Er ist *disparu*, wir müssen also davon ausgehen, dass ... dass er tot ist.«

»Nein ...« Lily griff nach dem Stuhl, doch der schien wegzurutschen. Die bangen Gesichter verschwammen, und der Boden kam wankend auf sie zu.

Stille.

Eine quadratische Holzschatulle.

Das Aufblitzen von weißem, schmelzendem Schnee.

Das Klirren von zerspringendem Glas.

Ein scharfer, penetranter Geruch vermischt mit einem krokantartigen Parfum.

Lily öffnete die Augen und das nebelhafte Bild klarte auf: Miss Scrimshaws Büro. Sie musste in Ohnmacht gefallen sein.

Sie lag auf dem Teppich. Madame Verdigris kniete neben ihr und hielt ein Fläschchen Riechsalz in der Hand. Sie hustete, setzte sich auf und rieb sich die brennenden Augen.

»*Bien, chérie*«, sagte Madame. »Gut, dass ich das bei mir hatte.« Sie wischte sich mit einem spitzengesäumten Taschentuch die Hände ab und steckte das Fläschchen zurück in ihre Handtasche.

»Warum Sie?«, fragte Lily noch ziemlich benommen. Sie hatten sich mitten in einem seltsamen Gespräch befunden. »Warum sind Sie gekommen?«

»Das besprechen wir auf der Reise.«

»Reise? Wohin fahren wir?«

»Na, heim nach Brackenbridge, *bien sûr*«, antwortete Madame naserümpfend. Sie stand auf und strich ihr Kleid wieder glatt.

»Aber Papa wollte kommen«, sagte Lily, »und Malkin.« Noch einmal tauchte sie in ein scheußliches Schwindelgefühl. Sie war furchtbar verwirrt. »Papa hat versprochen, dass wir in der *Dragonfly* ... heimfliegen.« Ihre Augen füllten sich mit Tränen. Sie zog das ölverschmierte Taschentuch aus ihrem Ärmel und wischte sich übers Gesicht. »Am Ende vom Schuljahr kommen sie ... er möchte mich doch heimfliegen.«

»*Mais non*«, sagte Madame, »das wird offensichtlich nicht passieren. Wir fliegen mit dem öffentlichen Zeppelin, *aujourd'hui*, und wir müssen uns beeilen, damit wir den letzten noch erreichen. Und du wartest zu Hause mit mir, bis wir Neuigkeiten von deinem Vater haben oder bis er am Absturzort gefunden wurde.«

»Gut. Dann ist das geklärt.« Miss Scrimshaw nahm die Glocke von ihrem Schreibtisch und klingelte. Wenige Augenblicke später ging die Tür auf, und die Krake erschien.

»Ah, Mrs McKracken«, sagte die Schulleiterin, »sind Sie doch so lieb und bitten Sie die Vorsteherin, Lily und Madame Verdigris beim Packen zu helfen. Ihre Schrankkoffer sind, glaube ich, im Lagerraum im dritten Stock.«

Madame stand auf und brachte ihre Rüschenärmel in Ordnung. »*Ce n'est pas nécessaire*, Miss Scrimshaw. Lily hat mehr als genug Kleidung zu Hause, nicht wahr, Lily? Sie braucht nur eine Tasche, und die Kleider, die sie trägt.« Ihr Blick fiel auf Lilys verknittertes Kleid voller Kohleflecken. »Andererseits, etwas sauberes Schwarzes würde jetzt auch nicht schaden, nicht wahr, *chérie*?«

Als sie gemeinsam den Raum verließen, fluteten verworrene Gedanken Lilys Kopf, dennoch hörte sie, wie Madame der Krake erlaubte, sie könne Lilys Sachen gern unter den anderen Mädchen aufteilen, falls die Kosten für die Zusendung zu hoch seien.

»Ich weiß nicht, ob Sie das wollen, Madame«, antwortete die Krake.

»Dann eben ins Armenhaus damit«, brummte Madame. »Oder verbrennen Sie sie.«

Und Lily überfiel die plötzliche niederschmetternde Ahnung, wie ihr neues Leben ohne Papa sein würde.

Die Landescheinwerfer der ankommenden Luftschiffe spiegelten sich im gläsernen Gewölbedach des Flughafengebäudes. Wie ein riesiger stählerner Brustkorb überragte das Gebäude das weitläufige Manchester. Auf dem eiskalten Vorplatz standen in einer langen Reihe dampfbetriebene Wagen mit einigen Pferdefuhrwerken dazwischen, die unter den Säulen des Haupteingangs Passagiere und Gepäck absetzten.

An der Seite des Gebäudes war eine Reklametafel in Form eines Zeppelins angebracht, die in den Farben der Flotte der Königlichen Luftschiff-Company gestaltet war und den Slogan trug: *Der moderne Zeppelin – und Reisen wird leichter als Luft.*

Als Madame Verdigris und Lily aus dem Dampffuhrwerk stiegen, wäre Madame beinahe auf den vereisten Pflastersteinen ausgerutscht. Sie klammerte sich an Lilys Arm, ihre Fingernägel gruben sich durch die Wolle des leichten Schulmantels. Lily wartete zitternd im beißenden Wind, ihre Tasche fest an sich gedrückt, bis Madame ihr schwarzes Seidenkleid glatt gestrichen hatte. Als sie endlich fertig war, nahm sie wieder Lilys Hand und führte sie ins Flughafengebäude.

Sie durchquerten die marmorne Vorhalle, vorbei an den Schlangen von Berufspendlern, die auf ihre abendlichen Rückflüge warteten. Das Stimmengewirr der vielen Menschen war so erdrückend, dass Lily fürchtete, gleich noch einmal ohnmächtig zu werden. Dieser Ort hielt zu viele Erinnerungen bereit. Unzählige Male hatte sie hier mit Papa gestanden und sich vor seinen Reisen von ihm verabschiedet.

Sie warf einen Blick auf den Messing-Uhrturm in der Mitte der Abflughalle und legte den Kopf in den Nacken, um seine Spitze sehen zu können, die bis an die Decke der Vorhalle reichte. Hier hatte sie Papa einen Abschiedskuss gegeben, und hier hatte er sie zu Beginn des Winterhalbjahrs mit der Krake und den anderen Mädchen zurückgelassen. Sie schaute an der Spitze der Uhr vorbei auf das aufwendige Deckengemälde, das einen Zeppelin mit dem Wappen von Königin Victoria zeigte: *Victoria Regina.* Es war von Engeln und Putten umgeben und kleinen Wölkchen, die über den rissigen blauen Putz schwebten. An den Ecken der Halle auf dem weiten gemalten Himmel standen sich vier ovale goldgerahmte Porträts der alten Königin gegenüber. War Papa jetzt dort oben, fragte sich Lily, irgendwo verloren in dieser wilden blauen Ferne bei all den anderen verschwundenen Aeronauten?

Sie unterdrückte ein Schluchzen und putzte sich mit dem ölverschmierten Taschentuch die Nase.

Madame Verdigris hielt ihre Tasche fest an die Brust gedrückt und studierte die eng beschriebene Tafel, auf der die Flugnummern mit Kreide markiert waren. »*C'est ici – quai numéro un.*«

»Ich weiß nicht, ob ich das kann«, sagte Lily. »Heute in einen Zeppelin zu steigen, meine ich.« Ihre Beine gaben nach und ihre Tasche fühlte sich bleischwer an. Sie atmete tief durch, um sich selbst zu beruhigen.

»Es wird schon gut gehen«, sagte Madame. »Pendel-Zeppeline sind die sicherste Art zu reisen. Nicht wie private Luftschiffe.« Sie biss sich auf die Lippen – anscheinend hatte sie gemerkt, dass sie damit übers Ziel hinausgeschossen war. »*Allez!*«, sagte sie schließlich, nahm Lilys Arm und beförderte sie zum Flugsteig.

Auf der Plattform reihten sie sich in die Schlange, um in den angebundenen Passagier-Zeppelin zu steigen. Dahinter sah Lily das aufgeblasene Luftschiff, das auf sein Frachtgut wartete.

»Willkommen in der *Damselfly*, einem LZ1-Zeppelin!«

Ein untersetzter Mechan-Gepäckträger in blauer Uniform mit dem goldenen Logo der Königlichen Luftschiff-Gesellschaft sprang aus der Tür ihres Zeppelins.

Lily lächelte, als sie ihn sah. Er hatte einen lustigen dicken Schnurrbart aus einer alten buschigen Kleiderbürste, der sich unter seiner glänzenden Nase bog. Als er die Gangway herunterlief, klapperten seine Beinkolben aneinander und seine langen Eisenarme schwangen durch die Luft. Er erreichte den Rand der Plattform und sammelte die schwereren Koffer ein – zwei unter jeden Arm. Und als wären es federleichte Päckchen, trug er sie davon und verstaute sie in ordentlichen Stapeln im Laderaum des Luftschiffs. Dann sammelte er die Ticketabschnitte ein und plauderte mit den Passagieren, als wären sie engste Freunde, die er seit Jahren nicht mehr gesehen hatte.

Als er schließlich zu ihnen kam, machte er eine kleine knarrende Verbeugung und zog die Mütze vor Madame, sodass Lily den polierten Messingdeckel seiner Glatze sah. »Meine Damen, darf ich bitte Ihre Tickets sehen?«

»Erster Klasse«, sagte Madame Verdigris und reichte sie ihm.

Er blickte auf das Gekritzel. »Miss Lily Grantham.«

Lily nickte. Sie sah auf das Ticket in der Hand des Mechaners und erspähte ein glänzendes Messingschild auf seinem Unterarm.

»Aber so was! Sie stammen ja von meinem Va...«

Madame Verdigris kniff Lily in den Arm – und zwar kräftig.

»Von John Hartman, dem berühmten Erfinder«, sagte der Mechaner stolz. »Sind Sie mit ihm verwandt?«

»Nicht im Geringsten«, antwortete Madame Verdigris, noch bevor Lily überhaupt den Mund auftun konnte. »Vielleicht sollten Sie Ihre Arbeit fortsetzen.«

Er nickte ihr zu. »Selbstverständlich, Madam. Sehr gut. Nur Handgepäck? Darf ich Sie zu Ihren Sitzen begleiten?«

Er nahm Lilys Tasche und blinzelte ihr zu – oder war es ein Fehler beim Lidschlag?

»Hier entlang, bitte. Stolpern Sie nicht.« Der Mechaner führte sie den Steg entlang zur *Damselfly*, und Lily blickte einmal noch zum Flughafengebäude zurück.

Dort fiel ihr ein Mann auf, der einen lackierten Gehstock umklammert hielt und sich hinten in die an Bord gehenden Passagiere einreihte. Seine hagere Gestalt war in einen dunklen Wollanzug gekleidet, er trug einen hohen Zylinder und eine silberne, reflektierende Nickelbrille. Etwas an ihm schien ihr seltsam vertraut: Er musste wohl irgendwelche Verbindungen zu Papa haben, dachte sie – aber sie konnte ihn nicht recht einordnen. Sie versuchte noch, diesem zerfurchten Gesicht einen Namen zuzuordnen, als sie den Gang der Luftschiff-Gondel betrat und er aus ihrem Blickfeld verschwand.

Im Abteil setzte Madame sich ans Fenster, während Lily auf den mechanischen Kofferträger wartete, um ihre Tasche zu verstauen. Als er fertig war, lüftete er seinen Hut vor ihr, und Lily reichte ihm die Hand. Er zog die Abteiltür zu und verschwand.

Madame Verdigris lehnte sich gemütlich in ihren Sitz und mokierte sich im Flüsterton über sie. »Ich verstehe nicht, warum du denen die Hand gibst, Lily. Du beschmierst dich noch mit Motoröl oder Schlimmerem.«

»Ich war nur höflich«, sagte Lily. »Sie wollen nur wie Menschen behandelt werden.«

»*Mon Dieu.* Woher hast du nur solche Ideen? Sicher nicht von deiner Schule.« Madame öffnete ihre Reisetasche und holte eine Stickarbeit heraus, die Botticellis Engel zeigte. In der engen Kabine war ihr Parfum fast unerträglich. Lily griff nach dem Fensterriegel.

Madame streckte die Hand aus. »Arrête.«

»Warum?«

»Ich ertrage den Lärm der Propeller nicht, und ich hasse den eisigen Luftzug, wenn ich reise. Ganz abgesehen von dem üblen Rauch und Gestank, den du hereinlässt.«

Lily reagierte gereizt. Warum stellte Madame sich so an? Und warum wollte sie, dass Lily Papa verleugnete – jetzt, nach alldem?

»Warum haben Sie dem Kofferträger erzählt, ich wäre nicht mit John Hartman verwandt?«, fragte sie.

»Dein Vater wollte nie, dass du deine Identität preisgibst.«

»Spielt das noch eine Rolle?«

»Willst du jeden in unsere Angelegenheiten einweihen? Gerade einen Mechaner und gerade jetzt, da dein Vater nicht mehr da ist?«

Lily schüttelte den Kopf und spürte einen stechenden Schmerz in der Brust. »Ich verstehe nicht, mit welchem Recht Sie Fragen beantworten, die an mich gerichtet sind«, sagte sie.

»Nun, ich tue es eben«, antwortete Madame. »Ich bin dein Vormund, *maintenant*, zumindest übergangsweise. Und bis wir wissen, was entschieden wurde, schlage ich vor, wir halten uns an die alten Regeln. So, und nun setz dich bitte wieder an deinen Platz und versuche, still zu sein. Wir haben eine lange Reise vor uns.«

Lily tat, wie ihr geheißen, obwohl sie es vorgezogen hätte, jemand Angenehmeres hätte jetzt das Sagen.

Sie beachtete die Haushälterin nicht weiter und begnügte sich damit, aus dem Fenster zu starren. Die Motoren der *Damselfly* fingen an zu beben und erwachten zum Leben. Zwei große dampfgetriebene Fahrzeuge begleiteten sie bis zur Mitte der Landefläche. Sie positionierten es auf ein großes X direkt unter dem Startlicht. Dann wurden die Verankerungsseile gelöst, und der Zeppelin stieg durch die Mitte des Gebäudes auf, unterstützt von gigantischen Windpumpen in den Wänden, die ihn nach oben drückten.

Lily blickte durch die Luke ihres Abteils, als der Zeppelin nach oben stieg, vorbei an den Metallstreben, die das Glasdach anhoben, und an den schlafenden Tauben, die sich kaum bewegten, als sie vorbeischwebten.

Das letzte Mal war sie mit Papa geflogen. Sie waren hier zu Beginn des Winterhalbjahrs gelandet. Damals waren die Abende hell und lang, nicht dunkel und schwer wie jetzt.

Lily flog ohne ihn und spürte auf Schritt und Tritt Gefahren. Als der öffentliche Zeppelin in den sternenlosen Himmel glitt, fragte sie sich, was mit Papa und Malkin passiert war. Und wie sollte sie das mit einer so gefühlskalten Betreuerin wie Madame je herausfinden? Sie fühlte sich plötzlich sehr einsam und hatte Angst vor der Zukunft ...

KAPITEL 5

Sie waren noch nicht lange unterwegs, als ein Klopfen am Fenster zum Gang Lily von ihrem Groschenroman aufblicken ließ.

Es war der hagere Mann mit der reflektierenden Brille von der Flughafenplattform, unter seinen Arm geklemmt hielt er eine Ausgabe des *Zahnradkuriers*. Als er die Tür aufschob und seinen Kopf hereinstreckte, schnappte Lily vor Schreck laut nach Luft, da die Spiegel keine Brille waren, wie sie zunächst gedacht hatte, sondern Linsen, die dem Mann in seine blutigen Augenhöhlen eingenäht worden waren. Der Mann hat keine Augäpfel!

Er stierte auf das Ticket in seiner schwarz behandschuhten Hand, dann prüfte er die Messingzahlen über den Sitzen, seine Spiegel reflektierten alles. »Entschuldigen Sie, Madame, Miss, wie es scheint, bin ich dieser Kabine zugeteilt. Darf ich eintreten?«

Lily schüttelte den Kopf, doch Madame Verdigris antwortete: »Aber natürlich.«

»Vielen Dank, zu freundlich.« Der hagere Mann machte es sich auf einem freien Sitz bequem und lehnte seinen Gehstock an die Wand. Lily fiel sein silberner Totenkopfknauf auf. Er nahm seinen Hut ab, zog seine Handschuhe aus und legte sie in seinen Schoß.

»Bitte entschuldigen Sie die Störung, Ladys.«

»Machen Sie sich darüber keine Sorgen.« Madame Verdigris wandte sich wieder ihrer Stickarbeit zu und stach ihre Nadel abwesend durch das Auge eines applizierten Engels.

Der hagere Mann faltete die Zeitung auf und strich sie glatt. Er hielt sie in Armeslänge von sich und begann, den Innenteil zu lesen.

Lily konnte nicht aufhören, sein Gesicht anzustarren. Vielleicht hatte er einen Unfall gehabt, die Ränder seiner Augenhöhlen, die sich um die Spiegel schlossen, waren jedenfalls rot und wund und seine Wangen von zackigen Narben gezeichnet. Sie hielt ihn für einen Hybriden – ein Teil Mensch, ein Teil Maschine. So einen hatte sie noch nie gesehen – bis zu diesem Augenblick war sie sich nicht einmal sicher gewesen, ob sie überhaupt existierten. Außer Abscheu empfand sie auch ein bisschen Mitleid für den Mann. Es musste ein schweres Leben sein, wenn man sich so von der Masse abhob.

Wahrscheinlich hatte sie ihn schon zu lange betrachtet, weswegen sie sich stattdessen der Zeitung zuwandte. Es war die Abendausgabe. Lily überflog die Titelseite und schnappte nach Luft. Der Leitartikel handelte vom Verschwinden ihres Papas. Sie las die ersten beiden Absätze.

Zahnradkurier

DER VERMISSTE PROFESSOR HARTMAN VERMUTLICH TOT

London, Abendausgabe, 9. November 1896 — Ein Penny

John Hartman, Miterfinder der modernen Mechans und berühmt-berüchtigter Einsiedler, reiste an Bord seines privaten Luftschiffs *Dragonfly*, als dieses gestern verschwand.

Das Schiff landete nicht an seinem anvisierten Ziel, dem Flughafen Brackenbridge, und man geht davon aus, dass es in der Luft explodiert ist. Die Behörden suchen derzeit die Absturzstelle ab, um so viele Informationen wie möglich sicherzustellen.

Auf dem Gebiet der mechanischen Konstruktion eine Koryphäe, besaß Professor Hartman gemeinsam mit seinem Freund, Professor Silverfish, die größte Produktionsstätte für Mechaner. Nachdem seine Frau vor sieben Jahren bei einem Dampffuhrwerk-Unfall ums Leben gekommen war, gab er seinen Teil des Unternehmens auf und verschwand aus der Öffentlichkeit. Er hinterlässt seine dreizehnjährige Tochter Lily, deren Aufenthaltsort unbekannt ist. Unsere Reporterin Anna Quinn hat versucht, mit der Familie Kontakt aufzunehmen.

Lily spürte einen Kloß im Hals und hörte auf zu lesen. Es stimmte also, dort stand es schwarz auf weiß. Sie warf einen Blick auf den hageren Mann; sein Kopf lehnte an der Nackenstütze, sein Kinn war nach hinten gekippt. Beobachtete er sie oder schlief er? Es war schwer zu sagen, was hinter diesen lidlosen Spiegelaugen vor sich ging.

Sie hustete, aber er rührte sich nicht. Vielleicht war er tatsächlich eingenickt. Die Zeitung las er jedenfalls nicht mehr – sie hing jetzt lose in seinen Händen. Sie streckte ihm die Zunge raus, da blitzte kurz ein Lächeln auf seinem Gesicht auf, fies wie das eines Haifischs.

»Ich muss mich nochmals entschuldigen«, sagte er, faltete den *Zahnradkurier* zusammen und legte ihn beiseite. »Ich weiß, wie ärgerlich es sein kann, wenn sich ein Fremder auf langen Reisen in die Kabine dazugesellt.«

Lily nickte schüchtern, was er wohl als Einladung auffasste fortzufahren.

»Seltsam, dass man uns zusammengesetzt hat, wo der Zep doch so leer ist. Es muss sich um ein Versehen handeln.«

Madame Verdigris legte ihre Stickerei zur Seite. »Wurden Sie auch von diesem Mechan-Gepäckträger an Bord gebracht? Ich finde diese primitiven Mechans mit ihren synthetischen Emotionen höchst unangenehm, Sie nicht auch? Ihnen unterlaufen so viele Flüchtigkeitsfehler. Und dann geben sie einem auch noch freche Antworten, und das ganze Aufziehen ... Ich bin oft erstaunt, dass sie überhaupt funktionieren.«

»Ganz richtig, Madame. Sie haben den Nagel absolut auf den Kopf getroffen.« Der hagere Mann lächelte. »Oder sollte ich eher sagen, sie sind zum Herzen der Sache vorgedrungen?«

Madame Verdigris lachte ihr klirrend gläsernes Lachen – wobei Lily an keiner der beiden Bemerkungen etwas Lustiges entdecken konnte. Es fiel ihr auf, dass der hagere Mann die Haushälterin zweimal mit »Madame« angesprochen hatte, nicht mit »Madam«, und sie fragte sich, woher der Mann ihre bevorzugte Anrede kannte.

Der hagere Mann lehnte sich nach vorn, seine silbernen Augen blitzten im Licht. »Ladys, bitte, erlauben Sie mir, mich vorzustellen. Mein Name ist Mr Roach.«

Madame Verdigris nickte in seine Richtung. »*Bonsoir*, Mr Roach, ich bin Madame Verdigris, und das ist mein Mündel, Miss Hartman.«

»Ah, wie in dem Artikel?«, fragte Mr Roach und tippte auf die Zeitung. Zustimmend neigte Madame Verdigris den Kopf.

Lily knirschte mit den Zähnen – hatte Madame ihr nicht gerade erst gesagt, sie solle anderen nicht verraten, wer sie war?

»Du siehst aufgebracht aus, junge Dame«, sagte Mr Roach, »und das erstaunt mich nicht.«

»Mir geht es gut«, sagte sie.

»Ich habe hier etwas, das dich aufmuntern könnte.« Mr Roach steckte eine Hand in seine Hosentasche und zog eine Papiertüte heraus, die er Lily hinhielt. Sie spähte hinein. Klebrige Süßigkeiten waren mit dem Papier verschmolzen, sie mussten seit Wochen in seiner Hosentasche gewesen sein.

»Nein, danke, Sir.«

»Nur zu, es sind Pfefferminzbonbons.« Er streckte ihr die Papiertüte entgegen, aber sie schüttelte den Kopf. »Was ist los? Magst du keine Pfefferminzbonbons? Wäre ich kein so sanftmütiger Zeitgenosse, könnte ich jetzt beleidigt sein. Vielleicht denkst du, es wäre besser für mich, Karotten zu essen. Gut für die alten Augen.« Er lachte und fasste sich mit einem Finger mitten in eines seiner Spiegelaugen.

Lily spürte, wie ein Schauer ihren Rücken hinunterlief. »Nein«, sagte sie. »Das ist es nicht, aber ... «

Sie studierte sein ausdrucksloses Gesicht. Sie wusste noch nicht einmal, wie sie es höflich hätte ausdrücken können; aber sie hätte sich keine Sorgen machen müssen, denn Madame Verdigris kam ihr zu Hilfe.

»Ich befürchte, Sir, eine Regel von Miss Scrimshaws Lehranstalt, wo Miss Hartmann Schülerin ist, lautet, niemals Süßigkeiten von Fremden anzunehmen.«

»Tut mir leid«, ergänzte Lily.

Mr Roach zog die Stirn in Falten, was seine Silberaugen kleiner werden ließ; mit seiner mageren Hand umklammerte er die Papiertüte.

»Du kannst mich wohl kaum einen Fremden nennen, Miss Hartman – wir haben uns doch gerade erst miteinander bekannt gemacht. Ich muss sagen, dass deine Regeln unter diesen Umständen meiner Meinung nach nicht gültig sind. Außerdem sollte niemand auf einer langen Reise ohne Pfefferminzbonbon sein. Mir helfen sie in diesen Pendler-Zeps gegen Reiseübelkeit.«

Lily gab nach und nahm sich eines, und Mr Roach ließ ein schmallippiges Siegerlächeln erkennen.

Das Pfefferminzbonbon schmeckte köstlich, doch nach einer Weile wurden ihre Lider schwer, und sie fühlte sich müde.

Sie lehnte ihren Kopf an das eisige Fenster, das vom Motorlärm des Zeppelins nur so klapperte, und betrachtete, wie ihr Atem die Scheibe beschlug. Bevor sie wegdämmerte, hörte sie, wie Madame Verdigris sagte: »Ich weiß nicht, warum die Zeps immer so laut sind. Es fehlt ihnen einfach die Kultiviertheit, die man mit einer guten alten Pferdekutsche oder einem Heißluftballon bekommt.«

»Veränderungen sind zu Beginn immer monströs«, antwortete Mr Roach, »aber die Menschen gewöhnen sich schnell daran. Wissen Sie, Madame Hortense, ich habe das Gefühl, dass es in Ihrem Leben in den kommenden Monaten viele Veränderungen geben wird, ob sie gut oder schlecht ausfallen, hängt ganz davon ab, wie Sie Ihr Blatt spielen. Ich werde genau beobachten, wie Sie die Dinge handhaben.«

Lily versuchte, die Bedeutung dieser Worte zu ergründen, aber sie waren glitschig und ungreifbar und schwammen vor ihr davon wie ein Schwarm silberner Fische, die sie mit sich zogen in einen Nebel aus Schlaf.

Als sie wieder zu sich kam, flog der Zep den nächsten Flughafen an, und Mr Roach war fort. Plötzlich erinnerte sie sich daran, dass er viel zu vertraut mit Madame gewirkt hatte, in seinen letzten Worten hatte eine Art Drohung mitgeschwungen.

»Was ist aus dem Mann geworden, der uns gegenübersaß?«, fragte Lily und unterdrückte ein Gähnen.

»Er ist vor ein paar Minuten gegangen, um sich auf die Landung vorzubereiten«, sagte Madame. »Er hat einen wichtigen Termin und will als Erster von Bord.«

»Aber woher kannte er Ihren Vornamen?«

»Pardon?« Madame schien ein wenig verunsichert. Sie steckte ihre Nadel am Rand ihrer Stickarbeit fest und Lily fiel auf, dass sie die Augen des Engels mit Kreisen aus silbernem Faden ausgefüllt hatte.

»Ich habe gehört, wie er Sie beim Vornamen genannt hat«, wiederholte Lily. »Und er wusste, dass Sie ›Madame‹ genannt werden, noch bevor Sie ihm Ihren Namen genannt hatten.«

»Auf was für komische Ideen du nur kommst.« Die Haushälterin ließ ihr Lachen erklingen. »Das musst du geträumt haben.« Sie sammelte ihre Fadenspulen ein und verstaute sie in der Tasche neben ihrer Stickarbeit. »Du hast lange geschlafen, Lily. Dein Haar ist ganz zerzaust. Vielleicht richtest du es besser, bevor wir ankommen?«

Lily war versucht, der Sache weiter nachzugehen, doch das Luftschiff hatte zur Landung angesetzt, und bald schon wurde das schäbige Schild des Flughafens Brackenbridge sichtbar, das die Kabine erleuchtete.

Sie mühte sich in ihren Mantel und Schal, und nur wenige Minuten später gingen sie auf der winzigen Plattform von Bord. Ein kalter Wind blies ihnen entgegen, als sie die hölzernen Treppen des Stegs hinab zu Boden stiegen.

Captain Springer, der Mechan-Chauffeur ihres Papas, erwartete sie am Eingang des Flughafens neben ihrem Dampffuhrwerk. Lily konnte ihn an seinen krummen Beinen und der gebückten Haltung sofort erkennen. Unmittelbar, nachdem Madame Verdigris ihn aufgezogen hatte, humpelte er zu Lily und schloss sie fest in seine quietschende Arme.

»Bei allem, was tickt!«, rief er, »es ist gut, dich zu sehen, Lily!« Er schnaufte und keuchte auf seinen hölzernen Beinen; seine Zahnräder klickten, als er ihren Koffer in den Wagen lud und er Madame in ihren Sitz half.

Lily, die nach den beiden einstieg, warf einen Blick auf die anderen aus dem Flughafen strömenden Passagiere, die dick eingemummelt gegen die Kälte waren. Sie suchte unter den Gesichtern nach Mr Roach, doch konnte ihn nirgendwo entdecken. Es schien, als wäre er mit der Nacht verschmolzen.

Die Fahrt zum Haus dauerte keine halbe Stunde, aber Lily blieb die ganze Zeit wach und dachte an den Mann mit den Silberaugen und was er wohl mit Madame zu tun hatte.

Captain Springer lenkte das Dampffuhrwerk auf die Auffahrt zu Gut Brackenbridge. Dort angekommen, traten Lily und Madame auf den vereisten Weg. Als sie zur Tür liefen, blickte Lily durch die schwarzen Baumskelette, deren Äste wie Risse im Himmel aussahen, nach oben zum Fenster von Papas Studierzimmer, wo früher bis spät in die Nacht die Lampe brannte, während er an seinen Projekten feilte.

Sie erwartete fast, ein Flackern des Lichts zu sehen. Doch da war nichts. Das Fenster blieb dunkel.

Ein eisiger Wind fuhr über das Grundstück und wirbelte die letzten der am Boden liegenden Blätter auf. Kummer breitete sich in Lily aus, und sie schluckte schwer. Gegen ihre Niedergeschlagenheit und die beißende Kälte ankämpfend, folgte sie Madame und Captain Springer zu der schummrig beleuchteten Veranda.

Madame zog einen Schlüsselring hervor, schloss die Vordertür auf und führte Lily ins Haus. Mit einem Nicken wies sie Captain Springer an, den Koffer im Flur neben dem Regal mit Papas alten Straßenschuhen zu verstauen. Sie zu sehen ließ Lilys Herz hüpfen. Die kantigen Lederformen und die langen Schnürsenkel standen unter seinem Alltagsmantel bereit, der an seinem Haken hing – es war fast so, als wäre er gerade hereingekommen und hätte sie dort abgestellt. Aber nein, er hatte wohl seine Fliegerjacke und Stiefel mitgenommen, wenn er und Malkin mit der *Dragonfly* fortgegangen waren. Das hier waren nur die Dinge, die er zurückgelassen hatte. Die Überbleibsel von ihm.

Ihr Herz brach, als ihr klar wurde, dass er für immer fort war, und der Gedanke daran schmerzte wie ein tiefer Schnitt. Sie holte Luft und trat durch die Glastür des Flurs in den großen Empfangsraum. Noch immer hatte sie das Gefühl, die gemütliche

Wärme des Hauses würde sie wie früher empfangen, doch hier drinnen fühlte es sich kälter und dunkler an als draußen.

Am Fuß der Treppe erwartete sie Mrs Rust, die mechanische Köchin. Sie stand wohl bereits den ganzen Tag dort, da sie abgelaufen und in erwartungsvoller Haltung eingefroren war. Eine Hand ruhte auf dem geschwungenen Geländer.

Lily ging auf sie zu. Neben Malkin war Mrs Rust ihr immer die Liebste von Papas Mechans gewesen. Doch seit Lily sie zum letzten Mal gesehen hatte, war ihr altes Metallgesicht viel verschlissener. Sorgenfalten überzogen ihre rostige Stirn und von ihrer Nase waren noch mehr Farbsplitter abgesprungen.

Madame Verdigris scheuchte den scheppernden Captain Springer durch den gekachelten Flur in den finsteren Korridor der Dienstboden, dann begutachtete sie Mrs Rust. »*Mon Dieu*!« Sie schnalzte verächtlich mit der Zunge. »Diese alten Modelle. Sie ist wieder stehen geblieben.«

Sie trat hinter die Mechanerin. Erneut zog sie den Schlüsselring hervor, suchte nach Mrs Rusts Aufziehschlüssel, steckte ihn in den Nacken der Mechanerin und drehte ihn grob, bis Lily hören konnte, wie die Federn im Inneren der eisernen Dame anfingen zu quietschen und zu knarzen.

Nachdem Madame mit dem Aufziehen fertig war, trat sie zurück und wartete.

Mrs Rusts Augen öffneten sich. Einen Moment lang war ihr Ausdruck glasig, wie immer, wenn man Mechans aufweckt, doch dann blinzelte sie, erblickte Lily und stieß einen Freudenschrei aus.

»Ach, ihr lieben Zahnrädchen und Chronometer! Meine kleine Tiger-Lil' ist zurück!« Mrs Rust schloss Lily so schwungvoll in ihre Arme, dass deren Füße vom Boden abhoben. »Wie ich dich vermisst habe, mein Herzenskind.«

»Ich habe dich auch vermisst, Rusty.« Lily küsste die zerbeulte Wange der Mechanerin, die mit Farbe geschminkt war und leicht nach Lavendelöl roch.

Mrs Rust setzte sie wieder ab und sah sie sich genau an, dann wurde ihr Gesicht ernst und ihr entfuhr ein langer, pfeifender Seufzer. »Oh, Lily«, sagte sie. »Das mit deinem Vater tut mir schrecklich leid. Der arme John. Bei allem, was tickt, habe ich nicht die leiseste Ahnung, was wir ohne ihn anfangen sollen.«

Mrs Rust Papas Namen aussprechen zu hören ließ Lilys Herz flattern. »Ich auch nicht«, sagte sie erschöpft und reckte sich nach oben, um sie auf die Nase zu küssen.

Madame Verdigris hüstelte diskret. »Haben Sie Ihre Aufgaben erledigt, Mrs Rust? Ich vertraue darauf, dass Sie sich um alles kümmern konnten, bevor sie heute Abend abgelaufen sind.«

»Ja, Ma'am. Entschuldigung, Ma'am. Mir war nicht bewusst, dass ich stehen bleiben würde, bevor Sie zurückkommen, aber Sie haben so lange gebraucht.«

»*Malheureusement*, hatte der Zeppelin Verspätung«, sagte Madame. »Schlechtes Wetter. Sturmwolken unterwegs.«

»Was für ein Jammer.« Mrs Rust wuschelte mit ihrer sanften ledrigen Hand durch Lilys Haar. »Ich habe das Zimmer der jungen Dame hergerichtet, wie von Ihnen gewünscht. Auch wenn ich ein bisschen Hilfe hätte brauchen können.« Die Mechan-Köchin warf der Haushälterin einen finsteren Blick zu, aber Madame bemerkte ihn nicht, da sie sich Lily zugewandt hatte.

»Mrs Rust wird dir dabei helfen, dich einzurichten«, sagte sie. »*Mais*, bitte leise. Mit mir an der Spitze des Haushalts werden die

Dinge hier ein wenig anders vonstattengehen. Ich werde das rabaukenhafte Verhalten, das dein Vater toleriert hat, nicht akzeptieren, vor allem nicht von einer *jeune fille rangée*.« Madame neigte ihren Kopf leicht nach hinten, um Lily von oben herab zu betrachten. »Ich erwarte dich gleich nach dem Frühstück im Salon, dann werden wir die Lage weiter erörtern.«

Lily nickte kleinlaut. Sie war von den Gefühlen des Tages zu erschöpft, um sich eine passende Antwort einfallen zu lassen.

»*Bon*«, sagte die Haushälterin. »Dann werde ich mich ins Bett zurückziehen. Es war eine lange Reise.«

Sie nahm die Öllampe vom Flurtisch und schwebte die Treppe hinauf; Lily und Mrs Rust ließ sie im Schein einer einzigen Kerze allein.

Mrs Rust nahm die Kerze und begleitete Lily nach oben. Als sie den ersten Stock erreichten, hörte Lily, wie Madame die Tür zum Elternschlafzimmer zumachte, und sie sah den Schimmer ihrer Laterne durch den Spalt darunter.

»Aber das ist Papas Zimmer«, entfuhr es ihr.

»Schornsteine und Ritzel!«, flüsterte Mrs Rust.

»Nicht mehr. Nachdem sie heute Morgen gehört hat, dass er tot ist, hat Madame seine Sachen sofort hinten in die Dienstbotenkammer geräumt und sich selbst dort eingerichtet, bevor sie dich abgeholt hat. Mr Wingnut musste sogar den alten Frisiertisch deiner Mama für sie aufstellen.«

Lily fühlte sich wieder krank. Mama war seit sieben Jahren tot und Papa erst seit einem Tag, aber schon jetzt benahm sich Madame wie die Hausherrin.

Mrs Rust öffnete die Tür zu Lilys Zimmer. Sie war erleichtert, hier immerhin alles so vorzufinden, wie sie es zurückgelassen hatte. Ihr Bücher stapelten sich noch genauso in den Regalen und die Wände waren noch immer mit ihren Notizen und Zeichnungen zugekleistert, um die gelbe Tapete zu überdecken.

Sie räumte den Inhalt ihres Koffers in den Kleiderschrank, ohne sich damit aufzuhalten, alles auseinanderzufalten, während Mrs Rust damit beschäftigt war, Holz in den Kamin zu stapeln, wobei ihre Arme wie Fahrradketten rasselten. »Madame hat mich diese Woche angewiesen, im ganzen Haus keine Feuer zu machen, solange dein Papa weg ist«, sagte sie, »aber jetzt, wo du zurück bist, wird bald alles wieder so sein, wie es sein soll. Ich mache es uns im Handumdrehen gemütlich, keine Bange.« Die alte Mechanerin legte das letzte Reisig auf die Holzscheite. »Oh, und vielleicht brauchst du eine zusätzliche Decke. Die Winternächte hier sind ziemlich kalt.«

»Gute Idee.« Lily nahm sich eine Wolldecke aus dem Schrank und schüttelte sie über dem Bett aus, was den Staub im ganzen Zimmer aufwirbelte.

»Federwerk und ... «, Mrs Rust nieste laut wie ein Nebelhorn, »... Nockenräder!«

»Vielen Dank«, sagte Lily.

»Danke dir, mein Tiger.« Die Mechanerin zog einen alten Leinenfetzen aus ihrer Tasche und schnäuzte sich. »Der Anflug einer pneumatischen Lungenentzündung. Darf ich dir einen Rat geben? Erzähl Madame nur das Nötigste. Im Lauf der Woche, seit dein Vater verreist ist, hat sie sein Büro gründlich durchkämmt.«

»Wie kann sie es nur wagen! Wonach um alles in der Welt sucht sie?«

Mrs Rust warf ihre Arme in die Luft. »Kurbelwellen und Vergasermotoren, wenn ich das nur wüsste! Könnte alles Mögliche sein. Sie ist eine ganz Heimtückische. In ihrem Oberstübchen drehen sich alle möglichen Rädchen, und seit wir heute Morgen von der Nachricht erfahren haben, kommandiert sie uns herum. Hat sich ganz selbstverständlich selbst das Sagen erteilt!« Mrs Rust hielt die Kerze an das Feuerholz und fächelte den Flammen mit ihrer Schürze Luft zu. Lily saß auf dem Bett und schaute ihr dabei zu.

»Dingsbums und Scheibenwischer«, brummelte die alte Mechanerin zu guter Letzt, als das Feuer entfacht war. »Hör nicht auf mein Geschwätz. Es ist nichts weiter als das Gequassel einer alten Nörglerin. Wenn du morgen früh runterkommst, mach ich dir ein schönes Rosinenbrötchen mit Marmelade, wie du es magst, und wir beide halten einen anständigen Tratsch.

»Danke, Rusty, und Entschuldigung, dass wir dich so spät geweckt haben. Schlaf gut.«

»Du auch, meine kleine Tiger-Lil'. Du auch.« Mrs Rust stellte die Kerze auf den Nachtisch und schlüpfte zur Tür hinaus. Lily zog sich die Decke über die Knie und lauschte den quietschenden Gelenken der alten Mechanerin, die den Flur entlanglief.

Später, als sie ihr Nachthemd anzog, berührte Lily die lange weiße Narbe auf ihrer Brust. Ein Schnitt, den ihr ein Splitter der Windschutzscheibe bei dem Unfall zugefügt hatte. Das Mal war über die Jahre verblasst, wie die Erinnerung an ihre Mama, aber manchmal spürte sie noch immer sein schmerzhaftes Pochen und jetzt, wo Papa auch fort war, kamen die Erinnerungen, die sie nur zu gerne vergessen wollte, wieder nach oben – und quälten ihren leeren Bauch.

Sie schob sie zur Seite und dachte darüber nach, was Mrs Rust zuletzt gesagt hatte. Wonach suchte Madame in Papas Sachen? Und was konnte sie dagegen tun? Diese neuen Gedanken waren alles andere als angenehm, und sie war viel zu hungrig und zu müde, um sich wirklich damit zu befassen. Seit dem Frühstück hatte sie nichts mehr in den Magen bekommen. Der Gedanke, dass sie nachmittags noch in der Schule gewesen war, schien ihr absurd.

Sie schaute auf die Uhr auf ihrem Nachtisch. Halb zwei. Unter den Zeigern sprangen winzige, in Elfenbein eingefasste Schafe über einen Zaun. Papa hatte die Uhr für sie entworfen, deren Schäfchen sie jetzt zählte, und nachdem sie die Augen geschlossen hatte, um die Gedanken in ihrem Kopf zum Stillstand zu bringen, fiel sie in einen unruhigen Schlaf voller Träume von silberäugigen Männern und totenkopfbeknauften Spazierstöcken.

KAPITEL 6

Robert stieß die Tür zu der Werkstatt seines Vaters auf und legte den kaputten Fuchs auf die Werkbank in der Mitte des Raums. Aufgereihtes Messingwerkzeug und Zifferblätter schimmerten im Gaslicht und warfen Schatten an die Wände.

Robert untersuchte die Schäden an dem Mechantier. Unter der Außenhülle aus Sackleinen, wo das Bein des Fuchses mit dem Metallschulterblatt verbunden war, waren sämtliche Glühlämpchen und sechseckigen Verbindungsbolzen gebrochen und der Rest der Teile zu einem Klumpen verschmolzen. Er wollte sich gerade an die Arbeit machen, als er spürte, dass jemand im Raum war, und blickte sich um.

Sein Dad stand mit fragendem Gesichtsausdruck in der Tür, die Arme über der Brust verschränkt. »Was hast du da, mein Sohn?«, fragte Thaddeus.

»Einen mechanischen Fuchs.« Robert trat zur Seite, damit sein Vater einen Blick auf ihn werfen konnte. »Ich habe ihn in einem Versteck unten an der Straße entdeckt. Männer hatten ihn quer durchs Dorf verfolgt. Ich glaube, sie haben auf ihn geschossen.« Er unterbrach sich, weiter gab es nichts zu sagen. Das alles machte wenig Sinn. Warum sollte jemand auf ein Mechantier schießen?

»Lass mal sehen.« Thaddeus trat heran, um das Mechantier zu untersuchen. Er setzte seine Brille auf und schaute sich die zerbrochenen Zahnräder genau an, die unter dem zerrissenen Sackleinenfell sichtbar waren. »So etwas habe ich erst ein einziges Mal zu Gesicht bekommen«, murmelte er. »Nach den winzigen, filigranen Teilchen hier zu schließen, würde ich sagen, der Mechanikermeister, der diese Kreatur hier zusammengebaut hat, war Professor Hartman von Gut Brackenbridge.«

»Du meinst diesen geheimnisvollen Kerl?«, fragte Robert erstaunt. »Der sich selbst Grantham nennt?«

»Genau der«, sagte Thaddeus. »Sein echter Name ist Hartman – aber im Dorf bin ich der Einzige, der das weiß.« Er schaute auf den Fuchs. »In welche Richtung, sagtest du, war er unterwegs?«

»Nach Osten«, sagte Robert.

»Dann wird es wohl so sein.« Thaddeus rieb sich die Schläfen. »Was ist das da?« Er hatte etwas entdeckt: einen kleinen Lederbeutel unter dem verfilzten Fell im Nacken des Mechantiers.

Thaddeus öffnete den Beutel und zog einen von einem Gewehrschuss versengten Brief heraus. Auf dem Umschlag stand in ölbefleckten Buchstaben ein einziges Wort: *Lily.* »Ja, natürlich«, sagte er. »Das Tier gehört sicher der Tochter des Professors.«

»Er hat eine Tochter?«, fragte Robert.

Thaddeus nickte. »Ich nehme an, sie ist jetzt in einem Internat. Ich bin ihr allerdings nie begegnet. Wenn sie da ist, schottet er sie immer von anderen ab.«

»Warum?«

Thaddeus legte den Brief und den Beutel an den Rand der Werkbank. »Tja, ich weiß nicht, ein wenig überängstlich, nehme ich an. Sie hat ihre Mutter verloren, als sie recht jung war – noch bevor sie nach Brackenbridge gezogen sind. Und dann war sie lange sehr krank. Vielleicht hat er ihr deshalb dieses Haustier gebaut?«

Robert konnte das nachvollziehen. Er wusste, wie es war, ohne Mutter aufzuwachsen. Auch wenn er das Gefühl hatte, Thaddeus habe gemeint, Lilys Mutter sei tot, nicht irgendwo anders wie die seine. Er erinnerte sich nicht mehr, wann er beschlossen hatte, die Fragerei über seine Mutter aufzugeben – wahrscheinlich, als Dad sich geweigert hatte, eine klare Antwort zu geben. Sah ganz so aus, als hätte jede Familie irgendwelche Geheimnisse, gute oder schlechte.

Sein Blick glitt vom Fuchs zu Lilys Brief auf der Werkbank. »Sollen wir ihn aufmachen? Was meinst du?«

Thaddeus schüttelte den Kopf. »Man öffnet niemals anderer Leute Post, Robert. Aber wir können ihn ihr vielleicht bringen?«

»Und dem Fuchs helfen wir auch, oder?«, sagte Robert. »Ich fürchte, wenn wir es nicht tun, wird er auf ewig abgelaufen bleiben.«

Thaddeus dachte nach. »Männer haben ihn verfolgt, sagst du? Und Johns Luftschiff ist verschollen. Es ... ist abgestürzt? Ich frage mich, ob wir uns da nicht auf etwas einlassen ...? Es klingt gefährlich.«

Robert setzte sich auf den Stuhl neben seinem Vater. »Es ist etwas, das repariert werden muss, und wie sagst du immer: ›Wenn etwas repariert werden muss ...‹«

»... sollten wir unser Bestes versuchen, koste es, was es wolle. Natürlich, du hast recht.« Thaddeus blickte seinen Sohn müde an. »Es geschehen so grausame Dinge in der Welt, nicht wahr? Gewalt gegen Mechaner und Menschen. Und manchmal scheint es leichter, dem nachzugeben oder sich nicht hineinziehen zu lassen. Aber ich nehme mal an, dass wir ohne solche Teufel auch keine Chance hätten, Gutes zu tun, und darauf kommt es schließlich an. Auch wenn das manchmal sehr beängstigend sein kann ...« Thaddeus hielt inne und klopfte gedankenverloren mit seinem Schraubenzieher auf die Werkbank. »Niemandem fällt es leicht, die Angst zu überwinden. Es braucht ein tapferes Herz, um große Schlachten zu gewinnen.«

Er blickte auf den Fuchs. »Nun, kriegen wir ihn repariert, was meinst du? Oder hat das Uhrwerk endgültig ausgetickt? Lass doch mal sehen ...«

Er öffnete eine Schublade in der Werkbank, zog eine Lederrolle heraus und wickelte sie auf. Eine Reihe ordentlich sortierter Uhrmacherwerkzeuge kam zum Vorschein: Schraubenzieher, Nadeln und Pinzetten, jedes einzelne noch mal in einem eigenen Lederetui. Aus einer anderen Schublade holte er Glasbehälter mit winzigen Schräubchen und Zahnrädchen, die er hinter der Lederrolle bereitstellte. Zuletzt nahm er seine Lupenbrille von einem Haken an der Wand, setzte sie auf und blinzelte mit großen blauen Augen dahinter hervor. Mit einer Pinzette öffnete er das Einschussloch im Bein des Mechantiers, indem er den ölverkrusteten Sackleinenpelz auseinanderzog, und untersuchte die Funktionsweise des Mechantiers.

Robert stand auf Zehenspitzen daneben und schielte über seine Schulter, um einen Blick auf die Schäden erhaschen zu können. Hinter dem Schulterblatt hatte die Kugel das eng verzahnte innere Uhrwerk zertrümmert und verbogen. Sie hatte sich einen Weg durch zersplitterte Nocken und Federn geschlagen, bis sie tief in einer verbeulten Metallplatte stecken geblieben war.

»Keine leichte Reparatur«, sagte Thaddeus.

»Aber schaffst du es?«, fragte Robert.

Der Uhrmacher nickte. »Ja, wird allerdings eine Weile dauern. Und ich brauche deine Hilfe. Geh und hol alle Behälter mit den Kupfernocken und Uhrfedern; wenn es nicht genug sind, bringst du mir noch ein paar von den alten Uhren, aus denen wir Teile verwenden können.«

»Geht in Ordnung.« Robert machte sich auf den Weg, um all die benötigten Kleinteile in der Werkstatt zusammenzusammeln. Thaddeus nahm seinen Schraubenzieher zur Hand und machte sich an dem Mech-Fuchs ans Werk.

Viele Stunden waren nötig, um den Schaden zu reparieren, den die Kugel in der Schulter des Mechantiers verursacht hatte. Robert half, die kaputten Zahnrädchen zu entfernen, und protokollierte sie in einem Arbeitsheft. Und wenn Thaddeus Ersatzteile brauchte, die nicht schon in der Auswahl zu finden waren, die Robert vorab bereitgestellt hatte, lief er los und holte sie aus den verschiedenen Gläsern und Dosen, die sich auf den Regalen im Lagerraum stapelten.

Manche Teile waren schwieriger aufzutreiben, und er musste die Schubladen in der Werkbank durchsuchen. Einmal, als sie ein bestimmtes Zahnrad brauchten, beauftragte Thaddeus ihn, die Uhrwerke sämtlicher Chronometer, die sie im Geschäft hatten, danach abzusuchen und erst wiederzukommen, wenn er eines gefunden hätte. Aber meist saß Robert mit im Raum und half seinem Vater.

Es waren solche Momente des gemeinsamen Arbeitens, die die seltene Möglichkeit schufen, miteinander ins Gespräch zu kommen. Robert genoss das sehr, trotz seiner Angst, etwas Ungeschicktes zu tun, denn er wusste, dass er seinem Vater in diesen Momenten schwierige Fragen stellen konnte.

»Ist es nicht komisch«, grübelte er, »dass Mechaner und Mechantiere keine Menschen verletzen können, Menschen aber Mechaner sehr wohl? Wie kann das sein?«

Thaddeus runzelte die Stirn und schaute ihn an. Seine großen Augen blinzelten hinter der Lupenbrille, als er über diese Frage nachdachte. »Das ist die erste Regel für Mechaner, Robert: Ein Mechaner kann Menschen weder töten noch schwer verletzen.«

»Aber woher wissen sie das?«

»Sie wurden so konstruiert, ihre Ventile und Schaltkreise sind entsprechend gebaut.«

»Und doch können wir sie töten. Ihr Dasein beenden.«

Robert ersetzte vorsichtig ein Teil im Bein des Fuchses. »Was passiert mit einem Mechaner, dessen Uhrwerk abgelaufen ist?«

»Ich nehme an, sie sterben«, sagte Thaddeus. »Falls sie das überhaupt können.«

»Oder sie verschwinden«, sagte Robert. Er hielt ein ölverschmiertes Zahnrad in der Hand und wendete es hin und her. Die scharfen Zähnchen am Rand stachen ihm in die Finger.

»Aber was passiert danach mit ihnen? Glaubst du, sie kommen in den Himmel? Denkst du, sie haben mechanische Seelen?«

Thaddeus dachte nach, als er eine Feder am Schulterblatt des Fuchses austauschte. »Ich weiß es nicht«, sagte er. »Die meisten glauben das nicht.« Er schwieg kurz. »Ich habe dir das nie erzählt, vielleicht hätte ich es früher schon mal erwähnen sollen, aber, es ist jetzt eine Weile her, vor sieben Jahren, als er hierhergezogen war, ging ich regelmäßig zum Gut Brackenbridge und zog die Uhren für Professor Hartman auf. Als er erfuhr, dass ich auch Uhren reparierte, bat er mich gelegentlich um Hilfe bei der Reparatur eines seiner Mechaner. Aber diesen hier habe ich nie gesehen.«

Robert bekam große Augen. Er hatte nicht gewusst, dass sein Vater schon einmal an richtigen Mechanern gearbeitet hatte. Schon wieder etwas, das man ihm verschwiegen hatte.

»Johns Mechaner waren alle unglaublich fein gearbeitet«, fuhr Thaddeus fort, »und wenn sie liefen, wirkten sie irgendwie anders ... lebendiger.«

»Wie meinst du das?«

»Sie sind nicht wie normale Modelle. Sie haben Eigenarten, und sie können selbstständig denken. Wenn sie das nicht zu Lebewesen gemacht hat, wüsste ich nicht, was sonst.«

»Aber warum gibt es davon dann nicht mehr?«

Robert ließ nicht locker, er presste die Zähne des Rädchens in seine Handfläche.

»Vielleicht waren sie eine Spezialanfertigung von John«, sagte Thaddeus. »Mechaner aus der Massenproduktion haben nie ein solches Maß an Persönlichkeit entwickelt. Man braucht besondere Fähigkeiten, um so etwas herzustellen. Ich glaube, er hat mir nur erlaubt, ihm bei seinen Reparaturen zu helfen, weil er in mir einen verwandten Geist gesehen hat – das und die Tatsache, dass er seine Mechaner nicht zur Reparatur weggeben wollte. Er hat gesagt, das würde ihre Persönlichkeit zerstören.« Thaddeus unterbrach seine Reparaturarbeiten am Bein des Fuchses und stopfte seine Pfeife mit frischem Tabak aus einem Lederbeutelchen in seiner Tasche. Dann zündete er sie an und nahm einige lange Züge.

»Wie sind sie denn, seine anderen Mechaner?«, fragte Robert. Er konnte sich ein so privilegiertes Leben kaum vorstellen, mit so vielen Mechanern als Dienstboten und sogar einem Mechantier als Haustier wie dieser Fuchs.

Thaddeus blies einen Rauchkringel in die Luft. »Einer der Mechaner in Brackenbridge, zum Beispiel die Köchin, Mrs Rust, sang beim Arbeiten. Lieder, die sie sich selbst ausgedacht hatte. Und ich nehme mal an, dass so mancher sagen würde, sie besitze eine Seele, wenn sie doch so etwas Wundervolles hervorbringen könne. Aber wenn sie kaputtging und John und ich ihr Inneres reparierten, konnte ich nie herausfinden, woher dieser Lebensfunke kam.«

»Andererseits«, meinte Robert, »wenn man einen Menschen aufschneidet, erwartet man doch auch nicht, dass man einen Nachweis für seine Seele findet oder was sonst einzigartig an ihm ist.«

Thaddeus zuckte die Schultern. »Ich weiß nicht genug über diese Dinge, um dir da eine Antwort geben zu können. Aber eines weiß ich ... Gefühle und Intuition, Liebe und Mitgefühl, das ist es, was eine Seele ausmacht, nicht Blut und Knochen oder Maschinenteile.« Er wuschelte seinem Sohn mit seiner schwieligen Hand durchs Haar. »Die Seele ist eine Herzensangelegenheit, Robert, und das Herz ist ein Mysterium, das auch die größten Wissenschaftler nicht verstehen.«

Robert nickte, war sich aber auch nicht sicher, ob er es verstanden hatte. Er beobachtete, wie Thaddeus die Pfeife beiseitelegte und sich wieder seinen Schraubenziehern zuwandte, um all die Zahnrädchen im Inneren des mechanischen Fuchses freizulegen. Es war wirklich ein bemerkenswerter Apparat. Robert erinnerte sich, wie er die Straße entlanggelaufen war, als hätte er die Seele eines Fuchses. Vielleicht hatte sein Vater recht. In Wirklichkeit gab es weit weniger Unterschiede zwischen Menschen und Mechanern, als irgendjemand hätte zugeben wollen.

Um drei Uhr morgens endlich legte Thaddeus das Werkzeug weg und verkündete, dass sie fertig waren. Er nahm Nadel und Faden und nähte den losen Sackleinen-Pelz wieder zusammen, bis die Mechanik des Beines wieder ganz bedeckt war.

Als er so weit war, nahm Thaddeus den einzig für den Fuchs passenden Aufziehschlüssel, der um dessen Hals hing, steckte ihn ins Schlüsselloch und machte zehn Umdrehungen. Dann traten sie zurück und warteten, um zu sehen, ob er aufwachte ...

Der Fuchs ruckelte, und Robert hielt den Atem an. Er hörte die Federn und die sich drehenden Zahnrädchen im Inneren ticken, doch das Mechantier bewegte sich nicht, auch seine Augen blieben geschlossen.

»Vielleicht«, sagte Thaddeus, »brauchen die neuen Teile Zeit, um sich anzupassen.«

»Und vielleicht können wir es morgen noch mal probieren und ihn aufziehen?«, fügte Robert hinzu.

Thaddeus legte eine Hand auf seine Schulter. »Bitte erst, wenn deine Aufgaben erledigt sind. Er wird dann ja noch hier sein. Wenn er läuft, dann läuft er, und wenn nicht, dann nicht. Wir haben für heute Nacht getan, was wir konnten, und manchmal ist das alles, was man tun kann.«

Sie nahmen die Laterne und verließen den Raum, beide so müde, dass sie den Brief ganz vergaßen, der unter einem Haufen Werkzeug auf der Werkbank lag.

KAPITEL 7

Am Morgen, nachdem sie zu Hause angekommen war, sah Lily beim Aufwachen, dass der Schnee in dicken Flocken schnell vom Himmel wirbelte. Sie zog ihren Wintermantel an, um einen Spaziergang auf dem Anwesen zu machen. Zwei fremde Dampffuhrwerke parkten in der Auffahrt: das eine ein Rolls-Royce-Phantom mit einem Mechan-Chauffeur und einem Nummernschild, auf dem S1LVERFISH stand, das andere ein kleines kompaktes Fahrzeug mit einem schwarzen Schornstein, der kaum größer war als ein Zylinder. Keines machte den Eindruck, als hätte es etwas mit ihrem Vater zu tun.

In einiger Entfernung konnte sie zwei Figuren unter den Bäumen ausmachen. Sofort erkannte sie, dass es sich um die anderen Mechaner ihres Papas handelte: Mr Wingnut und Miss Tock. Bewegungslos wie Statuen, mit Rechen in ihren Händen und einem Rollstuhl an ihrer Seite, wurden sie nach und nach vom Schnee bedeckt. Warum um Himmels Willen waren sie bei so einem Wetter draußen? Sie eilte zur Hintertür und stürzte auf der Suche nach Mrs Rust in die Küche.

Ein Gusseisenofen verströmte Wärme und den Geruch von frisch gebackenen Keksen. Die Mechan-Köchin summte leise vor sich hin, während sie mit ihrem Rührbesen-Armaufsatz Eier in einer Schüssel verquirlte. Ihre Sammlung auswechselbarer Hände glänzte an Haken an der Anrichte – Pfannenwender, Siebe, Pfannen, Löffel und Fischvorlegemesser – allesamt viel benutzt und glänzend poliert.

»Warum stehen Mr Wingnut und Miss Tock abgelaufen im Garten?«

»Du bist ja früh wach«, sagte Mrs Rust und ignorierte die Frage.

»Ich habe nicht sonderlich gut geschlafen und daher beschlossen, einen Spaziergang zu machen.« Lily klatschte in ihre Hände, die in dicken Handschuhen steckten, um die Kälte zu vertreiben. »Sag schon.«

Mrs Rust blickte traurig drein. »Madame hat sie gestern rausgeschickt, um Blätter aufzusammeln, und als sie sich zur Hälfte durch die Aufgabe gebibbert hatten, weigerte sie sich, sie aufzuziehen. Sie sagte, sie sei nicht dafür verantwortlich, hinter nutzlosen Mechanern herzurennen, um sicherzugehen, dass sie funktionierten. Mich hat sie nur zum Kochen aufgezogen, und Captain Springer, damit er sie zum Flughafen bringen und von dort abholen kann. Davor hatte sie ihn im Keller eingesperrt.«

Lilys Augen füllten sich mit Tränen. »Können wir ihnen nicht helfen?«

»Ich befürchte, nicht, meine Liebe.« Die alte Mechanerin schüttelte ihren Kopf. »Madame hat all unsere Aufziehschlüssel an sich genommen, sobald dein Papa weg war.«

»Das war erst gestern. Es wäre doch möglich, dass er wieder zurückkommt und alles gut macht. Oder?« Ihr Kopf schmerzte allein beim Gedanken daran.

»Vielleicht ist das jetzt unsere Aufgabe.« Mrs Rust atmete rasselnd ein. »Ich weiß, dass das Leben manchmal wehtut, mein Tiger. Aber vergiss nicht, dass du, solltest du nicht ändern können, was heute geschehen ist, den richtigen Augenblick abwarten musst, bis du stark genug bist, um morgen weiterzukämpfen.« Sie stellte ihre Rührschüssel zur Seite und hielt ihr ein Blech mit Keksen hin. »Hier, nimm einen Mandelkeks. Ich habe sie extra gemacht, um deinen Bauch zu wärmen.«

»Danke.« Lily nahm mit ihren behandschuhten Fingern einen Keks und biss hinein. Er war köstlich, aber ... heiß! Sie sog Luft durch ihre Zähne ein und wedelte mit einer Hand vor ihrem Gesicht.

»Dampf und Stahl!«, gluckste Mrs Rust. »Ich hab gar nicht gemerkt, dass sie noch heiß sind – das kommt davon, wenn man feuerfeste Finger hat! Aber wenn du eine Weile wartest, meine Liebe, wird der Schmerz vergehen. Das Gleiche trifft auch auf deinen Papa zu, wenn ich mir das zu sagen erlauben darf.« Sie stellte das Keksblech beiseite. »Am besten sparen wir uns den Rest für nach dem Frühstück auf.«

»Ja«, sagte Lily, »das ist bestimmt am besten.« Sie ließ sich auf einen Stuhl am Feuer plumpsen und legte ihre Füße auf den Kaminvorsetzer, um ihre Stiefel zu wärmen. Sie versuchte, nicht an das Schicksal der anderen Mechaner zu denken oder an das von Malkin oder ihrem Papa – es war schwer, sich davon abzuhalten, aber irgendetwas an dem Raum gab ihr das Gefühl, hier von allen Übeln der Welt geschützt zu sein. Vielleicht war es Mrs Rust selbst? Sie war so warmherzig und verstand alles, was Lily durchmachte. Nicht wie Madame. Hätte sie erraten müssen, wer von den beiden Gefühle hatte – Lily wäre die Wahl leichtgefallen.

Mrs Rust wechselte die Rührbesenhand gegen einen Pfannenwender aus und ließ ihn einrasten. »Stoppuhren und Kreisel!«, rief sie. »Das habe ich völlig vergessen – ich soll dir etwas ausrichten: Madame Verdigris möchte dich gleich nach dem Frühstück im Salon sprechen.«

Lily schluckte. Es schien, als würde sie nur wegen ihrer schlechten Gedanken über Madame zu ihr gerufen. »Ich frage mich, was sie möchte?«, wunderte sie sich.

Mrs Rust zuckte nervös die Achseln. »Bei allem, was tickt, ich habe nicht die leiseste Ahnung. Sie hat irgend so einen Anwalt und einen anderen Mann bei sich – ich finde es ekelhaft. Dein Vater wird kaum einen Tag vermisst. So wie sie sich aufführt, könnte man meinen, sie *wüssten* bereits, dass er tot und nicht ...« Sie verstummte. »Dampfmaschinen und Ofenrohre, es tut mir leid ... ich wollte nicht ...«

»Schon in Ordnung, Rusty.« Lily kratzte sich an einem Fingernagel und atmete tief ein, um den scharfen Schmerz zu unterdrücken, der in ihr emporstieg.

»Warum erzählst du mir nicht, was hier sonst noch los war?«

Die alte Mechanerin nahm den Kessel vom Herd und goss einen Schluck Wasser in eine Kanne, um sie zu wärmen. »Heute bin ich nur Nullen und Einsen«, jammerte sie, löffelte den Tee hinein und füllte die Kanne bis zum Rand mit Wasser.

»Seit Madame hier das Sagen hat, steckt sie überall ihre Nase hinein. Denkt, dein Vater hätte wertvolle Gegenstände im Haus versteckt.« Mrs Rust legte ein paar Rosinenbrötchen auf die

Herdplatten und drückte sie mit ihrer Pfannenwenderhand nach unten.

»Gestern Morgen hat sie sogar Captain Springer, Miss Tock und Mr Wingnut ausgefragt. Ich hätte ihr gleich sagen können, dass sie nichts wissen. Deswegen hat sie sie dann auch ablaufen lassen.«

»Aber weißt *du* denn etwas?«, sagte Lily.

»Nockenfedern und Kühlsalbe! Das kann man so nicht sagen.«

Mrs Rust warf ihr einen nervösen Blick zu, während sie die Rosinenbrötchen abkratzte und die gebräunte Unterseite jedes einzelnen mit Butter beschmierte. »Es gab so vieles, woran dein Vater gearbeitet hat, aber ich bezweifle, dass etwas davon derart wertvoll war, dass man ihn deswegen hat verschwinden lassen.« Sie stellte einen Teller mit Rosinenbrötchen vor Lily ab. »Greif zu, mein Tiger. Du wirst *die da oben* bestimmt nicht auf leeren Magen treffen wollen.«

Lily schraubte den Deckel vom Marmeladenglas ab und löffelte etwas davon auf die warmen Brötchen. So wie die anderen hier behandelt worden waren, schätzte sie sich glücklich, dass Mrs Rust ihr jeden Wunsch von den Augen ablas. Wäre Papa da gewesen, hätte er alldem ein Ende gesetzt, aber das war er nicht, und wie es schien, waren seine Geheimnisse der Grund dafür, warum überhaupt alles so schiefgegangen war.

Als sie eine halbe Stunde später im Salon erschien, hatte sich Madame dort bereits mit Mr Sunder, einem ergrauten Anwalt der Kanzlei Rent und Sunder, eingefunden. Ebenfalls anwesend war ein Bär von einem Mann, der mit seinem Hut auf den Knien ganz am Rand seines Stuhls saß. Sein stattliches Gesicht mit dem kantigen Kiefer sah schmaler und faltenzerfurchter aus als damals, als sie ihn zum letzten Mal gesehen hatte, aber als er sie erblickte, leuchtete es sofort auf. »Lily«, rief er, »da bist du ja.«

»Professor Silverfish!«, Lily lächelte ihn strahlend an.

»Ja, ich bin's.« Ihr Patenonkel stand auf und drückte sie fest an sich. »Du bist so groß geworden. Hast du noch das Zinnspielzeug, das ich dir gekauft habe?«

Sie schüttelte den Kopf. »Ich fürchte, es ist kaputt.«

»Wie das?«

»Ich habe es auseinandergenommen, um nachzusehen, wie es funktioniert.«

Professor Silverfish lachte. »Ein Mädchen ganz nach meinem Geschmack.« Er wich zurück und zuckte zusammen, und Lily hörte ein Ticken aus seiner Brust. »Mir geht es leider überhaupt nicht gut, Lily.«

Vorsichtig knöpfte er sein Jackett auf und offenbarte einen zusammengeflickten Metallapparat, der über sein Hemd geschnallt war. Von dem Apparat führten Schläuche in seinen Brustkorb hinein und aus ihm heraus.

»Es ist in Ordnung«, versicherte er ihr, als er den erschrockenen Ausdruck in ihren Augen sah. »Es ist völlig harmlos. Ein Uhrwerk-Prototyp, ein Hybrid-Herz, nichts weiter. Es bewahrt mich davor, komplett kaputtzugehen.« Professor Silverfish strich sich mit einer Hand durch seine weißen Haare. »Natürlich muss man es ständig aufziehen wie einen der Mechans, nicht wahr! Und es bedeutet in vielerlei Hinsicht, dass ich gebrechlich bin.

Ich funktioniere nicht mehr so wie früher. Aber dennoch, ich versuche, das Beste daraus zu machen, und bin in deiner Stunde der Not zu dir gekommen, liebe Lily.«

»Papa hat mir nie gesagt, dass du so krank bist«, sagte Lily. »Ich dachte einfach, du wärst fortgegangen.«

Professor Silverfishs Miene verfinsterte sich. »Ja, ich habe deinen Vater in den vergangenen Jahren vermisst, habe alle vermisst. Aber ich musste mich wegen meiner Gesundheit in wärmere Gefilde zurückziehen. Deswegen.« Er tippte mit einem Finger auf die Vorrichtung an seiner Brust. »Ich wünschte nur, ich hätte für dich da sein können, bei allem, was passiert ist ... dem Tod deiner Mutter ... und jetzt Johns Verschwinden ... Mir ist zu Ohren gekommen, dass man dich aus der Schule genommen hatte.« Er hielt inne.

Lily nahm einen tiefen Atemzug. Sie war froh, dass er aufgehört hatte zu reden; das, was er sagte, und der scheußliche Apparat sorgten dafür, dass sie sich noch schlechter fühlte.

Professor Silverfish schien ihr Unwohlsein zu bemerken.

»Es tut mir leid«, sagte er. Er knöpfte sein Jackett zu, was das Geräusch des Geräts dämpfte, und holte tief Luft, bevor er sich mit schmerzhaft verzogenem Gesicht zurücklehnte.

Madame Verdigris, die leise mit Mr Sunder geredet hatte, hüstelte diskret. »*Bien*«, sagte sie, »wenn wir dann beginnen könnten.«

»Natürlich«, nickte Professor Silverfish. »Lily, warum nimmst du nicht Platz?«

Lily sank in Papas alten Ledersessel mitten im Raum und sah zu, wie sich Mr Sunder ihr gegenüber auf das Sofa setzte. Er zog einen Stapel Dokumente aus einem Ordner auf seinem

Schoß, schob sie penibel zusammen und legte sie vor sich auf den Tisch.

»Miss Hartman, seit Ihr Vater gestern verschwunden ist, wurden gewisse Verfahren in Betracht gezogen ... Er hat uns einen Brief hinterlassen ... bezüglich Ihres Wohlergehens ... sollte ihm etwas zustoßen ... Ich werde ihn Ihnen jetzt vorlesen.«

Mr Sunder zog einen Zwicker hervor und putzte die Gläser mit einem getüpfelten Taschentuch. Lily erwartete das Schlimmste, doch in der Stille waren nur das sanfte Ticken von Professor Silverfishs Herzmaschine und Madams flacher Atem zu hören. Schließlich setzte Mr Sunder die Brille auf seinen Zinken und begann zu lesen.

»Ich, John Hartman ... bei voller geistiger und körperlicher Gesundheit, lege hiermit fest, wie meine Tochter, Lily Grace Hartman, in Zukunft versorgt werden soll ...«

Seine kalten Worte, die durch den Raum hallten, klangen kein bisschen wie Papa. Lily schaute mit tränengefüllten Augen zum Professor und dann zu Madame Verdigris, die am Erkerfenster stand; ihr adlerähnliches Profil, schwarz wie ein Scherenschnitt, wurde von den Flügeln des Fensters gerahmt.

Madame drehte sich um und sagte ungeduldig zu dem Anwalt: »Das wissen wir doch bereits, gehen Sie zum wichtigen Teil über.«

»Vielleicht würde die junge Dame gern ...«

»Ich sagte, Sie sollen gleich zu den Details übergehen.«

»Richtig.« Mr Sunder räusperte sich peinlich berührt.

»Die Bestimmungen ... Alle Patente, Apparate und Besitztümer sollen für Lily treuhänderisch verwaltet werden, die an ihrem achtzehnten Geburtstag in deren Besitz kommen wird ... Mr

Hartman hat darüber hinaus vorgesehen, dass Madame Verdigris bis dahin als Vormund eingesetzt wird ... und, äh, außerdem als Treuhänderin der Patente ... sie wird bei Bedarf von mir ... und dem Patenonkel des Mädchens beraten.« Er nickte in Richtung von Professor Silverfish.

»Was geschieht mit Mrs Rust?«, fragte Lily. »Ich hätte gedacht, Papa würde sie als meinen Vormund einsetzen?«

»Lily hat recht«, sagte Professor Silverfish. »Und was ist mit den anderen Mechanern, die für John arbeiten – Captain Springer, Miss Tock und Mr Wingnut –, hat er für sie etwa keine Vorkehrungen getroffen?«

Mr Sunder überflog die wenigen kurzen Seiten, wobei sich seine Lippen bei jedem Wort bewegten. Schließlich drehte er sie um, als glaubte er, etwas auf ihrer leeren Rückseite zu finden. »Ich fürchte, nein, Sir, Miss ...« Hinter seiner Brille warf er Madame nervöse Blicke zu. »Es scheint, als gäbe es keine Bestimmungen für die Mechans in diesem, äh ... Dokument.«

Professor Silverfish lehnte sich in seinem Stuhl nach vorn. »Finden Sie das nicht auch seltsam, Sir?«

»Meiner Erfahrung nach nicht«, antwortete Mr Sunder.

»Gut«, sagte Professor Silverfish, »ich schon.«

»Ich auch«, sagte Lily. »Papa hat seine Mechans genauso geliebt wie mich und Mama. Sie gehören praktisch zur Familie. Vor allem Mrs Rust. Nach Mama war sie diejenige, die sich um mich gekümmert hat. Ich hätte erwartet, dass er zumindest an sie gedacht hat.«

»Wenn der Tod nahe ist, Miss Hartman, verhalten sich Menschen nicht immer so, wie sie es zu Lebzeiten getan haben«, sagte der Anwalt.

Lilys Herz raste in ihrer Brust. »Dann denken *Sie* also, dass mein Papa tot ist?«

»Keineswegs.« Mr Sunder schluckte. »Ich spekuliere nur ... Ich meine, bis man ihn findet ... oder bevor man ihn nicht für ... das heißt ...« Nervös ordnete er die Blätter in seinen Händen. »Wie dem auch sei, Miss Hartman, wenn Sie etwas von juristischen Angelegenheiten verstehen würden ...«

»Aber weil du *un enfant* bist«, schnitt ihm Madame das Wort ab, »erwarten wir das nicht von dir.«

»Ja, genau«, fuhr Mr Sunder fort, »dann wüsstest du, dass Mechans nicht die gleichen Rechte haben wie wir Menschen ...« Hilfesuchend blickte er einmal mehr zu Madame. »Beispielsweise dürfen Mechans kein Eigentum besitzen oder in der Verantwortung für ein Dampffahrzeug oder Luftschiff oder gar für ein Kind stehen. Was ein verantwortungsvoller Erwachsener darf, sind für sie verboten aufgrund mangelnder Intelligenz, mangelnder Persönlichkeit, et cetera, et cetera ...«

»Aus diesem Grund hat dein Vater mich als deinen Vormund ausgewählt«, fügte Madame Verdigris dem hinzu.

»Ist das wahr?«, fragte Lily den Professor.

»Ich fürchte, ja«, sagte er. »Mit rechtlichen Belangen habe ich mich nie beschäftigt.«

»*Bien.* Genug davon.« Madame legte ihre Hände auf das Kopfteil von Lilys Sessel. »Lass Mr Sunder fertig reden, er ist ein sehr beschäftigter Mann. Mr Sunder, setzen Sie Lily über die andere Sache, die wir diskutiert haben, in Kenntnis ...«

»Ja, Ma'am, aber insofern sie eher heikel ist, könnte ich vielleicht zuerst mit den Erwachsenen allein sprechen?«

Lily warf dem Professor einen flehenden Blick zu. »Ich denke«, sagte er, »wenn es mit Lilys Rechten zu tun hat, sollte sie anwesend sein. Wir müssen respektieren ...«

»*D'accord*«, unterbrach ihn die Haushälterin. »Sie dürfen vor dem Kind sprechen, Mr Sunder. Ich nehme an, der Professor hat recht, es sollte keine Geheimnisse zwischen uns geben.« Sie griff nach Lilys Schulter und drückte sie unangenehm fest.

»Wie Sie wünschen.« Um Zeit zu gewinnen, glättete Mr Sunder sein fettiges Haupthaar. »Ladys, Professor Silverfish, dank Professor Hartmans ... Projekten hat das Anwesen mit den Jahren erhebliche Schulden angehäuft. Mehr als seine Patente und Betriebe wert sind.«

»Was meinen Sie damit genau?«, fragte Professor Silverfish in scharfem Tonfall.

»Ich meine, dass das Geld weder genügt, um Lilys Unterhalt zu bezahlen, noch dafür, im Haus zu bleiben.«

»Siehst du?«, sagte Madame zu Lily. »Es ist so, wie ich befürchtet habe.«

Professor Silverfish schüttelte den Kopf. »Das verstehe ich nicht. Das kann doch nicht sein. John hätte sicherlich seine Patente verkauft. Wenn die Dinge so schlecht stünden, hätte er alles in seiner Macht stehende getan, um sicherzustellen, dass für Lily gesorgt ist.«

»Vielleicht war er weniger umsichtig, als Sie glauben, Sir.« Mr Sunder nahm den Zwicker von seiner Nase und putzte ihn erneut energisch mit seinem Taschentuch.

»Was würden Sie uns raten?«, fragte Madame.

Mr Sunder schaute zwischen Lily und Madame hin und her, bis sein Blick an Madame hängen blieb. »Mein Rat an Sie, Miss

Hartman ... an ihren Vormund ... lautet, alles von Wert zu verkaufen ... die Mechaner, die Geräte und dann, vielleicht sogar das Gebäude selbst.«

»Das dürfen Sie nicht«, sagte Lily. »Das gehört alles Papa. Es sind unsere Sachen.«

»Wie es aussieht, haben wir keine andere Wahl«, erwiderte Madame Verdigris grimmig.

Lily konnte es nicht fassen. Man hatte doch immer eine Wahl, oder etwa nicht? War es nicht das, was die Leute sagten? Wenn sie sie doch nur überzeugen könnte ...

Dann jedoch sah sie den resignierten Gesichtsausdruck des Professors und das ernste Gesicht des Anwalts. Sie drehte sich um, um gerade noch das süffisante Lächeln zu bemerken, das Madames Lippen umspielte. Voller Schrecken wurde ihr bewusst, dass diese schreckliche Person von jetzt an über ihr Leben bestimmte.

Anschließend, als Madame Mr Sunder zur Tür brachte, nahm Lily Professor Silverfish zur Seite.

»Bitte lass mich nicht allein mit ihr«, bettelte sie.

Der Professor ließ den Kopf hängen. »Es tut mir leid, Lily. Ich kann nichts ausrichten. Es ist der Beschluss deines Vaters und für den Moment glaube ich nicht, dass es klug wäre, etwas dagegen zu unternehmen, auch wenn ich das Gefühl habe, dass Madame Verdigris nicht zu hundert Prozent vertrauenswürdig ist.«

Lily schüttelte den Kopf. »Das ist sie ganz und gar nicht«, sagte sie. »Mrs Rust hat mir Dinge über sie erzählt – wie sie die Mechaner gestern absichtlich hat ablaufen lassen, und dass sie in Papas Sachen gewühlt hat, nachdem er weg war.«

»Wirklich?«, Professor Silverfish sah sie schockiert an. »Nun, das klingt nicht gerade so, als würde sie sich korrekt verhalten.«

»Nein«, pflichtete Lily ihm bei. Sie nahm den Mantel des Professors von der Garderobe, der mit ihrer Hilfe keuchend hineinschlüpfte, dann knöpfte sie ihn über seinem klobigen mechanischen Herzen zu.

Professor Silverfish setzte seinen Zylinder auf und zupfte so lange an der Hutkrempe herum, bis er richtig auf seinem Kopf saß. »Wenn du möchtest«, sagte er schließlich, »kann ich dafür sorgen, dass Johns Sachen in der Gilde der Mechanisten eingelagert werden. Ich bin sicher, dass er das so gewollt hätte – anderen Wissenschaftlern dabei zu helfen, neue Maschinen zu entwickeln. Aber nur, wenn du damit einverstanden bist, Lily?«

»Ich bin einverstanden«, sagte Lily.

Sie hatten die Haustür erreicht, und sie starrte auf den kerzengeraden Rücken von Madame. Die Frau stand in der Auffahrt und winkte dem Anwalt zu, der in seinem kleinen grauen Dampf-Automobil davontuckerte.

»Gut.« Der Professor zerzauste Lilys Haare und trat hinaus in die Kälte. »Ich möchte, dass du noch etwas für mich tust. Ich möchte, dass du ein Auge auf deinen Vormund wirfst und mich über alles, was sie tut, auf dem Laufenden hältst.« Er nahm eine Visitenkarte aus seiner Manteltasche, legte sie Lily in die Hand und schloss ihre Finger darum.

»Das ist meine neue Adresse in London, du kannst mir jederzeit schreiben oder telegrafieren, um mir zu berichten, wie es dir ergeht. Und wenn es sonst noch etwas gibt, irgendetwas, das ich tun kann ...« Er hüstelte verlegen. »Es tut mir so leid, dass wir so lange nichts voneinander gehört haben, Lily. Ich bin erst vor Kurzem, als ich die schreckliche Nachricht erhalten habe, nach England zurückgekehrt und hatte das Gefühl, ich müsste dich unbedingt besuchen.«

»Ich bin sehr froh, dass du gekommen bist.« Sie umarmte ihn noch einmal.

»Ich wünschte nur, du und Papa hättet niemals den Kontakt abgebrochen.«

»Nun, es war wirklich verständlich. Gegen Ende seiner Zeit in London hatten wir einen Streit.«

»Worüber?«

»Oh, hauptsächlich Geschäftliches. Und weil ich krank war und die Beerdigung deiner Mutter verpasste, was er mir wohl nie vergeben hat.« Professor Silverfish fuhr erschreckt auf, als er sah, dass sich Madame Verdigris den Stufen zur Veranda näherte.

»Jetzt ist aber nicht der Zeitpunkt, um darüber zu sprechen. Wenn du das nächste Mal in London bist, musst du mich besuchen, dann erzähl ich dir mehr darüber.« Er kreuzte seine Arme über der tickenden Maschine auf seiner Brust. »Nun gut, ich fürchte, ich muss los – es gibt gewisse Dinge, die ich für meine Gesundheit tun muss. Ich hoffe, man findet deinen Vater. Wenn du einen Rat brauchst, oder weitere Schwierigkeiten mit der da«, er nickte in Madames Richtung, »hast, musst du mich auf der Stelle kontaktieren.«

»Danke, das werde ich tun. Und darauf werde ich aufpassen.« Lily schob die Karte in ihre Tasche.

»Unbedingt.« Der Professor beugte sich zu ihr hinunter und küsste sie auf den Scheitel, bevor er sich aufmachte und das Haus mit großen Schritten hinter sich ließ. Als er an Madame vorbeilief, zog er noch nicht einmal seinen Hut.

»Was war das denn gerade?«, fragte diese, doch Lily schob sie zur Seite und rannte ans andere Ende der Veranda. Sie beobachtete, wie ihr Patenonkel in sein Rolls-Royce-Phantom-Dampf-Automobil einstieg. Ihre letzte Hoffnung fuhr ohne sie fort. Als er sich bequem hingesetzt hatte, schaute der Professor zurück und winkte ihr kurz zum Abschied zu, dann gab er seinem Mechan-Chauffeur ein Zeichen, und sie fuhren über die Auffahrt davon und hinterließen Spuren im sich immer höher auftürmenden Schnee.

KAPITEL 8

Alles war still im Dorf an diesem Nachmittag. Den ganzen Tag war Schnee gefallen, dicke Schneewehen bedeckten die Straßen. Robert hatte nur einen Kunden im Townsend: Mrs Chivers, eine schwerhörige alte Frau aus dem Dorf, war in ihren Winterwollsachen durch den kniehohen Schnee gestapft und brachte ihren mechanischen Kanarienvogel mit seinem winzigen Aufziehschlüssel. Er ließ sich nicht mehr aufziehen und zwitscherte nicht mehr. Robert untersuchte ihn. Als er ihr erklärte, dass es wohl ein paar Tage dauern würde, bis er oder sein Vater mit der Reparatur beginnen könnten, weil die Ersatzteile bei dem schlechten Wetter nicht ankämen, machte sie einen Schmollmund und verzog ihr faltiges Gesicht wie eine Papiertüte.

Danach kümmerte Robert sich um die Buchführung, Thaddeus war in der Werkstatt beschäftigt. Das Eintragen der Zahlenreihen erforderte seine ganze Aufmerksamkeit. In einem Meer aus Ticks und Tacks glitten die Stunden dahin und ehe er sich versah, war das Novemberlicht schon wieder geschwunden.

Auf den Regalen schlugen die Uhren in ihren Gehäusen vier, und er schloss das Kassenbuch. Er holte die Öllampe vom Rand des Tresens, nahm die Glashaube ab, zündete ein Streichholz an und hielt es an den Docht. Dann setzte er das Glas wieder auf die Lampe und beobachtete, wie das bernsteinfarbene Licht der Flamme den Raum ausfüllte und Schatten auf die Ziffernblätter streute.

Aus den Augenwinkeln nahm er eine Bewegung wahr. Die Silhouette eines hageren, seltsam aussehenden Mannes, dessen Augen unter der Krempe eines Zylinders verborgen lagen, stand in der Tür. Das Schlagen der Uhren musste sein Eintreten übertönt haben, denn Robert hatte die Ladenglocke nicht gehört und er hätte schwören können, dass dieser Kerl gerade eben noch nicht da gewesen war.

Der hagere Mann stieß seinen lackierten Gehstock in den Schirmständer und ließ den silbernen Totenkopfknauf los.

Vor dem Laden humpelte der Herr mit dem Backenbart vom Vormittag ins Blickfeld. Robert sah, wie er stehen blieb und sich mit seinem breiten Rücken, der in einem Wollmantel steckte, an die mattierte Schaufensterscheibe lehnte. Er hatte sich gerade eine Zigarre angezündet und blickte die Straße hinunter.

Der hagere Mann lehnte sich vor und betrachtete die Uhren, die im Laden ausgestellt waren. Er räusperte sich, zog sich die Handschuhe aus und klopfte damit den schmelzenden Schnee von der Vorderseite seines langen Mantels. »Guten Abend, Meister Townsend, hübsches Geschäft haben Sie hier.«

»Wir sind sehr stolz darauf, Sir.«

»Das sollten Sie in der Tat sein.«

Der Mann schob den Zylinder etwas zurück, sodass Licht auf sein Gesicht fiel. »Mein Name ist Mr Roach.«

Robert stockte der Atem: Seine Augen waren genauso verspiegelt, wie die des Mannes mit dem Backenbart.

Mr Roach lachte. »Was ist los, junger Mann? Haben Sie noch nie einen Hybriden gesehen?«

»Nnnnn... nein. Ich meine ... abgesehen von Ihrem Kollegen da draußen.« Robert schüttelte den Kopf und legte sich unwillkürlich eine Hand auf die Wange. »Was ... was ist mit Ihnen passiert?«

»Neugierig, was?« Mr Roachs lidlose Augen blinzelten nicht. Seine beiden silbernen Linsen fingen die Oberfläche des Raums ein. Unnachgiebig. »Mein Mitarbeiter und ich wurden im Kampf geblendet. Unser Meister hat uns repariert.«

»Oh.« Robert fühlte, wie sich ihm die Nackenhaare aufstellten.

Mr Roach beugte sich zu ihm. »Wenn wir Ihrer Meinung nach schlimm aussehen, hätten Sie mal unseren Feind sehen sollen.«

»Www... warum ... was war mit ihm?«

»Sagen wir mal so: Er hat seinen Kopf verloren.«

Robert schluckte, und Mr Roach lachte.

»Wenn die Mechaner diesen Job machen könnten, würden wir natürlich keine Kriege ausfechten, aber sie sind viel zu dumm dazu.«

Robert kochte innerlich bei solch einer Lüge – er wusste, dass Mechaner Menschen gar nicht töten *konnten*, sie waren keineswegs zu dumm dazu.

»Und jetzt muss ich mit dem Meister sprechen, mit dem Uhrmacher«, sagte Mr Roach.

Robert merkte, dass ihm der Mund offen stand, und er macht ihn rasch zu. »Ich fürchte, Dad ist beschäftigt. Suchen Sie nach etwas Bestimmtem?« Er hatte die schreckliche Ahnung, genau zu wissen, wonach der Mann suchte.

»So, der Uhrmacher ist also dein Vater?« Mr Roachs verspiegelte Augen leuchteten. »Du hast sicher schon eine Idee, welches Problem uns gerade *fuchst*?« Er gestikulierte mit seinen schwarzen Handschuhen und deutete nach draußen zu dem Kerl mit dem Backenbart. »Du hast meinen Mitarbeiter, Mr Mould, gestern Morgen auf der Straße getroffen und warst so freundlich, ihm Hinweise zu dem Mechantier zu geben, das wir gesucht haben. Leider stellten die sich als falsch heraus. Und jetzt fragen wir uns, ob du mehr darüber weißt.«

»Sind Sie von der Polizei?«

»Genau das, junger Mann.« Mr Roach lächelte ausweichend, doch seine Augen blieben kalt. »Eine sehr geheime Polizei. Mr Mould geht davon aus, du könntest uns bei unseren Ermittlungen weiterhelfen, wenn wir dich zu einem Verhör einbestellen.«

Robert schluckte die kratzende Trockenheit hinten im Hals weg. »Ich fürchte, ich kann Ihnen da nicht weiterhelfen. Ich habe Ihrem Mitarbeiter bereits alles gesagt, was ich gesehen habe.«

»Vielleicht, vielleicht aber auch nicht.« Mr Roachs Mundwinkel verzogen sich zu einem kaum wahrnehmbaren Grinsen. »Das können wir erst wissen, wenn wir ein bisschen Druck ausüben.« Er nahm Mrs Chivers mechanischen Kanarienvogel von der Theke und klopfte mit seinen langen knochigen Fingern an dessen Kopf.

»Mr Mould hat eine recht ungewöhnliche Art, mit Leuten umzugehen, die sich weigern, bei unseren Ermittlungen zu kooperieren. Er hat so seine Methoden, damit sie auspacken.« Mr Roach drückte den Kopf des Kanarienvogels gegen die scharfe Ecke der Vitrine.

KNACK, machte das Kanarien-Uhrwerk.

Und Mr Roach drückte fester, so lange, bis der Kopf völlig verbeult war, ein irreparables zersplittertes Chaos. Dann legte er das zerstörte Mechantier vor Robert auf die Theke.

»Nun, ich muss gehen, Meister Townsend. Wir werden uns zweifellos bald wiedersehen.« Mr Roach zog seinen Stock aus dem Schirmständer und seine Augen blitzten weiß auf, als er die Tür öffnete.

Die Glocke bimmelte fröhlich, als er den Laden verließ.

Robert stieß einen Seufzer der Erleichterung aus, sobald er draußen war. Es fühlte sich an, als kehrte die Luft zum Atmen wieder in den Laden zurück. Er las den kaputten Aufziehvogel auf und beobachtete, wie die beiden durch die Schneewehen davonknirschten und am Ende der Straße in der Dunkelheit verschwanden.

Thaddeus war ungehalten, als er das ruinierte Mechantier sah, und hielt wieder seine alte Predigt, wie man mit dem Eigentum von Kunden umzugehen habe, bis Robert eine Entschuldigung murmelte, er habe das Teil fallen gelassen. Er wollte nicht, dass sein Vater sich allzu große Sorgen machte, und er fürchtete, dass

Thaddeus den Mech-Fuchs würde loswerden wollen, noch bevor sie ihn wieder zum Laufen brächten.

Für den Rest des Nachmittags tat er so, als wäre nichts Ungewöhnliches geschehen. Außerdem war es gut möglich, dass Roach und Mould den Laden weiter beobachteten. In aller Ruhe machte er sich an die Arbeit und räumte das Chaos weg, doch die ganze Zeit über dachte er an den mechanischen Fuchs – er musste wirklich wertvoll sein, wenn diese Männer solche brutalen Drohungen ausstießen, um an ihn heranzukommen.

Als er seine Pflichten endlich erledigt hatte, ließ sich seine Aufregung und Neugier kaum noch bändigen. Er trug die Lampe zurück in die Werkstatt, um nachzusehen, ob das Mechantier inzwischen aufgewacht war.

Es lag noch genauso da wie letzte Nacht – steif auf der Filzdecke mitten auf der Werkbank. Robert zog es noch einmal mit dem Schlüssel auf und wartete, aber nichts geschah.

Er besah sich das Schlüsselloch am Nacken des Fuchses aus nächster Nähe und entdeckte sofort das Problem: Der Mechanismus im Inneren war ein klein wenig verschoben. Er nahm einen Schraubenzieher aus Dads Sammlung, steckte ihn in das Schlüsselloch und drückte, bis er spürte, wie der Mechanismus mit einem Klick an seinen Platz hüpfte. Dann führte er den Schlüssel ein, zog das Mechantier von Neuem auf und wartete.

Nach einer Weile war ein tiefer Ton zu hören und aus dem Inneren des Fuchses klangen Klirr- und Knirschgeräusche. Der Brustkorb des Mechantiers begann zu beben; ein Zittern lief über sein Rückgrat, und sein Körper fing langsam an zu zucken und ticken.

Bald wurde das Ticken lauter und regelmäßiger:

TICK ...

TICK ...

TICK ...

TICK ...

TICK ...

TICK ...

Und mit einem schnarrenden Knarzen erwachte der Fuchs zum Leben, sein Körper spannte sich an und nahm eine wachsame Haltung an. Robert trat zurück, als sich ein drohender Ausdruck auf seinem Gesicht zeigte und er sich die Unbeweglichkeit gänzlich aus dem Körper schüttelte.

Seine Augen huschten durch den Raum, und als er ihn entdeckte, machte er einen Katzenbuckel und ließ ein leises warnendes Knurren ertönen – ein tiefes mechanisches Geräusch, das Robert die Knie zittern ließ.

Robert lächelte dem Fuchs vorsichtig zu, doch der blickte nur feindselig zurück, ohne mit der Wimper zu zucken. Dann knabberte er gereizt an dem reparierten Bein und jaulte laut auf vor Schmerz.

»Ich weiß. Das tut weh«, sagte Robert. »Es wird eine Weile dauern, bis es besser wird. Ein paar Tage, bis du dich an die neuen Teile gewöhnt hast.«

Das Mechantier knurrte ihn an und fletschte seine weißen Zähne. »Natürlich tut das weh, du vorlaute Fleisch-Puppe. Wie eine Ratschenkralle mit Stahlzähnen tut das weh!« Seine glasigen schwarzen Augen schienen durch ihn hindurchzuschauen. »Wer bist du?«, fragte er. »Was willst du? Wo zum Klirren hast du mich gefunden?«

»Du musst keine Angst haben«, erklärte Robert. »Ich will nur helfen. Er streckte seine leeren Hände vor und machte ein paar Schritte auf den Fuchs zu.

Sein Knurren wurde tiefer.

»Schschsch!«, machte Robert und streckte die Hand zum Fuchs aus.

Schnell wie der Blitz schnappte der Fuchs nach seinen Fingern.

Robert trat zurück, stolperte über eine zerschlissene Tasche und landete mit dem Hintern auf dem Boden, wobei er sich auch noch den Kopf am Bein der Werkbank stieß. Lang blieb es still. Robert nahm seine Mütze ab und rieb sich den Kopf. Schüchtern schaute er zu dem mechanischen Fuchs hinüber. »Du hättest mich umbringen können mit deinen scharfen Zähnen.«

»Ich habe dich gewarnt, Affenbaby. Und wenn du mir nicht innerhalb der nächsten tickenden Minute erzählst, wer du bist, beiße ich dich wirklich.«

»Ich dachte, ihr könntet Menschen nicht verletzen.«

»In deinem Fall könnte ich wohl eine Ausnahme machen.«

»Du bluffst.«

»Probier es aus.«

Robert zupfte seine Jacke zurecht. »Nein, danke«, sagte er. »Ich hab schon genug Schwierigkeiten. Mein Name ist Robert. Robert Townsend.«

»Dann ist das hier der Uhrmacherladen?«, fragte der Fuchs. »Und du bist ... der Uhrmacher?« Er blickte Robert skeptisch an. »Du siehst ein bisschen zu drahtig aus für den Uhrmacher.«

»Ich bin sein Lehrling.«

»Ah, verstehe. Das habe ich mir schon gedacht. Du bist also nur ein Welpe und dazu noch einer, der ziemlich räudig aussieht.«

»Wer ist hier räudig?«, sagte Robert. »Du bist doch derjenige, der aussieht, als wäre er rückwärts durchs Gestrüpp geschleift worden.«

»Ich bin in einer Mission unterwegs«, blaffte der Fuchs. »Da gibt es Leute, die mir schaden wollen. Schnüffeln diese Schwachköpfe, die hinter mir her sind, immer noch hier herum?«

»Ich weiß es nicht«, sagte Robert. »Gestern Morgen sah ich einige von ihnen durch die Gassen schleichen – den dicken Silberäugigen mit dem rötlichen Backenbart und ein paar andere. Du solltest mir dankbar sein. Ich habe sie in die falsche Richtung geschickt, als dir ihr Hund schon auf der Spur war. Und heute kam einer in den Laden, um mit mir zu sprechen. Auch so einer mit Spiegelaugen, hager, mit einem Gesicht voller Narben – sein Name sei Mr Roach, hat er gesagt. Ziemlich gruselig.« Er holte kurz Luft. »Was wollen die überhaupt von dir?«

»Du redest gern, stimmt's?«, sagte der Fuchs. »Kleines Plappermaul. Stellst eine Menge Fragen.«

»Manchmal«, murmelte Robert.

Der Fuchs ignorierte ihn und verfiel in stummes Nachdenken. Endlich sagte er etwas. »Du wirst also niemandem von mir erzählen?«

»Nein.«

»Dann entschuldige, bitte. Ich habe normalerweise bessere Umgangsformen, aber diese Verletzung hat mir Angst eingejagt. Ich heiße übrigens Malkin.«

»Freut mich, deine Bekanntschaft zu machen, Malkin«, sagte Robert.

»Und ich die deine.« Malkin nickte leicht mit dem Kopf, was Robert als Verneigung interpretierte. Er zuckte zusammen. »Die meisten Menschen glauben nicht, dass Mechantiere Schmerzen empfinden«, sagte er.

»Aber du spürst Schmerz, oder?«, fragte Robert.

»Ja, von der schlimmsten Sorte.« Der Fuchs nagte wieder an der verletzten Stelle. »Mein Bein tut so weh, als wäre es in eine Bandsäge gekommen, und das ist ein völlig neues Gefühl für mich.«

»Wir haben es dir repariert, mein Dad und ich. Trotzdem wird es eine Weile dauern, bis es wieder völlig geheilt ist.«

»Danke. Aber das bringt mich in eine schreckliche Lage. Weißt du, ich muss eine Botschaft überbringen, und die Zeit läuft mir davon.« Der Fuchs suchte mit der Schnauze seinen Hals ab und hob ruckartig den Kopf. »Moment – was zum Ticktack! Wo ist mein Brief?«

»Oh, Mist«, murmelte Robert. »Das habe ich vergessen.« Er suchte die ganze Werkbank ab, suchte unter all den Werkzeugen und Schraubenziehern, bis er den Umschlag und den Lederbeutel fand. »Ich kann ihn dir wieder umhängen. Aber wenn ich du wäre, würde ich die nächsten paar Tage nirgendwo hinlaufen. Vielleicht kann ich den Brief ja nehmen, wenn du möchtest?«

Malkin überlegte. »Nein, ich glaube nicht«, sagte er reserviert. »Ich habe versprochen, ihn selbst abzugeben. Aber vielleicht könntest du Lily aus Brackenbridge herbringen? Du musst sofort los. Es ist extrem wichtig.«

Robert zuckte die Schultern. »Ich weiß nicht. Es ist ein langer Weg und es ist schon dunkel. Heute Nacht würde ich das lieber nicht riskieren. Wer weiß, ob die Männer nicht noch in der Nähe sind. Aber ich kann morgen gehen, wenn du möchtest. Sobald ich meine Arbeit erledigt habe.«

Malkin schnaubte. »Ich denke mal, das ist in Ordnung«, sagte er. »Ich hoffe nur, es ist nicht zu spät.« Dann fiel ihm noch etwas anderes ein. »Oh, aber vielleicht kannst du Lily die andere Botschaft ausrichten, wenn du sie holst? Du musst ihr sagen: *Das Geheimnis ist sicher im Safe* ...« Er schaute verwirrt. »Warte – war es: *Das Geheimnis ist sicher* oder *Das Geheimnis ist sicher im Safe?*«

»Was nun?«, fragte Robert.

Malkin ließ die Ohren hängen. Er sah besorgt aus. »Weißt du«, sagte er, »nach all dem, was passiert ist, kann ich mich nicht mehr richtig erinnern.«

KAPITEL 9

Im Morgengrauen lief Lily den dunklen Flur entlang. Erneut war sie einbestellt worden, um Madame zu sprechen und trödelte nervös herum, hielt an jedem Zimmer unterwegs an und berührte jede geschlossene Tür mit ihrer Hand.

Hier war die Bibliothek, vor der Stapel von Büchern standen, weil im Inneren auf den Regalen kein Platz mehr war. Hier war Papas Studierzimmer, mit der Klingel und dem Türspion, sodass er sehen konnte, wer kam und ging. Dann seine Werkstatt – auf der dicken Metalltür waren die Worte *Bitte nicht stören* unter einem Blitz aufgemalt. Und schließlich das Zimmer, in dem er schlief: das herrschaftliche Hauptschlafzimmer. Seit er weg war, hatte Madame keine Zeit verschwendet und es einfach übernommen.

Lily klopfte an die Tür und trat, ohne eine Antwort abzuwarten, ein.

Am hinteren Fenster waren die grünen Samtvorhänge halb zugezogen, um die Kälte draußen zu halten, und auf dem Nachttisch leuchtete eine Gaslampe mit flackerndem Licht. Madame Verdigris thronte an Mamas Frisiertisch und cremte sich das Gesicht ein. Der Duft ihres Parfums, der sich mit dem staubigen Geruch der getrockneten Blumen mischte, die jede Vase im Raum füllten, verursachte Lily leichte Übelkeit.

Sie stellte sich neben das Fenster und blickte in die Nacht hinaus. In den Garten, unter die Baumskelette; der Schnee hatte Miss Tock und Mr Wingnut jetzt beinahe ganz bedeckt. Wie Papa selbst verschwanden auch seine Maschinen nach und nach. Bald wären sie nicht mehr sichtbar, versteckt, unter der eisigen weißen Oberfläche, wie Geheimnisse. Wenn sie doch nur ihre Aufziehschlüssel finden könnte, vielleicht könnte sie ihnen dann helfen.

»Warum haben Sie die beiden Mechaner auslaufen lassen?«, fragte sie.

Madame sah vom Spiegel auf, ihr Gesicht war beinahe vollständig unter einer Maske aus Fettcreme verborgen. »Ist es das, was dir die rostige Rebellin in der Küche erzählt hat, *ma chérie*?«

»Ich habe es selbst bemerkt.«

»Natürlich hast du das.«

Madame rupfte sich ein widerspenstiges Härchen von einem Leberfleck auf ihrem Kinn und verzog das Gesicht. Dann trug sie etwas von der Paste aus Mamas Schellackkästchen auf die Stelle auf. Lily fühlte sich ganz krank dabei. Papa hatte diese Dinge im Gedenken an Mama aufgehoben, aber seit sie gestorben war, hatte sie niemand benutzt. Bis jetzt. »Sie haben ihre Sachen durchwühlt«, murmelte sie.

Mit einem knochigen Finger tupfte sich Madame Rosenwasser auf ihr Kinn. »Was immer Mrs Rust gesagt hat, Lily, es gibt etwas, woran du denken solltest: Alle Mechaner sind Lügner. Stell niemals das Wort eines ordinären Mechs über das eines Menschen.«

Tränen stiegen in Lilys Augen. Sie trat gegen den Teppich.

»Mrs Rust ist keine ordinäre Mechanerin. Sie hat schon immer bei uns gelebt. Sie versteht uns. Sie hat sich seit Mamas Tod jeden Tag um mich gekümmert. Und sie wird sich um mich kümmern, bis Papa zurückkehrt, so wie die anderen.«

»Dein Vater wird nicht zurückkommen. Ich habe *maintenant* das Sagen.«

»Nein.« Lily schüttelte den Kopf. In ihrem Herzen keimte der Gedanke, dass ihr Papa irgendwo da draußen war, am Leben.

»Er wird zurückkommen, ich weiß es. Und Mrs Rust hat mehr Liebe in ihrem kleinen Metallfinger als Sie in Ihrem gesamten knöcherigen Körper. Also sagen Sie mir *nie* wieder, ich solle Ihr Wort über das Ihre stellen.«

»Bist du nun fertig? *Assieds-toi.* Setz dich zu mir.« Madame tätschelte das Samtpolster neben sich.

Lily schniefte und schnäuzte sich dann in ihren Ärmel. »Mir geht es hier ausgezeichnet, danke.« Sie verschränkte ihre Arme vor der Brust.

»Wie du willst.« Madame nahm einen Waschlappen und begann, sich die geisterhafte weiße Creme vom Gesicht zu wischen. »Ich hätte gerne, dass du meine Entscheidungen nicht hinterfragst. Du weißt, dass ich diejenige war, die deinem Vater vorgeschlagen hat, dich auf Miss Scrimshaws Lehranstalt zu schicken. Ich dachte, es würde dir gut bekommen, aber offen gesagt, kann ich davon kaum etwas erkennen.« Mit einem letzten Handgriff wischte sie sich ein bisschen Kajal von den Augenbrauen. Lily fiel auf, dass sie ungleichmäßig gezupft waren, und ihre gegensätzlichen Winkel sorgten dafür, dass es aussah, als hätte sie zwei Gesichtsausdrücke zugleich. »Du könntest zumindest versuchen, dich so zu verhalten, dass dein Vater stolz auf dich sein könnte.« Madame stand auf und zeigte auf den Platz vor dem Spiegel. »Jetzt, *s'il te plaît*, lass mich dich zurechtmachen.«

Lily blieb kurz am Fenster stehen, tat dann jedoch wie geheißen.

»Ich habe über unsere Situation nachgedacht.« Madame nahm Mamas alte silberne Bürste vom Nachttisch und begann, Lilys Haare zu bürsten, wobei sie an verknoteten Strähnen zerrte. Lily zuckte und biss die Zähne zusammen, als Madame einen besonders dicken Knoten mit der Bürste bearbeitete.

»Du bist nun keine vermögende junge Dame mehr«, sagte Madame. »Außerdem haben wir keine nennenswerte Summe an Geld. Wenn wir hierbleiben, müssen wir Mrs Rust und die anderen Mechaner verkaufen.«

»Bitte«, schluchzte Lily, »das dürfen Sie nicht.«

»Sie funktionieren kaum. Sie sind alle abgelaufen. Gestern hat Mrs Rust Motoröl statt Sahne in meine Suppe geschüttet. Man könnte meinen, sie wollte mich vergiften.« Madame nahm ein paar Haarnadeln aus einem Glasgefäß, die sie in Lilys Kopf pikste. »Nein, wenn es mit Mechans erst so weit gekommen ist, muss man sie ständig nachrüsten, und *malheureusement*, Lily, wir können uns die neuen Teile nicht leisten.«

Lily schüttelte ihre Hand ab. »Mir egal«, sagte sie. »Mrs Rust bleibt. Sie bleiben alle.«

»*Désolée*, aber uns bleibt keine Wahl.« Die Haushälterin steckte noch eine Haarnadel in Lilys Haare und kratzte damit über ihre Kopfhaut. »Es sei denn, es gibt da etwas von besonders großem Wert. Eine Erfindung deines Papas, die wir verkaufen könnten? Ein Perpetuum mobile zum Beispiel?« Ihre durchdringenden Augen beobachteten Lily im Spiegel, und sie zog brutal an einer widerspenstigen Haarsträhne.

»Ich weiß nicht, was Sie meinen«, sagte Lily. »Ich weiß nicht einmal, was das ist.« Die Frau hatte zu viele Fragen – es war, als würde sie in ihrem Inneren herumwühlen. Lily versuchte, ihre Tränen webzublinzeln, aber sie rollten über ihre Wangen.

»Reg dich nicht auf, *ma chérie*«, gurrte Madame. »Wenn wir Mrs Rust und das Haus retten wollen, müssen wir über diese Angelegenheiten wie Erwachsene reden. So, *c'est fini.* Damit brachte sie eine letzte Haarnadel an und trat einen Schritt zurück, um ihr Werk zu betrachten. »*C'est magnifique*, findest du nicht auch?« Lily betrachtete den hochgesteckten Haarturm im Spiegel; er sah den scheußlichen Haarungetümen nicht allzu unähnlich, die die Mädchen in ihrer Klasse so schrecklich gern trugen. »Was für eine Katastrophe«, sagte sie. »So wie alles andere auch.«

In dieser Nacht träumte Lily von einem klaren Himmel und glitzernden Sternen, die sich auf der Meeresoberfläche spiegelten. Es war Sommer, und sie rannte am Strand entlang; sie versuchte, Mama und Papa einzuholen, die vor ihr gingen. Als sie stolperte, hielt Mama inne und bückte sich, um ihre winzige Hand zu nehmen und ihr aufzuhelfen. Dann liefen sie zu dritt weiter.

Papa hatte seinen Spazierstock dabei und zeigte damit auf Landmarken: reihenweise Eisenschiffe und große spinnenartige Plattformen draußen auf See, die Gas und Öl für die Industrie förderten, doch das verstand Lily nicht.

Sie liefen an der Gezeitenlinie der Bucht entlang, und Lily rannte ins flache Wasser und wieder zurück, ließ sich das kalte Meerwasser um die Füße spülen und sprang vor den höheren Wellen weg.

Mama hatte etwas gefunden. Einen Stein im Sand. Sie hob ihn auf.

»Der ist für dich«, sagte sie und überreichte ihn Lily.

Lily nahm den Stein und betrachtete ihn. Er war schwer und die Unterseite fühlte sich auf ihrer Handfläche knubbelig an.

»Was ist das?«, fragte sie.

Mama nahm den Stein und drehte ihn in ihrer Hand, um ein großes goldenes Fossil in seiner Mitte freizulegen, das wie das gewölbte Haus einer Schnecke aussah. »Ein Ammonit«, sagte sie.

»Wie ist es dort hingekommen?«

Papa stellte sich neben Mama und schaute ihr über die Schulter. »Vor Milliarden von Jahren, als es gestorben ist«, sagte er, »sank es in den Schlamm und wurde vergraben. Dann drangen langsam Mineralien ein, die die organischen Substanzen ersetzten, bis es versteinert war. Das Pyrit verleiht ihm die goldene Farbe – es wird auch Narrengold genannt.«

Lily betrachtete das Fossil. »Es war also ewig lang in diesem Stein versteckt, bis wir es gefunden haben?«

»Ja«, sagte Mama. »Das Geheimnis liegt im Herzen verborgen.«

Sie legte ihre Hand an Lilys Gesicht.

Plötzlich saßen sie zu dritt in einem Wagen und fuhren in dichtem Schneefall durch die dunklen Pflastersteinstraßen Londons nach Hause. Die Geräusche der Stadt waren gedämpft. Doch Lily wusste schlagartig, um welchen Tag es sich handelte: Es war der Tag des Unfalls.

Sie saß auf dem Rücksitz des Dampf-Hansom, zwischen Mama und Papa eingezwängt. Der Metallschornstein puffte und stotterte und die hölzernen Räder knarrten und drehten sich, als sie der Mechan-Fahrer, der sich auf dem Außensitz befand, nach Hause kutschierte.

Sie hatten auswärts zu Abend gegessen. Mama trug ihr rotes Taftkleid mit dem schönen Revers, ihre langen dunklen Haare hingen lose über ihre Schultern und ihre warme Hand hielt Lilys Bein umklammert. Papa trug seinen hohen Zylinder, der aus dem Dach des Fuhrwerks herausragte; die Schöße seines Fracks, in dem er wie ein Pinguin aussah, hatte er unter seine Beine gefaltet.

Noch immer hielt Lily den Stein, den ihr Mama in die Hand gedrückt hatte, als wäre sie von einem Moment in den nächsten gesprungen. Sie betrachtete den goldenen Ammonit im Herzen des Steins. Wenn sie den Stein zwischen ihren Fingern drehte, sah es aus, als würde das Fossil verschwinden und wieder auftauchen. »Das Geheimnis liegt im Herzen der Sache«, flüsterte sie.

Ihre Eltern unterhielten sich über ihren Kopf hinweg. Sanfte Worte glitten hin und her, untermalt von herzlichem Lachen.

Lily sah nach unten. Auf dem Boden des Fuhrwerks, zwischen Papas Füßen, stand eine dunkel lasierte Kiste aus Palisanderholz mit polierten Messingecken. Komisch – den Traum hatte sie schon oft gehabt, und doch hatte sie sie nie zuvor bemerkt. »Was ist da drin?«, fragte sie Papa.

»Meine Erfindung«, sagte Papa. »Wir müssen sie sicher verwahren und versteckt halten. Es ist ein Geheimnis, wie dein Fossil.« Er nickte zu dem Stein in ihrer Hand.

»Warum?«, fragte Lily. Plötzlich wusste sie, dass sie diese Unterhaltung schon einmal geführt hatte. Die Kiste, die Worte, einfach alles, alles schien so seltsam vertraut, als wäre es eher Teil einer Erinnerung als ein Traum.

Papa öffnete den Mund, um zu antworten, aber es kamen keine Worte mehr, und Lily sah durch die Windschutzscheibe das andere Dampf-Automobil, das auf sie zuraste. Die blitzenden Silberaugen des anderen Fahrers im Mondlicht. Wie seine Frontscheinwerfer über ihre Windschutzscheibe streiften, das kreischende Geräusch, als seine Räder über die vereiste Pflasterstraße schlitterten.

Dann spürte Lily den Aufprall. Eine ohrenbetäubende Explosion zerriss die Stille der Nacht, als das Dampf-Automobil in die Seite ihres Fuhrwerks krachte.

Das goldene Fossil flog ihr aus der Hand und hinterließ ein Spinnennetz auf der Frontscheibe, dann flogen Lily und Mama hinterher. Sie krachten durch Glas und Gaslampen, Lichtstrahlen und Schneeflocken. Und Lily fiel in eine weiße Leere; ihr Kopf füllte sich mit verzerrten, hell blinkenden Mustern ...

KAPITEL 10

Lily öffnete die Augen. Ihr Mund war trocken und ihr Körper nass geschwitzt. Ihr Herz schlug unregelmäßig, ihr Puls dröhnte. Sie atmete ein paar Mal tief ein, hielt die Luft an und atmete langsam wieder aus. Schlafen würde sie jetzt nicht mehr, so viel stand fest.

Ihr Wecker zeigte fast drei Uhr. Sie stand schwankend auf und starrte aus dem Fenster. Hinter den Vorhängen fiel der Schnee in dicken Flocken; es war, als wäre sie noch mitten in ihrem Albtraum. Sie schauderte bei dem Gedanken an Mamas Worte Monate vor dem Unfall:

Das Geheimnis liegt im Herzen verborgen.

Warum hatte sie sich diesen Satz gemerkt? Hatte es mit dem Fossil zu tun? Sie wusste nicht einmal mehr, wo es war. Und hatte Mama das tatsächlich gesagt? Oder stammte die Erinnerung irgendwo anders her? Dann war da noch dieser neue Teil ihres Traums, Papas Erfindung in dieser Schatulle.

Wir müssen es sicher verwahren und versteckt halten, hatte er zu ihr gesagt.

Diese Schatulle *war* eine Erinnerung – da war sie sich sicher. Ein weiteres Fragment des Unfalls, das sie ausblenden wollte. Aber das konnte sie nicht, denn es war Teil des Puzzles.

Sie musste in seinem Arbeitszimmer sein. Sie würde sie finden.

Lily setzte sich auf, zündete die Kerze an ihrem Bett an und zog ihre Hausschuhe an.

Die Tür zu Papas Arbeitszimmer würde sicher verschlossen sein. Madame musste sie abgesperrt haben. Lily mühte sich erst gar nicht mit einer Haarnadel ab, sie wusste, wo ein Ersatzschlüssel lag. Sie nahm sich einen Stuhl, der in der Nähe stand, stellte sich darauf und tastete mit den Fingern den Türrahmen ab, bis sie an den kalten Schlüssel stieß. Sie holte ihn herunter und steckte den Bart ins Schloss.

Das Arbeitszimmer füllten Regale, vom Boden bis an die Decke voller staubiger Kisten und Bücher. Blaupausen und Pläne lagen verstreut auf dem Schreibtisch, Akten und Ordner stapelten sich auf einem Beistelltisch und zerknülltes Papier war über den Boden verteilt.

Papa war immer ordentlich und räumte immer auf. Jemand hatte offensichtlich in seinen Sachen herumgewühlt, und Lily hatte einen starken Verdacht, wer.

Sie nahm deutlich einen Hauch von Madames Parfum wahr. Mrs Rust hatte recht: Die Haushälterin hatte hier herumgeschnüffelt. Aber wenn sie schon nichts gefunden hatte, woher sollte Lily dann wissen, wo sie anfangen sollte?

Wütend kickte sie gegen den Papierkorb und ein zerknülltes Telegramm fiel heraus. Sie hob es auf und strich es über der Schreibunterlage auf dem Schreibtisch glatt, um lesen zu können, was dort stand.

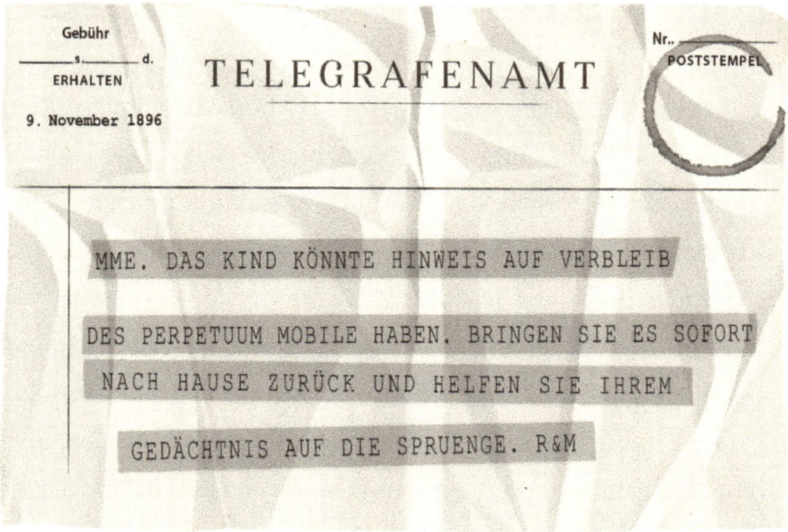
Gebühr

s. d.

ERHALTEN

9. November 1896

TELEGRAFENAMT

Nr..

POSTSTEMPEL

MME. DAS KIND KÖNNTE HINWEIS AUF VERBLEIB

DES PERPETUUM MOBILE HABEN. BRINGEN SIE ES SOFORT

NACH HAUSE ZURÜCK UND HELFEN SIE IHREM

GEDÄCHTNIS AUF DIE SPRUENGE. R&M

Das Perpetuum Mobile – das war es doch, was Madame heute Nachmittag erwähnt hatte? War das etwa Papas geheime Erfindung? Das Ding in der Schatulle? Wenn ja, so hoffte Lily, die Haushälterin würde es nicht finden. Sie hatte das deutliche Gefühl, dass sie selbst die Entdeckung machen sollte. Warum sonst hätte sie sich in ihrem Traum daran erinnert?

Sie zog ein paar beliebige Bücher aus den Regalen und blätterte durch die Seiten in der Hoffnung, das würde sie auf eine Idee bringen, aber ihr sprang nichts direkt ins Auge. Dann blätterte sie die Blaupausen auf Papas Schreibtisch durch, aber auch darunter war nichts Interessantes.

Schließlich ging sie zum Kamin, wo Mamas Asche in einer Urne auf dem Kaminsims stand. Lily strich mit dem Finger über die eingravierten Worte auf der Oberfläche.

GRACE ROSE HARTMAN, 1847 – 1889
EHEFRAU, MUTTER UND HERZ UNSERES LEBENS

So sehr wünschte sie sich, sich an ihre Mama erinnern zu können! Sie schloss die Augen und versuchte, sie sich ins Gedächtnis zu rufen, ihren Geruch, ihre Stimme, ihr Lachen. Doch es waren sieben Jahre vergangen, ihr Gesicht zeigte sich nur noch verschwommen, verloren in den Tiefen der Zeit. Das Einzige, was Lily von ihr geblieben war, war das Bild, das sie ihren Träumen abgerungen hatte, ihr jugendliches Porträt auf dem Kaminsims.

Das Porträt war noch vor Lilys Geburt gemalt worden, aber Mamas weiche braune Augen und ihr liebevolles Lächeln schienen ihr vertraut. Lily vermisste die Wärme eines solchen Lächelns und die Sicherheit in ihren Armen. Das Leben war so kalt gewesen, weil sie fehlten, als wäre ein Teil von ihr verloren gegangen. Und jetzt war vielleicht auch Papa weg.

Lily hielt die Luft an ...

Was hatten ihre Eltern zu ihr gesagt im Traum und in ihrer Erinnerung?

Das Geheimnis liegt im Herzen verborgen. Wir müssen es sicher verwahren und versteckt halten.

Sicher verwahren ... der Safe! Lily schleifte den Stuhl vom Schreibtisch zum Kamin. Sie schob Mamas Asche vorsichtig über den Kaminsims, bis das Bild frei war. Dann streckte sie sich nach oben, griff den Rahmen an einer Seite und zog ihn zu sich her. Das Bild schwang auf, nur an einer Seite noch an der Wand befestigt. Und da war er, der Safe.

Etwas sagte Lily, dass Madame hier bereits gesucht hatte: das Zahlenschloss sah aus, als wäre es mit einer Nagefeile bearbeitet worden.

Doch Madame wusste offensichtlich nichts über Safes. Jedenfalls nicht so viel wie Lily und der berüchtigte Jack Door aus dem Buch. Lily hatte einen doppelten Vorteil, denn sie kannte mehr spezielle Daten der Hartman-Familie als Madame, deshalb war sie sich sicher, die Kombination erraten zu können.

Sie begann mit ihrem eigenen Geburtstag, drehte das Schloss nacheinander bis zu den entsprechenden Ziffern und stoppte jeweils unter dem Pfeil, bis der Schließmechanismus im Inneren klickte.

Es funktionierte nicht, was sie nicht weiter überraschte. Madame hatte ihren Geburtstag und den ihres Vaters sicherlich ausprobiert, vielleicht sogar den von Mama oder Malkin, denn Lily stellte fest, dass auch keiner davon zum Ziel führte.

Dann kam ihr ein schrecklicher Gedanke. Sie griff nach dem Schloss des Safes und drehte eine andere Nummer: Mamas Todestag. Das Datum des Unfalls.

Der Safe schwang auf. Im Inneren auf dem kleinen Metallregal stand die Palisanderholzschatulle mit den Messingecken. Lily nahm sie heraus und schloss die Tür des Safes. Sie versuchte, den Deckel zu öffnen, aber die Schatulle war verschlossen. Also klappte sie das Bild zurück über den Safe und stellte die Urne wieder davor, so wie sie es vorgefunden hatte. Dann schlich sie sich, mit dem Kästchen unter dem Arm, aus dem Zimmer, schloss die Tür hinter sich und sperrte sie wieder ab.

Zurück in ihrem Bett, stellte sie die Schatulle mitten auf die Decke. Mit angezogenen Beinen saß sie davor und starrte sie an. Das Schlüsselloch der Schatulle war aus Gold, und der Beschlag drumherum hatte die Form eines winzigen Herzens mit dem Muster von ins Metall gepressten Zahnrädern.

Lily nahm eine Haarnadel vom abgelegten Häufchen auf ihrem Nachttisch und versuchte sich damit am Schloss, doch es gelang nicht. Dumm genug zu glauben, das würde klappen. Der Mechanismus war offensichtlich viel zu kompliziert.

Sie fragte sich, wo der Schlüssel sein könnte, als sie Madames leise Schritte im Flur hörte. Sie befeuchtete sich die Finger, löschte die Kerze, warf die Bettdecke über sich und die Schatulle, rollte sich ein und tat so, als ob sie schliefe. Ihr Herz klopfte in ihrer Brust, das Blut rauschte in den Ohren, während sie wartete. Die Tür schepperte und knarrte, als ob jemand sie öffnete und hineinschaute. Dann schloss sie sich sanft, und sie hörte ein leises Klicken, als sich ein Schlüssel im Schloss drehte.

Lily seufzte erleichtert auf, bis ihr klar wurde: Madame hatte sie eingesperrt! Die Haushälterin führte etwas im Schilde.

Sie stand auf und versteckte die Schatulle unter dem losen Bodenbrett unter ihrem Bett. Als sie das Brett zurücklegte, hörte sie das Tuckern eines Dampffuhrwerks, das langsam die Auffahrt entlangrollte, und das Geräusch von Madames Schritten die Treppe hinunter.

Das Dampffuhrwerk erbebte, bevor es draußen stehen blieb. Kurz darauf hörte sie ein schabendes Geräusch. Madame zog offenbar etwas Schweres durch die Eingangshalle im Erdgeschoss.

Dann war es still und wenig später wieder das gleiche schabende Geräusch.

Lily trat ans Fenster, drückte sich an die Scheibe und schaute an der seitlichen Wand entlang Richtung Veranda. Dahinter hatte das Dampffuhrwerk geparkt.

Lily starrte mit zusammengezogenen Augen in die Finsternis. Zwei Männer in langen Wintermänteln stiegen die Eingangstreppe hinauf. Die Oberkörper der beiden konnte sie, von der Hausecke und dem Verandadach verdeckt, zunächst nicht sehen. Einer war extrem dünn, so wie der Mann mit den verspiegelten Augen neulich im Zeppelin, der andere war groß und plump, wie ein Sack Kohle.

Lily kauerte sich noch dichter ans Fenster, um sie besser sehen zu können, aber die Gesichter der Männer blieben unter ihren großen Zylinderhüten verborgen.

Einen Augenblick später ging die Haustür knarrend auf und ein Licht erschien; offenbar stand dort Madame mit ihrer Lampe und sprach mit ihnen. Lily fragte sich, ob sie hören könnte, was sie reden, wenn sie das Fenster öffnen würde, aber dann wurde ihr klar, dass das Geräusch nur auf sie aufmerksam machen würde.

Die beiden Männer traten in die Diele, und als sie wieder auftauchten, durchlief sie ein jäher Schauder. Denn sie trugen die steifen, nicht aufgezogenen Körper von Mrs Rust und Captain Springer.

Madame folgte ihnen mit einer kleinen Lampe, als sie die beiden unbewegten Mechaner zu ihrem Automobil schleppten. Lily schlug das Herz bis zum Hals. Sie beobachtete die drei dabei, wie sie die Türen zum Gepäckraum öffneten und die Mechaner hineinschoben. Sie hatte das dringende Bedürfnis, hinunterzurennen und sie aufzuhalten, aber ihre Beine waren steifgefroren und außerdem war ja die Tür ihres Schlafzimmers abgesperrt.

Sie schaute in den Garten auf der Suche nach den schneebedeckten Gestalten der beiden anderen Mechaner, Miss Tock und Mr Wingnut, doch sie waren verschwunden. Nur eine Reihe von Fußabdrücken und eine lange weiße Schleifspur waren übriggeblieben, und Lily wurde klar, dass auch sie eingesammelt und in das Dampf-Automobil geladen worden waren.

Als sie wieder hinsah, fuhr das Fuhrwerk bereits weg und hinterließ neue Spuren in der verschneiten Einfahrt. Sie suchte auf den hohen Seitenwänden des Wagens nach dem Logo der Schrott- und Lumpensammler, aber da war nichts. Wer hatte da Papas Mechaner fortgebracht und warum? Lily beobachtete, wie Madame mit den Händen über die Vorderseite ihres langen schwarzen Kleides strich, während sie sich umdrehte und langsam durch den knöcheltiefen Puderschnee zum Haus zurückging.

Am nächsten Morgen erwachte Lily mit einem Ruck. Sie stand auf, und ihre Tür war unverschlossen. Hatte sie diese ganze Mechaner-Entführungsgeschichte vielleicht nur geträumt? Doch als sie nach unten in die Küche ging, war es dort kalt und leer, kein Feuer brannte. Sie öffnete die Hintertür und starrte hinaus. Traurigkeit überfiel sie wie ein kalter Windstoß. Der nächtliche Schneefall hatte alle Spuren verdeckt, nichts davon war mehr zu sehen. Doch die leere Küche war ihr Beweis genug: Mrs Rust war wirklich weg und die anderen auch. Madame hatte sie weggegeben, verkauft an zwei Fremde, und Lily verstand nicht einmal, warum und wie sie so grausam sein konnte. Für Madame mochten sie einfach nur Maschinen gewesen sein, aber für Lily waren sie echte Menschen und wahre Freunde.

Sie knallte die Tür zu und tapste zurück in ihr Zimmer, wo sie Madame vorfand, die gerade ihre Sachen durchwühlte. Alle Schubladen waren herausgezogen und ihre komplette Sammlung von Schauer- und Groschenromanen aus dem Regal geworfen worden. Die Schranktüren standen offen, der Wäschekorb war ausgekippt und die Wäsche auf das Bett geworfen worden.

»Was tun Sie da?«, schrie Lily.

Madame wirkte aufgewühlt und nervös, aber dann schien sie die Kontrolle zurückzugewinnen. »*Rien, chérie*, ich räume nur auf. Ich verstehe nicht, wie du ein solches Durcheinander zurücklassen kannst.«

»Wo ist Mrs Rust«, fragte Lily, »und wo sind die anderen?«

Madame faltete ein paar Kleidungsstücke zusammen, die sie offensichtlich durchsucht hatte. »Hilf mir bitte aufräumen. Ich habe die Schrott- und Lumpensammler kommen lassen. Sie haben sie mitgenommen.«

Lily verschränkte die Arme vor der Brust. »Warum?«

»Weil sie nicht richtig funktioniert haben. Sie werden überholt, und falls sie nicht mehr repariert werden können, kommen sie zum Alteisen.«

»Aber Papa hat sie gebaut. Sie waren Teil der Familie.«

»Mechaner haben keine Gefühle, Lily, es sind Gegenstände. Sie können gar nicht Teil einer Familie sein.« Madame tat so, als würde sie eine Bluse zusammenfalten. »Im Übrigen habe ich ein *bon* Angebot von jemandem bekommen, der die Teile haben wollte. Vor allem die Zahnräder im Gehirn, nehme ich an.«

»Sie hätten fragen müssen.«

»*Ce n'est pas nécessaire.* Ich bin dein Vormund. Es gilt, was ich sage.« Madame stellte ein paar Bücher ins Regal zurück.

»Und jetzt, *s'il te plaît*, bringst du den Rest hier noch in Ordnung.« Sie fuchtelte mit den Händen in Richtung Chaos. »Und schleich nicht den ganzen Tag hier herum. Komm zu mir in den Salon, dort scheint morgens die Sonne herein.«

»Ich werde nirgendwo Ordnung machen!«, schrie Lily. »Und wenn Sie wirklich glauben, ich würde mit Ihnen irgendwohin gehen, Madame – in den Salon, in die Hölle oder sonst wohin –, dann haben Sie sich gewaltig getäuscht!« Sie knirschte mit den Zähnen und stürzte sich wild mit den Fäusten fuchtelnd auf Madame.

»*Ça suffit*!« Madame packte ihre Arme und drückte sie ihr gegen die Brust. Ihre langen Fingernägel gruben sich in Lilys Handgelenke. Ihre tropfenförmigen Ohrringe schaukelten wild hin und her, als sie Lily von der Tür wegzerrte und aufs Bett warf.

»Wenn ich es mir recht überlege ...« Die Haushälterin atmete stockend. »... solltest du hierbleiben. Ich kann es nicht brauchen, dass du hier einfach so im Haus herumläufst und kontrollierst, was ich tue.« Sie ging zur Tür. »Vielleicht hältst du es ja für angebracht, in diesem Durcheinander dieses Perpetuum-Mobile-Teil zu finden. Ich weiß, dass du im Arbeitszimmer deines Vaters warst. Die Urne war verschoben und das Zahlenschloss des Safes war anders eingestellt. Wenn es das war, was du genommen hast, Lily, dann solltest du wissen ...«

»Ich habe nichts genommen«, schrie Lily, ihre Augen heiß vor Tränen.

»*Très bien* – wie du willst.« Madame schlug die Tür zu, und Lily hörte, wie sie den Schlüssel im Schloss umdrehte. Dieses Mal versuchte sie nicht einmal mehr, es leise zu tun. Dann klackerten die schweren Absätze den gesamten Flur entlang davon.

Lily warf sich auf das Kopfkissen und weinte bitterlich. Gefangen in ihrem eigenen Zuhause – wie sollte sie jetzt den Schlüssel für die Schatulle finden? Sie stand auf und schlug auf die gelbe Tapete ein, aber das tat nur an den Fäusten weh und die Finger wurden taub.

Sie zog ein paar Haarnadeln aus ihrer Frisur und versuchte sich damit an der Tür. Doch sie verbogen sich lediglich oder brachen gar ab, und Lily warf sie wütend auf den Boden.

Selbst wenn sie es hinausschaffte, wohin sollte sie denn gehen? Es gab niemanden mehr, der ihr helfen könnte. Sie lief zum Fenster hinüber, öffnete es und starrte eine Weile auf die verwaisten Tore. Die Spuren des Dampf-Fuhrwerks waren in der weißen Landschaft verschwunden. Sie hoffte, Mrs Rust und der Rest der Mechaner, oder Papa und Malkin, würden plötzlich zurückkommen, doch es herrschte nur eine schaurige Stille. Und als niemand kam, um sie zu holen, lehnte sie den Kopf ans Fensterkreuz und weinte.

Stunden später näherte sich eine Gestalt. Ein Junge in geflickten grauen Hosen und einer dicken Winterjacke, der seine Arme mit den behandschuhten Händen eng um seinen Körper geschlungen hatte. Unter seiner Mütze guckte ein Wuschel strubbeliger schwarzer Haare hervor und eine stark gerunzelte Stirn war zu erkennen. Sein Gesicht wirkte eher ängstlich. Lily hatte keine Ahnung, wer er war und ob er ihr helfen würde. Aber sie war sicher, das würde sie herausfinden. Sie holte tief Luft, steckte die Finger in den Mund und pfiff.

KAPITEL 11

Robert war die verschneite Auffahrt entlanggelaufen und gut zwei Meter vom Haus entfernt stehen geblieben. Als er es so betrachtete und sich gerade fragte, ob er es wohl besser am Dienstboteneingang oder an der Haustür versuchen sollte, hörte er ein lautes Pfeifen von oben.

Er blinzelte und starrte hinauf zu einem rothaarigen Mädchen, das mit Tränen in den Augen aus einem der oberen Fenster schaute. Das Mädchen nahm seine Finger vom Mund und rief ihm zu, wobei ihre Stimme über die sanfte Stille der Landschaft getragen wurde: »Freund oder Feind?«

Robert dachte kurz darüber nach: »Freund, glaube ich.«

»Nach wem suchst du?«

»Nach Miss Hartman.«

Das Mädchen lächelte müde. »Das bin ich.«

Er spürte einen Anflug von Erleichterung. »Können wir reden?«, fragte er. »Ich habe eine Nachricht für Sie.«

»Wenn du wartest«, sagte sie, »versuche ich hinunterzukommen.«

Er beobachtete, wie sie das Flügelfenster öffnete und herauskletterte. Sie balancierte auf einem Mauervorsatz und hielt sich vorsichtig am Fensterrahmen fest. Als sie nach unten auf die Kante des Vordachs hüpfte, verloren ihre Füße auf den gefrorenen Ziegeln den Halt, doch sie konnte sich fangen, bevor sie über die Dachkante rutschte und sich an einer Regenrinne nach unten hangelte. Als ihre Füße die Brüstung erreichten, schnappte sie sich einen mit abgestorbenen Schlingpflanzen bewachsenen Balken und sprang hinunter in eine Schneewehe.

»Himmelkreuzdonnerwetter, Miss Hartman«, sagte Robert, »Sie sind eine gute Bergsteigerin.«

»Bitte, nenn mich Lily.« Lily stand auf und klopfte den Schnee von ihren Kleidern, wobei sie zitterte, da sie nur ein dünnes Kleid trug. »Klettern ist toll«, sagte sie. »Aber das Fallen bin ich nicht gewohnt. Normalerweise nehme ich die Treppe, aber ich war eingesperrt und meine Haarnadeln sind abgebrochen, als ich versucht habe, das Schloss aufzubrechen.«

Robert öffnete beim Versuch zu antworten den Mund, doch ihm fiel nichts ein.

»Wer bist du?«, fragte Lily. »Und was willst du?«

Sie schlang sich ihre mit Gänsehaut überzogenen Arme um die Brust. Jetzt, da er sie von Nahem sah, fühlte sich Robert unerklärlicherweise nervös. Sie hatte ein freundliches Gesicht mit von der Kälte rosigen Wangen. Ihre Stupsnase war mit Sommersprossen übersät. Unter ihrem welligen, kupferfarbenen Pony lugten zwei grüne, traurige Augen hervor, und Robert wünschte sich von ganzem Herzen, ihm würde etwas einfallen, das er sagen könnte, um ihre Traurigkeit verschwinden zu lassen.

»Ich bin Robert Townsend«, murmelte er. »Uhrmacherlehrling im Dorf ...« Seine Hände hatte er ineinander verhakt und er merkte, dass er sie anstarrte. Als er die Auffahrt hinaufgelaufen war, hatte er sich ganz genau überlegt, was er sagen wollte, aber jetzt hatte er alles irgendwie vergessen. »Mein Dad hat früher die Uhren hier aufgezogen« – es war das Einzige, was ihm in den Sinn kam – »für deinen Vater.«

»Ist es das, worüber du mit mir sprechen wolltest?«, fragte Lily.

Robert fummelte am Schirm seiner Mütze herum. Er spürte, wie seine Ohren brannten. Wie konnte er nur so dumm sein? Ihr Vater wurde vermisst. Genau deswegen hatte der Mech-Fuchs überhaupt gewollt, dass er hierherkam. »Nein«, sagte er. »Es ist ... Ich glaube, ich habe etwas, das dir gehört, zumindest behauptet er das.«

»Oh, ist es Captain Springer oder einer der anderen?«

»Er heißt Malkin.«

»Malkin lebt!«, rief Lily. Ein Funke Hoffnung regte sich in ihr. »Hat er Neuigkeiten von Papa?«

»Nicht wirklich«, murmelte Robert. »Er sagte, ich müsse dir eine Nachricht überbringen. Er wäre selbst gekommen, aber er wurde angeschossen ...«

»Angeschossen?« Ihre Augen weiteten sich erschrocken.

»Keine Angst, es geht ihm gut. Er ruht sich aus. Ich und mein Dad haben sein Bein repariert – den zerstörten Teil, meine ich –, und er wird wieder kerngesund sein. Er ist stark, hat Innereien aus Stahl, der Racker ... Wie kommt's, dass du so einen großartigen Mech besitzt?«

»Mein Vater hat ihn für mich gemacht. Ich hätte ihn gerne ins Internat mitgenommen, aber dort waren keine Haustiere erlaubt.« Lily hüpfte vor Ungeduld von einem Fuß auf den andern, oder war es vielleicht die Kälte? »Bitte«, sagte sie, »sag mir, worum es geht.«

Er nickte. »Als Malkin zu sich kam, trug er mir auf, dir zu sagen: Das Geheimnis sei im Safe.

Lily klatschte in die Hände. »Die Kiste – ich wusste es! Er möchte, dass ich ihm die Kiste bringe. Vielleicht hat er den Schlüssel?«

Sie nahm Robert an der Hand. »Los«, sagte sie. »Wir holen sie uns.«

Sie gingen auf die Haustür zu, als ein schwarzes Dampf-Automobil durch das Tor am anderen Ende der Auffahrt bog. Wölkchen beißenden Rauchs stiegen aus seinem Schornstein, als es auf sie zufuhr.

Lily rang nach Luft und drückte Roberts Hand fester.

»Was ist denn?«, fragte er.

»Das Fahrzeug war gestern Nacht auch schon hier.« Sie zog ihn hinter eine schneebedeckte Tanne. »Sie dürfen mich auf keinen Fall sehen.«

Durch die Äste erspähten sie, wie das Dampf-Automobil am Haupteingang anhielt. Zwei Männer stiegen aus der Fahrerkabine aus. Ihre verspiegelten Augen funkelten, als sie die knarrenden Stufen der Veranda erklommen. Einer klopfte entschlossen mit dem Knauf seines Spazierstocks an der Haustür, dann warteten sie.

»Diese Männer haben Malkin im Dorf gejagt«, sagte Robert. »Es sind Hybriden – teils Mensch, teils Mech. Ganz üble Gestalten.«

»Ich weiß«, sagte Lily. Sie zeigte mit einem zitternden Finger auf Roach. »Der Dünne da, Mr Roach, war gestern Abend mit uns im Pendler-Zep. Ich denke, sie haben Mrs Rust und Papas Mechans weggebracht.«

Robert schauderte. »Den kenne ich auch. Er war in der Werkstatt. Er ist gefährlich. Und der andere auch – Mr Mould. Du solltest da auf keinen Fall reingehen.«

»Ich muss die Kiste holen.« Lily strich ihren Pony zurück und ein grimmiger Ausdruck legte sich über ihr Gesicht. »Ich bin sicher, dass es das ist, wohinter sie her sind. Wir können nicht weg von hier, ohne sie mitzunehmen.«

Sie schlichen um die Seite des Hauses, der Schnee knirschte unter ihren Sohlen. Durch ein Fenster erblickte Robert einen Salon. Dann öffnete sich eine Tür und eine ganz in Schwarz gekleidete Frau führte Roach und Mould hinein.

»Das ist mein Vormund, Madame Verdigris«, flüsterte Lily. »Sie steckt mit ihnen unter eine Decke, worum auch immer es gehen mag.«

In der Tat konnte Robert an der Haltung der Frau selbst aus der Entfernung erkennen, dass sie keineswegs überrascht war, die beiden Männer zu sehen. Es sah so aus, als wären sie alte Freunde.

Robert und Lily duckten sich von dem Fenster weg und spähten um die Ecke eines mit Efeu bewachsenen Rankgitters. An der Hintertür schien die Luft rein.

Sie eilten darauf zu und Lily versuchte sich am Türgriff. »Abgeschlossen.« Sie öffnete ein angelehntes Fenster, kletterte hinein und winkte ihm, ihr zu folgen.

Sie gelangten in einem engen Korridor. Lily ergriff einen Messingtürknauf in einer tapezierten Wand und öffnete eine versteckte Tür, die eine schmale Dienstbotentreppe freilegte.

»Hier entlang«, sagte sie.

Robert folgte ihr in den ersten Stock und an einigen Zimmern entlang eines dunklen Flurs vorbei, bevor sie vor einer Tür innehielt.

»Aha!«, sagte sie. »Diese Hexe hat den Schlüssel stecken lassen. Daher bin ich wohl nicht rausgekommen.« Sie schloss die Tür auf und trat in ihr Zimmer, in dem Kleider und Bücher chaotisch verstreut lagen. Robert drängte sich hinter ihr hinein und linste über ihre Schulter auf die grauslichen Cover der Groschenromane, die an die gelbe Tapete geheftet waren. Ein paar waren mit Wasserfarben handkoloriert: Besonders *Varney, der Vampir* strotzte nur so vor handgemaltem Rot.

»Warte hier«, sagte Lily, kroch unter ihr Bett und hebelte ein loses Dielenbrett heraus. Dann fasste sie in den Hohlraum darunter und zog ein viereckiges Palisanderkästchen hervor.

Sie stellte das Kästchen auf eine Decke mitten auf dem Bett. »Hier«, sagte sie, faltete die Ecken der Decke über den Deckel des Kästchens und verknotete sie fest. »Das sollte genügen.«

Robert zuckte zusammen. Er hatte das *Tock-tock-tock* eines Spazierstocks gehört und das Knarzen schwerer Stiefel. Er blickte aus dem Türrahmen. Drei schemenhafte Figuren schritten die Stufen der Treppe zum Flur hinauf. »Sie kommen«, flüsterte er.

Lily trat an das geöffnete Fenster. »Wir müssen runterklettern.«

»Das kann ich nicht.« Die Worte fühlten sich trocken an in seinem Hals.

»Warum nicht?«

»Ich habe Höhenangst.«

»Oh.« Sie öffnete den Kleiderschrank und stopfte ihr Bündel hinein. »Dann müssen wir uns verstecken.«

»Da kann ich auch nicht rein. Ich bin gegen Staub allergisch.«

»Das spielt jetzt keine Rolle.« Lily schob ein paar Kleider auf ihren Bügeln zurück und einen alten ramponierten Sonnenschirm und quetschte ihn in den Kleiderschrank. Dann ließ sie einen letzten Blick durch das Zimmer schweifen.

»Professor Silverfishs Karte!«, rief sie und schnappte sich ein Stück Papier von ihrem Nachttisch. Dann sprang sie neben ihn in den Schrank und zog die Tür genau in dem Augenblick zu, als Madame, Roach und Mould eintraten.

»Wo ist sie?« Mr Roach blickte sich um, das Zimmer rauschte über seine verspiegelten Linsen.

Robert spähte über Lilys Schulter durch einen Schlitz in der Tür. Der Staub im Kleiderschrank ließ seine Augen tränen und juckte in seiner Nase; er hätte zu gerne geniest.

Er bedeckte seinen Mund mit einer Hand und sah Lilys Vormund, der einen Schritt auf sie zumachte, um die Schranktür zu öffnen.

»Aber ich versteh es nicht.« Madames Stimme klang angespannt. »Ich hab sie eingeschlossen.«

Mr Roach stützte sich auf seinen Gehstock und bückte sich, um die Haarnadeln am Boden genauer zu betrachten. »Sie muss die benutzt haben, um das Schloss zu knacken«, sagte er. »Sie kann nicht weit gekommen sein. Ich würde sagen, sie ist noch im Haus.« Er sammelte die Nadeln in einer Hand. »Sie wussten, dass wir kommen, Madame Hortense. Ich habe Sie gewarnt, Lily nicht aus den Augen zu lassen.«

»Ich war beschäftigt.«

»So wie es aussieht wohl nicht beschäftigt genug. Packen Sie einen Koffer für das Mädchen. Wir durchsuchen den Rest des Hauses. Mr Mould, kommen Sie mit mir.« Die zwei Männer marschierten den Gang hinunter.

Lily und Robert verhielten sich, so leise sie konnten, und versteckten sich hinter den aufgehängten Kleidern. Doch als Madame den Kleiderschrank aufmachte, stieg der mit dem plötzlichen Licht aufgewirbelte Staub in Roberts Nase und ...

HAAATSCHIIIIIIIIiiiiiiiiiii!

»*Mon Dieu!*«, kreischte Madame und packte Lily. »Sie ist hier!«

Mit tränenden Augen zog Robert den alten Sonnenschirm von hinten aus dem Schrank und schlug die Frau damit, die daraufhin in den Kleiderschrank stolperte. Lily riss sich los und zog das Bündel mit sich.

»Schnell!«, brüllte sie, und sie rannten zur Tür hinaus und zogen sie hinter sich zu. Robert drehte den Schlüssel im Schloss und sperrte Madame ein. Sie jagten den Gang entlang, auf die Haupttreppe zu, doch Roach und Mould hetzten mit glitzernden Augen nach oben, um sie auf halbem Weg zu erwischen. Lily presste das Bündel an ihre Brust und schoss in die entgegengesetzte Richtung. Robert stolperte hinterher.

Als sie am anderen Ende des Zwischengeschosses angelangt waren, rannten sie durch eine weitere getarnte Tür und die Dienstbotentreppe zurück nach unten ins Erdgeschoss.

Die Eingangshalle war leer.

Als sie wieder durch das Fenster herausschlüpften, durch das sie hineingekommen waren, hörten sie die Männer oben auf der Suche nach der versteckten Tür.

Sie flitzten durch den Garten, wobei Lily immer wieder hinter sich blickte.

Am Rand des Rasens duckten sie sich hinter einen schneebedeckten Komposthaufen und machten eine Verschnaufpause. Lily holte Luft und rückte das Bündel unter ihrem Arm zurecht.

»Für den Moment sind wir sicher«, sagte sie und wischte sich eine Strähne aus dem Gesicht. »Ich muss dir wohl vertrauen. Ich hoffe, du hast mir die Wahrheit erzählt?«

Robert nickte. Der Geruch nach verfaultem Essen bescherte ihm ein flaues Gefühl im Magen – oder war es das Rennen? »Du kannst mir vertrauen«, sagte er.

»Gut.« Sie zog die Nase hoch. »So wollte ich eigentlich nicht fortgehen, mit so viel offenen Rechnungen. Aber ich kann jetzt nicht zurück, nicht, wenn mir alle an den Kragen wollen.«

Sie liefen wieder los, den Hang im Garten hinunter. Sie waren die Steinstufen zur Hälfte heruntergerannt, als sie einen dritten Mann sahen, der unten im kahlen Rosengarten wartete.

Lily drehte sich um und führte Robert am Treppengeländer eine vereiste Piste hinunter, durch ein Blumenbeet voll mit dornigen Ästen, zwischen einem Paar Bäumen hindurch und die Auffahrt hinauf dem Haupteingang des Anwesens entgegen.

»Verdammt!«

Das Dampf-Automobil war über die Auffahrt gefahren worden und blockierte jetzt das Tor.

Sie griff nach Roberts Hand, und sie sprinteten unterhalb der Grundstücksmauer entlang. Lily fand einen zerbrochenen Blumenkübel, der von einer Säule gefallen war, und kletterte darauf; sie legte das Bündel auf der verschneiten Mauer ab und zog sich nach oben.

Robert schluckte. »Ich hasse Höhen, weißt du noch?«

»Es sind nur ein paar Meter.« Lily schob das Bündel über die Kante, sodass es sanft auf der anderen Seite im Schnee landete, dann sprang sie hinunter.

Zitternd zog sich Robert nach oben. Die eisigen Flocken durchnässten seine Handschuhe, und sie wurden glitschig, als er auf die Mauer kletterte und sich auf der anderen Seite herabhängen ließ.

»Jetzt lass los«, sagte Lily. Er ließ seine Beine baumeln, dann ließ er sich fallen und rollte zu Boden. Er rappelte sich auf und klopfte sich den Schnee von seiner Hose.

Lily warf sich das Bündel über die Schulter.

»Beeil dich«, sagte sie und rannte durch die tiefen Schneewehen los.

»Äh, wenn du ins Dorf willst«, rief er hinter ihr her, »musst du dich westlicher halten. Dort entlang.

Als sie sich auf ihrem Weg zu Townsends Uhrmacherei durch die Landschaft stahlen, verfinsterte sich der Himmel und heftiger

Schneefall setzte ein, dessen Flocken auf ihren Kleidern liegen blieben und sie bis auf die Haut durchnässten.

Robert ging voran und führte Lily um das Dorf herum, um über die nördliche Seite hineinzugelangen, währenddessen er ständig Ausschau nach den Männern hielt.

Ihn beschlich das schreckliche Gefühl, dass sie alles beobachteten, was er tat, und jeden Moment hinter einer Hecke hervorgesprungen kommen und Lily und ihr Bündel packen könnten, noch ehe er die Zeit gehabt hätte, sie aufzuhalten.

Als sie den Dorfplatz überquerten und an der Kapelle vorbeiliefen, erlaubte er sich ein kurzes, zögerliches Lächeln. »Alles wird gut werden, Miss«, sagte er und ließ seine Stimme hoffnungsvoll klingen. »Nicht mehr lang und wir sind sicher in meiner Werkstatt.« Sie kamen an das Ende der Bridge Road und er seufzte beim Anblick der bekannten schneebedeckten Straße vor Erleichterung. Sie hatten es geschafft, ohne jemandem zu begegnen. Doch als sie den Kamm des Hügels erklommen, schienen die Dinge weit weniger rosig.

In fünf Meter Entfernung, gegen sein parkendes Dampf-Automobil gelehnt, sein Gesicht unter dem dunklen Dach eines fledermausartigen Regenschirms versteckt, tauchte die Orang-Utan-Gestalt von Mr Mould auf. Und neben ihm, auf seinen Gehstock gelehnt, war die messerscharfe Silhouette von Mr Roach. Die beiden waren in eine Unterhaltung vertieft.

Lilys Gesicht wurde blass. Sie zitterte und drückte das Bündel fester an ihre Brust. »Sie sind hier«, sagte sie.

Robert stockte der Atem.

In diesem Augenblick ging Moulds Zigarre aus. Er zog ein Streichholz hervor, drehte sich zur Seite, zündete es an und hielt die flackernde Flamme an die Zigarrenspitze. Seine fetten Wangen glühten im roten Schein ihrer Glut. Roach schaute ihm zu, seine verspiegelten Augen leuchteten Orange in den dunklen Höhlen in seinem Gesicht. Er wartete darauf, was auch immer er gerade gesagt hatte, zu Ende zu bringen, und da beide Männer sich derart auf das Anzünden von Moulds Zigarre konzentrierten, bemerkten sie Robert und Lily am anderen Ende der Straße nicht.

»Schnell«, stammelte Robert. »Hier entlang.« Er griff Lilys Hand und zog sie in eine Seitengasse.

Sie hielten hinter einer weiß getünchten Giebelwand an. Schmelzwasser tropfte von der zugefrorenen Dachrinne auf Roberts Mütze.

Lily ließ das Bündel zwischen ihre Füße fallen und schlang sich die Arme um den Oberkörper. »Ich dachte, wir hätten sie abgehängt«, sagte sie. »Was sollen wir jetzt nur tun?«

»Warte kurz«, antwortete Robert. »Ich lass mir etwas einfallen.« Er versuchte es, aber es kam nichts, und der rötlich glühende Anblick der Männer hing in der Dunkelheit und füllte ihn mit einem Gefühl der Verzweiflung.

»Gibt es noch einen anderen Eingang zur Werkstatt?«, fragte Lily.

»Wenn du ans Ende der Gasse gehst«, sagte er, »ist dort ein Pfad, der ein Stück weiter unten wieder auf die Straße führt; dort kannst du sie überqueren und durch das Tor in den Hinterhof gehen.«

»Dann lass uns das tun.«

»Das geht nicht, nicht ohne ... Ich meine ... Sie würden uns sehen.«

Robert trat einen Schritt zurück und lief zurück zum Anfang der Gasse.

»Was machst du?«, fragte Lily.

Er schluckte und gestikulierte in Richtung der Straße. »Ich werde rausgehen und sie ablenken, dann kannst du dich vorbeischleichen. Wenn ich die beiden los bin, gehe ich in die Werkstatt und lass dich zur Hintertür herein.«

Lily nickte. »Gut, aber sei vorsichtig.«

»Du auch«, sagte er kurz angebunden, damit sie die Angst in seiner Stimme nicht hören konnte.

Mit trockenem Mund und wild klopfendem Herzen schlenderte Robert auf die Bridge Road. Er nahm seine Schiebermütze ab und stopfte sie in seine Tasche. Als er sich umdrehte, sah er, dass Lily sich dem anderen Ende der Gasse näherte. Er bummelte die Straße entlang auf die Männer zu, hörte das Knirschen des schmelzenden Schnees unter seinen Sohlen und versuchte, so ruhig wie möglich zu wirken.

Als er sicher war, dass sie ihn gesehen hatten, tat er, als würde er stutzen und machte auf dem Absatz kehrt; und, wie erhofft, eilten sie ihm nach.

Mr Mould packte Roberts Schulter und riss ihn herum. »Meister Townsend, so froh, dass wir dich erwischt haben. Ich habe mich gerade mit meinem Kollegen Mr Roach über unsere gestrige Begegnung unterhalten, als du mich auf dieses fruchtlose Unternehmen geschickt hast.«

Robert zuckte die Achseln. »Keine Ahnung, worauf Sie hinauswollen.«

»Oh doch, ich denke schon.« Mr Mould blickte finster drein und kam so nah an ihn heran, dass Roberts Gesicht in seinen verspiegelten Augenhöhlen groß und verschwommen aussah. »Weißt du was, mein Junge? Mr Roach und ich sind hier in wichtiger Angelegenheit, wir suchen eine verlorene Seele, und dein kleines ›Ablenkungsmanöver‹ hat uns Zeit gekostet.«

»Und haben wir dich vorhin nicht an dem großen Haus gesehen?«, fügte Mr Roach hinzu. »Du hattest eine Mütze auf.«

Robert schüttelte den Kopf. »Haus? Welches Haus? Und was wollen Männer wie Sie mit einem weggelaufenen Mädchen?«

Sofort hakte Mr Roach nach: »Meines Wissens hat er nicht erwähnt, dass wir nach einem Mädchen suchen.«

Robert schluckte. »Äh, doch, das hat Ihr Kollege gerade eben gesagt.«

»Das scheint mir äußerst unwahrscheinlich«, sagte Mr Roach, doch sicher war er sich nicht und wandte sich seinem backenbärtigen Gefährten zu. »Mr Mould, haben Sie gesagt, es sei ein Mädchen?«

Mr Mould kratzte sich am Kopf. »Ich habe Seele gesagt.«

»Oh«, sagte Robert. »Da muss ich sie wohl falsch verstanden haben.« Aus dem Augenwinkel konnte er sehen, dass sein Dad ihn vom Werkstattfenster aus beobachtete. Lily huschte mit ihrem Bündel über die Straße, um auf den Pfad neben der Werkstatt zu gelangen. Kaum hörbar seufzte er vor Erleichterung.

»Was glotzt du so?«, fragte Mr Roach plötzlich.

»Mein Dad«, sagte Robert. »Er beobachtet Sie, also lassen Sie am besten meinen Arm los.«

Mr Mould löste seinen eisernen Griff und tat so, als würde er Staub von Roberts Jacke klopfen.

»Denk daran, Kleiner, wir haben ein Auge auf dich.« Mr Roach klopfte mit einem Finger auf das blanke Metall in seiner

Augenhöhle. »Sogar alle vier.« Er klopfte seinem Gefährten mit dem Knauf seines Gehstocks auf die Schulter und die beiden gingen zu ihrem Fahrzeug zurück. Der Motor heulte auf, und als sie einstiegen, pufften Dampf aus dem Schornstein.

Sie fuhren nicht sofort los, und Robert fragte sich, ob sie ihn durch ihre getönte Heckscheibe wohl beobachteten. Er versuchte, die Panik, die in ihm aufstieg, zu unterdrücken, die ihm einflüsterte loszurennen, und ging stattdessen seelenruhig zurück zur Werkstatt.

Als er die Tür öffnete, stand sein Vater am Fenster und drehte sein dünnes Brillengestell zwischen den Fingern hin und her. »Wo warst du, Robert?«, fragte er. »Du warst stundenlang weg.«

»Ich war spazieren«, erklärte Robert. Abgelenkt verfolgte er, wie das Automobil der Männer die Straße hinunterfuhr. Als nur noch schmale Reifenspuren im Schnee zu sehen waren, schloss er die Werkstatttür und sperrte sie ab.

»Wer waren diese Männer?«, fragte Thaddeus. »Der Größere war hier, um nach dir zu fragen.«

»Mach dir keine Gedanken«, sagte Robert. »Hinterm Haus wartet jemand, den du kennenlernen solltest.«

»Wen zum Teufel hast du jetzt angeschleppt?«, wollte Thaddeus wissen.

Robert führte seinen Dad durch den Flickenvorhang. Am Ende des Flurs schob er den Riegel der Hintertür zurück und öffnete sie.

Lily wartete nervös auf den Treppen draußen, das Bündel hielt sie fest in ihren zitternden Armen, ihr rotes Haar war mit schmelzenden Schneeflocken gesprenkelt.

»Das«, sagte Robert, »ist Miss Lily Hartman, und sie braucht unsere Hilfe.«

Kapitel 12

Lily trocknete sich das Haar mit dem warmen Wollhandtuch, das Robert für sie geholt hatte, und als sie fertig war, zeigte Thaddeus ihr den Weg zur Werkstatt.

Der Raum war nur schwach beleuchtet, auf dem Oberlicht an der Decke lag Schnee. Ihr Blick strich an den Wänden entlang über all das Messingwerkzeug und die Uhrgehäuse. In einer Kiste voller Decken, die in der Ecke stand, rührte sich etwas und machte ein leise tickendes Geräusch. Es stellte die Ohren auf und ein Fuchskopf schaute heraus.

»Lily!« Malkin sprang auf und humpelte etwas wackelig auf sie zu.

Lily war so erleichtert, dass Malkin lebte. Sie ließ ihr Bündel los, fiel auf die Knie, schloss ihre Arme um seinen Hals und drückte ihn an sich. »Malkin! Du bist hier. Ich war mir sicher, dass du bei dem schrecklichen Flugzeugabsturz kaputtgegangen bist.« Lily streichelte Malkins schmuddeliges Fell, bis ihm seine Zunge seitlich aus dem schwarzlippigen Maul hing und sein

Schwanz hin und her wedelte. Es tat so gut, ihn zu sehen. Wenn ihm geholfen worden war, dann doch sicherlich auch Papa, oder?

Sie hatte Angst, ihn zu fragen, aber sie musste die Wahrheit wissen. »Was ist in der Nacht passiert, Malkin?«, flüsterte sie mit angehaltenem Atem.

Malkins Ohren klappten nach unten, er schüttelte ihre Hände ab und ließ niedergeschlagen den Kopf hängen. »John kam also nicht zurück?«, fragte er. »Ich hatte gehofft, er konnte vor dem Angriff fliehen. Ein silbernes Luftschiff hat die *Dragonfly* harpuniert und versucht, sie zu entern, aber ich dachte, sie würden ... Ich dachte, John hätte vielleicht überlebt.« Er hielt inne und fuhr sich mit seiner schwarzen Vorderpfote über seine Schnauze.

Lily überkam der Schmerz der Verzweiflung. Es war also wahr – was alle über Papa sagten. Dass er wahrscheinlich tot war. Ihre Hoffnung schwand dahin.

Malkin, der das wohl spürte, neigte den Kopf und schenkte ihr sein Fuchslächeln. »Bei sämtlichen Zahnrädchen der Christenheit, Lily, es ist wunderbar, dich zu sehen! Wenn mein verletztes Bein nicht wäre, ich würde vor Freude in die Luft springen.«

»Waren es die Männer mit den Silberaugen?«, fragte Lily, obwohl sie schon ahnte, dass es so gewesen sein musste. »Roach und Mould?«

Der Fuchs stieß ein mechanisches Knurren aus. »So heißen sie also. Diese scheppernden Herumstreicher haben mich an der Absturzstelle verfolgt. Sie sind garantiert hinter etwas von John her. Und sie vermuten offenbar, dass ich einen Tick-Tack von dessen Verbleib habe. Dabei weiß ich in Wirklichkeit rein gar nichts.«

Lily seufzte. Ihr Blick fiel auf das Bündel auf dem Fußboden. Geschah all das nur wegen der Erfindung, die in dieser Schatulle versteckt war? Hatten diese Männer Malkin und Papa nur deshalb angegriffen? Und wenn ja, was konnte sie tun, um sie aufzuhalten? Sie war weder stark noch klug. Sie hatte es noch nicht einmal geschafft, den Schlüssel zu finden.

»Sie waren bei uns im Haus«, erzählte sie Malkin. »Roach ist mir von der Schule im Pendel-Zep gefolgt. Dann haben sie Mrs Rust und den Rest der Mechaner geholt; Madame hat ihnen auch noch dabei geholfen. Aber ich glaube, das, was sie suchen, ist hier – in Papas alter Schatulle. Hast du den Schlüssel?«

Malkin schnüffelte an der Schatulle unter der Decke und stieß sie mit der Nase an. »Fürchte, nein«, sagte er. »Aber vielleicht findest du ja einen Hinweis in Johns Brief?«

Lily blickte auf. »Ein Brief?«

»Ja. Hat dir dieser schlaksige Welpe das nicht gesagt?« Malkin fletschte in Richtung Robert die Zähne und knurrte streng. »Dein Vater hat dir einen Brief hinterlassen. Ich habe ihn hier in meinem Beutel.«

»Oh«, sagte Lily. Und dann wusste sie nicht mehr, was sie sagen sollte. Es hatte irgendwie etwas Endgültiges. Was auch immer in dem Brief stand, es war wahrscheinlich Papas letzter Abschiedsgruß an sie. Sie musste schlucken und strich sich über das Gesicht.

Dann rappelte sie sich auf, kraulte Malkin unterm Kinn und band mit der anderen Hand den Lederbeutel ab, der ihm um den Hals hing.

Das Leder fühlte sich weich und feucht an, aber als sie die Falten auseinanderzog, stellte sie entsetzt fest, dass in der Mitte des Beutels ein kleines versengtes Loch zu sehen war, offensichtlich auf beiden Seiten.

Malkins Augen weiteten sich, als er das sah. »Ach, du heilige Kurbelwelle!«, sagte er. »Das war wahrscheinlich diese scheppernde Kugel, die mich erwischt hat.«

Mit zitternden Fingern fummelte Lily am Zugbändchen herum und zog einen Umschlag aus dem Beutel.

In der Mitte stand ihr Name in Papas Handschrift. Zu ihrer Erleichterung stellte sie fest, dass das Loch der Kugel nur durch die Ecke des Umschlags ging. Vielleicht konnte man ihn ja noch lesen?

Sie drehte ihn um und sah Papas krakelige Hieroglyphen auf der anderen Seite auf der Lasche, unversehrt.

Sie öffnete den Umschlag und entfaltete den einseitigen Brief, doch es war nicht so, wie sie gehofft hatte – die Kugel hatte ein Loch in die Brieffalten gesengt – genau ins Herz von Papas Worten – und viele waren unlesbar, auch wenn sie noch so genau hinsah.

»Was steht drin?« Malkins Ohren richteten sich nach vorn, und er wartete gespannt.

»Ja, was steht drin?«, fragte auch Robert.

Lily schaute zu den beiden und zu Roberts Vater, der in der Tür stand und in dessen Augen zu sehen war, dass er helfen wollte.

Sie nahm einen tiefen Atemzug und las Papas Worte laut vor. Zumindest die, die sie entziffern konnte, rund um das große, schwarze Loch ...

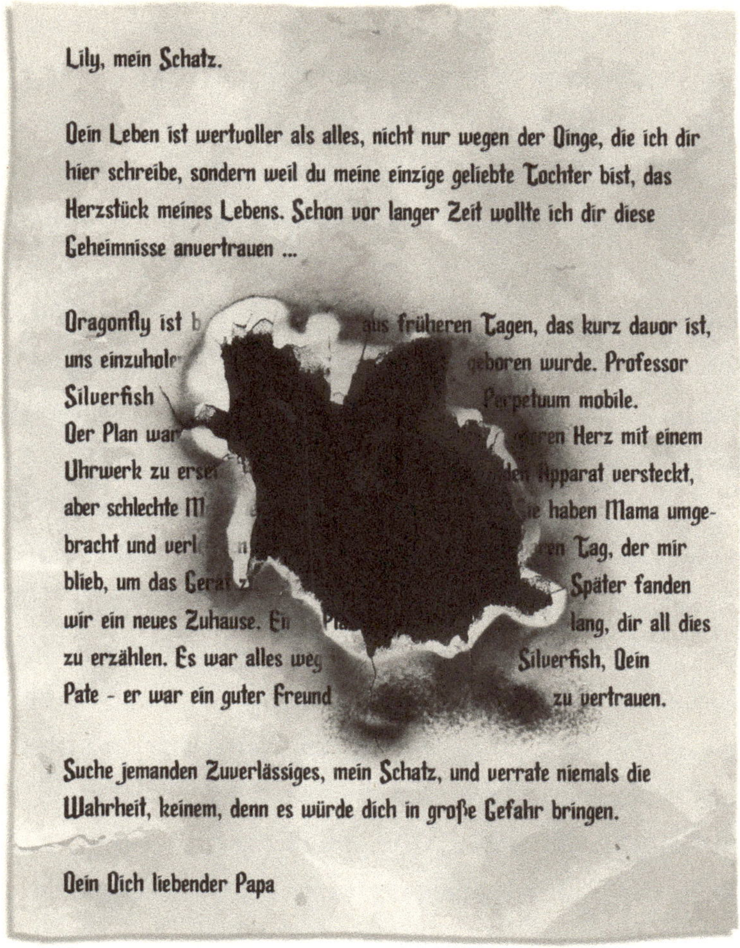

Lily, mein Schatz.

Dein Leben ist wertvoller als alles, nicht nur wegen der Dinge, die ich dir hier schreibe, sondern weil du meine einzige geliebte Tochter bist, das Herzstück meines Lebens. Schon vor langer Zeit wollte ich dir diese Geheimnisse anvertrauen …

Dragonfly ist b… aus früheren Tagen, das kurz davor ist, uns einzuhol… geboren wurde. Professor Silverfish … Perpetuum mobile. Der Plan wa… …ren Herz mit einem Uhrwerk zu ers… …den Apparat versteckt, aber schlechte M… …e haben Mama umgebracht und verl… …en Tag, der mir blieb, um das Gerä… Später fanden wir ein neues Zuhause. E… lang, dir all dies zu erzählen. Es war alles we… Silverfish, Dein Pate – er war ein guter Freund … zu vertrauen.

Suche jemanden Zuverlässiges, mein Schatz, und verrate niemals die Wahrheit, keinem, denn es würde dich in große Gefahr bringen.

Dein Dich liebender Papa

Dunkle Bilder wirbelten in Lilys Kopf durcheinander, nachdem sie den Brief gelesen hatte. Der Unfall, ihre Verletzungen, Mamas Tod – das alles war gewollt. Ein geplanter Anschlag.

Roach und Mould, oder Männer wie sie, hatten Mama umgebracht beim Versuch, an Papas Maschine zu kommen. Deshalb hatte er ihre Namen geändert und war mit ihr aufs Land gezogen, und deshalb sprach er auch nie über die Vergangenheit –

nicht, weil er all die schrecklichen Dinge, die geschehen waren, vergessen, sondern weil er sich vor ihnen verstecken wollte.

Doch wenn Papas Feinde zum Mord fähig waren, waren sie zu allem fähig. Sie hatten Papa verschwinden lassen und jetzt waren sie hinter ihr her. Sie waren gefährlicher, als sie sich hätte vorstellen können.

Lily überkam eine schwindelerregende Angst. Sie holte tief Luft. Die anderen beobachteten sie mit stiller Besorgnis. Sie schaute wieder auf den Brief und zwei seltsame Worte sprangen ihr ins Auge:

»Perpetuum mobile. Was bedeutet das?«, fragte sie und blickte in die Runde, in der Hoffnung, eine Antwort zu bekommen.

»Das ist ein Gerät, das keine Energie braucht«, erklärte Thaddeus. »Es läuft ewig, aus eigener Kraft und ohne anzuhalten. Doch soviel ich weiß, existiert es nur in der Theorie, es wurde nie eines wirklich gebaut. Es sei denn, dein Vater hätte eines geschaffen.« Er schaute hinunter auf die Schatulle im Bündel. »Wenn wirklich eines da drin ist, dann ist das sicherlich ein kompaktes Gerät. Und wahrscheinlich der wertvollste Gegenstand auf der ganzen Welt, den es derzeit gibt.« Er lachte nervös.

»Wertvoll genug, um dafür Mama umzubringen«, sagte Lily. Die Trauer drückte ihr schwer auf die Brust. »Das stimmt. Papa hatte die Schatulle dabei in der Nacht, als sie starb. Ich erinnere mich. Ich habe es in meinem Traum gesehen.« Sie schaute die drei voller Entsetzen an. »Mir hat er immer erzählt, es sei ein Unfall gewesen«, murmelte sie, »aber es war etwas viel Schlimmeres. Und jetzt passiert es wieder.« Sie legte ihren Brief weg und starrte Malkin an. »Du musst mir erzählen, was in diesem Luftschiff vorgefallen ist«, murmelte sie. »Und diesmal will ich die

Wahrheit wissen, nicht den Mist, den Madame Verdigris mir erzählt hat.«

Malkin schaute argwöhnisch zu Robert und dessen Vater. »Ich weiß nicht, ob ich in ihrem Beisein frei sprechen kann.«

»Unserem Beisein? Aber wir haben dir das Leben gerettet!«, platzte Robert heraus.

Thaddeus beruhigte ihn. »Sollen wir gehen, Miss Hartman?«

»Nein, alles gut.«

»Es ist allerdings nicht unbedingt eine angenehme Geschichte«, sagte der Fuchs warnend. »Genau genommen ist sie sogar vertickt furchtbar.«

Lily atmete tief durch. »Erzähl trotzdem«, sagte sie. »Ich muss die Wahrheit wissen.«

»In Ordnung«, sagte Malkin, »aber ich kann mir vorstellen, dass nichts Gutes dabei herauskommt.« Er setzte sich auf und schüttelte den Kopf, sodass die losen Teile in seinem Schädel klapperten. Es sah aus, als würde er versuchen, in seinem Kopf Klarheit zu schaffen, bevor er sprach.

»John und ich waren auf dem Heimflug nach Brackenbridge.« Malkin schnaubte. »Wir befanden uns auf einer geheimen Reise, um mechanische Teile zu kaufen. Auf dem Rückflug wurden wir von einem silbernen Luftschiff mit einem spitz zulaufenden Rumpf angegriffen. Ich erinnere mich, wie ich zum Fenster gesprungen bin und zurückschaute. Es strotzte vor Stacheln wie ein bewaffnetes ...«

»Das Luftschiff habe ich gesehen«, unterbrach Robert, »es flog in der Nacht über unser Dorf, als du zum ersten Mal hierherkamst.«

Malkin warf ihm einen strengen Blick zu. Lily wusste, dass er es nicht mochte, unterbrochen zu werden. »Erzähl weiter«, forderte sie ihn auf.

»Nun«, fuhr der Fuchs fort, »die *Dragonfly* hatte gegen eine solche Luftmacht keine Chance. Sie ist schließlich kein Kriegsluftschiff. Die einzige Option war, ihnen zu entkommen. Leider ist uns das nicht geglückt. John schaffte es, mich in die Rettungskapsel zu bekommen, er selbst aber blieb im Schiff. Ich versuchte, ihm das auszureden, aber er wollte es sicher zu Boden bringen. Er entsicherte die Kapsel, und als ich fiel, sah ich, wie das andere Luftschiff die *Dragonfly* an Bord zog, als wollten sie sie entern.

»Mit einer ohrenbetäubenden Explosion schlug ich am Boden auf. Die Kapsel bewegte sich auf und ab, wirbelte herum, kreiste und rotierte, ich wurde durchgeschüttelt wie ein Stein in einer Blechdose, bis ich dachte, sämtliche Zahnräder in meinem Inneren wären zerstört. Dann, mit einem Ruck, blieb ich stehen. Die Tür der Kapsel war beim Aufprall aufgesprungen und hing lose an der Innenwand. In meinem Kopf drehte sich alles, ich kroch zur Tür. Meine Nackenhaare sträubten sich, ich spähte an der Gummidichtung vorbei aus der Öffnung. Ein tiefer Graben ging von der Kapsel aus, mitten in die gefrorenen Felder geschnitten, auf der ganzen Strecke lagen gebrochene Zweige und Trümmer herum. Ich hörte das Kreischen von Metall, das aneinanderstieß, und schaute nach oben. Die beiden Luftschiffe waren fest aneinander angedockt. Plötzlich wurde die *Dragonfly* losgeschnitten und trudelte unkontrolliert weg. Als sie etwa drei Luftschiff-Längen entfernt war, feuerte der andere Zeppelin, und ich sah, wie die *Dragonfly* mit lautem Krachen in Flammen aufging und explodierte. Meine Herz-Rädchen setzten aus, als ich die brennenden Teile herabstürzen sah. Ob sie John gefangen nahmen, kann ich nicht sagen. Aber so oder so, es sah nicht gut aus. Und nach dem, was er in dem Brief über deine Mutter schreibt ...« Malkin stockte und stieß einen schnaubenden Huster aus. »Ich war nicht mehr weit aufgezogen und durfte nicht länger herumhocken. Schon im Moment meines Absturzes war mir klar, dass sie einen Bodentrupp losschicken würden, um mich zu suchen. Schnell sprang ich über die Türschwelle und huschte hinaus in den nächtlichen Nebel. Und dann rannte ich. Ich wusste, dass ich nicht stehen bleiben durfte, bis ich dich gefunden hätte.« Malkin zitterte. »Aber es scheint, meine Flucht war so nutzlos wie eine kaputte Nockenfeder. Denn ich weiß keine echte Lösung, Lily, und meine Ankunft bringt dich nur in noch größere Gefahr, denn so habe ich unseren Feind zu dir geführt.« Er stupste sie entschuldigend mit seinem Kopf an.

Lily streckte die Hand aus und kraulte ihn am Kinn. Sie empfand Papas Abwesenheit heftiger denn je. Er hätte gewusst, was zu tun wäre. »Roach und Mould hätten mich so oder so gefunden«, sagte sie. »Ich glaube, Madame Verdigris arbeitet mit ihnen zusammen. Sie hat ihnen verraten, wie wir wirklich heißen und wo wir leben.«

»Diese nervtötende, zahnradschleifende Frau«, knurrte Malkin. »Ich hab immer gewusst, dass sie ein Fehlgriff war.«

Lily steckte den Brief in ihre Tasche und starrte verzweifelt auf das Bündel auf dem Fußboden. »Wir wissen jetzt zwar vielleicht die Wahrheit über Mama, aber konkrete Antworten, was Papa oder dieses Gerät hier angeht, haben wir noch keine«, sagte sie. »Und in gewisser Weise ist jetzt alles schlimmer als vorher. Ich kann nicht nach Hause, dort warten diese Männer und

Madame auf mich, und hierbleiben kann ich auch nicht, da sie Robert schon verdächtigen. Was um alles in der Welt soll ich jetzt machen?«

»Wir lassen uns etwas einfallen«, sagte Robert.

Thaddeus legte eine Hand auf ihre Schulter. »Und vielleicht würde bis dahin ein Tässchen Tee und ein Toast nicht schaden?

Es war eine merkwürdige kleine Küche, im ersten Stock über dem Laden, unter einer Gaube mit lauter schiefen Winkeln. Lily beobachtete Thaddeus, wie er in der Spüle in der Ecke einen Kupferkessel mit Wasser füllte, während Robert in dem großen rußgeschwärzten Herd das Feuer schürte und wieder zum Leben erweckte.

»Kann ich Ihnen helfen, Mr Townsend?«, fragte sie.

Der Uhrmacher schüttelte den Kopf. »Nein, danke, junges Fräulein. Und nennen Sie mich bitte Thaddeus. Sie müssen es ruhig angehen, es liegen ein paar anstrengende Tage hinter Ihnen.« Er reichte Robert den Kessel, der ihn zum Kochen auf den Herd setzte.

Mit einem Gefühl der Erleichterung setzte Lily sich an den Küchentisch. Malkin, der seit ihrem Gespräch nervös war, kroch unter ihren Stuhl und setzte sich hinter ihre Füße, mit einem aufgestellten, an der Spitze schwarzen Ohr lauschte er der Unterhaltung.

»Hol die Sachen zum Tee, Robert«, sagte Thaddeus, und Robert brachte drei Tassen aus der Anrichte, nahm Brot und Käse aus dem Vorratsschrank und stellte alles wie Kraut und Rüben auf den Tisch.

Thaddeus machte es sich Lily gegenüber bequem und holte seinen Tabak heraus, um sich eine Pfeife zu stopfen.

»Darf ich mir die Schatulle mal ansehen?«, fragte er, nachdem er die Pfeife angezündet hatte und paffte.

Lily wickelte sie aus der Decke und stellte sie vor ihn auf den Tisch.

Thaddeus rückte die Brille nach vorn auf die Nase, hob das Kästchen an und drehte es herum. »Das ist exzellent gearbeitet«, sagte er, »so konstruiert, dass man es nur mit dem passenden Schlüssel öffnen kann. Sogar die Scharniere sind innen angebracht.«

Als Thaddeus das Schloss aus der Nähe betrachtete, sah Lily auf die Rückseite und bemerkte, dass er recht hatte – es wäre ihr zuvor nicht aufgefallen, aber da waren außen tatsächlich keine Scharniere.

»Diese Männer vermuten also, dass es ein Perpetuum mobile enthält?«, fragte Thaddeus. »Und haben sie den Schlüssel dazu?«

»Ich weiß es nicht.« Lily schluckte, ihr Magen knurrte. Sie griff über den Tisch und nahm etwas Brot und Käse. »Vielleicht«, sagte sie, »dachten sie, Malkin oder ich wüssten, wo es ist und wie man es öffnet.«

»Sobald der Schneesturm vorbei ist«, sagte Thaddeus, »müssen wir die Sache der Polizei übergeben.«

Lily war zu sehr mit essen beschäftigt, um antworten zu können, aber Robert übernahm das für sie.

»Diese Männer haben gesagt, sie *seien* die Polizei, Dad. Eine Geheimpolizei.«

»Ja, natürlich haben sie so etwas behauptet.« Thaddeus nickte. »Aber wollen wir ihnen das glauben?«

»Es klingt eher unwahrscheinlich«, sagte Lily, den Mund voll Brot. »Aber wenn nicht, woher haben sie so viele Mittel zur Verfügung?«

»Hmmm.« Thaddeus stellte die Schatulle ab. »Eine vertrackte Situation.« Er paffte seine Pfeife, und als sie ausging, zündete er sie mit einem Streichholz wieder an. »Vielleicht ...«

Er griff in seine Hosentasche und zog einen kleinen Schlüsselring hervor, an dem Schlüssel verschiedener Größen hingen. Lily schluckte ihr Essen hinunter und hielt den Atem an, als er sie der Reihe nach begutachtete und ein paar davon im Schloss ausprobierte.

Er schüttelte den Kopf. »Nö! Nicht gut. Wie wäre es mit deinem Taschenmesser, Robert?«

Robert reichte es ihm. Thaddeus wählte einen kleinen stabilen Schraubenzieher unter den eingeklappten Instrumenten aus. Er versuchte, ihn mit Gewalt unter den Deckelrand zu bringen, aber auch das klappte nicht. »Dieses Klapperkästchen ist zu gut verschlossen«, murmelte er.

»Wir könnten es kaputtschlagen, um es aufzukriegen«, schlug Robert vor.

»Aber dabei könnten wir auch den Inhalt beschädigen«, sagte Thaddeus.

Alle rückten näher und schauten auf den Deckel, und als der Wasserkessel pfiff, erschrak Lily zu Tode.

Robert nahm ihn vom Ofen und schenkte drei Tassen Tee mit Milch ein, die er in die Runde reichte. Thaddeus, der jetzt ein wenig aufgeregt war, schob seinen beiseite. »Darf ich auch mal den Brief sehen?«, fragte er und gab Robert das Taschenmesser zurück.

Lily holte den Brief aus ihrer Tasche und reichte ihn ihm. Während er las, schaute er ab und zu stirnrunzelnd auf die Schatulle. Als er fertiggelesen hatte, faltete er das Blatt wieder zusammen und steckte es in den Umschlag zurück. »Was hat es mit diesem Kerl auf sich, den John erwähnt, Professor Silverfish?«, fragte er. »Wo ist er?«

»Er ist mein Pate«, sagte Lily. »Als ich klein war, hat er Papa regelmäßig besucht. Sie hatten geschäftlich miteinander zu tun – eine große Fabrik, die Mechaner herstellte –, aber Papa hat seine Anteile verkauft, nachdem sie irgendeinen Streit hatten.«

»Das stimmt.« Thaddeus nickte. »Ich erinnere mich, dass John mir ein bisschen was davon erzählt hat: Ich glaube, sie waren uneins darüber, welche Art Mechaner sie bauen wollten. Dein Vater interessierte sich für Maschinen mit Gefühlen, während Professor Silverfish welche wollte, die besonders lange liefen. Das Geschäft ging wohl ziemlich gut, aber dann, nachdem deine Mutter gestorben war, verließ Professor Silverfish aus irgendeinem Grund das Land.«

»Es lag an seinem Herzen.« Lily nahm einen Schluck von ihrem Tee mit Milch, die Hände hatte sie um das warme Porzellan gelegt, um ein bisschen Wärme abzubekommen. »Er hat mich besucht, als er von Papas Verschwinden gehört hat. Ich glaube, er wollte sich entschuldigen. Wieder alles geradebiegen.« Sie trank die letzten paar süßen Schlucke aus ihrer Tasse.

»Wenn er deinen Dad gut gekannt hat«, sagte Robert, »vielleicht hat er dann Ahnung von der Schatulle.« Er wies mit dem Kinn darauf.

»Stimmt«, sagte Thaddeus. »Sie könnte Teil ihrer gemeinsamen Arbeit gewesen sein.«

»Und jeder Hinweis kann helfen, uns zu Papa zu führen«, fügte Lily hinzu. Zu gern wollte sie glauben, er wäre noch am Leben. »Vielleicht wird er irgendwo gefangen gehalten?«

»Möglich.« Thaddeus wirkte nicht überzeugt, was das betraf.

»Wenn du nur eine Ahnung hättest, wo dieser Silverfish lebt, dann könnten wir hingehen und ihn um Rat fragen«, murmelte Malkin unter dem Stuhl.

»Aber ich weiß, wo er lebt!«, rief Lily. Sie holte Professor Silverfishs Karte hervor und legte sie auf den Tisch. »Die hat er mir gegeben und gesagt, er würde mir jederzeit helfen, wenn ich in Schwierigkeiten käme.«

Thaddeus nahm die Karte und stieß einen Pfiff aus. »Riverside Walk, Chelsea. Das ist eine elegante Londoner Adresse. Er muss ein wichtiger, wohlhabender Mann sein.« Er schob seinen Stuhl zurück. »Wir sollten sofort zu ihm gehen.«

»Wir?«, sagte Lily.

»Ja. Robert und ich werden dich begleiten.«

»Danke, aber so ein Risiko kann ich euch nicht zumuten.«

»Unsinn, diese Roach-Männer, oder wie immer sie heißen, sind offenkundig gefährlich. Wir werden Sie begleiten, bis Sie sicher angekommen sind. Als Erstes werden wir morgen früh den Laden dichtmachen, dann nehmen wir alle drei den Zug und suchen diesen Kerl auf.«

»Können wir nicht den Zep nehmen?«, fragte Robert.

Thaddeus schüttelte den Kopf. »Das würden sie erwarten. Außerdem können wir uns das nicht leisten. Nein, der Zug ist besser. Außerdem gibt es dort mehr Fahrgäste, unter die wir uns mischen können.« Thaddeus lächelte den beiden zu. »Warum gehst du nicht und gibst Miss Hartman ein paar von deinen Klamotten, die sie morgen anziehen kann, Robert? Es wird das Beste sein, wenn sie inkognito reist. Außerdem würde sie nur mit diesem Kleid erfrieren.«

Robert seufzte. Er stand auf und ging in den Flur hinaus. Lily hörte ihn eine Tür auf- und wieder zumachen, und einen Moment später kam er mit einer geflickten Jacke, Cordhosen und einer grauen Filzkappe zurück.

»Das müsste ungefähr deine Größe sein. Ich hatte sie noch vor einem Jahr, bis ich rausgewachsen bin. Dürfte eine vernünftige Verkleidung sein.«

»Danke.« Lily steckte die Karte und den Brief sorgfältig in ihre Jackentasche und probierte die Kleider an. Die Jacke war warm und bequem und roch leicht nach Mottenkugeln. Und auch ein wenig nach Robert.

»Passt nicht schlecht«, sagte Thaddeus und sogar Malkin wurde munterer und kroch unter dem Stuhl hervor, um einen Blick auf sie zu werfen.

»Gibt es hier einen Spiegel?«, fragte Lily.

»Drüben an der Wand.« Robert deutete hinter sie.

Sie stand auf und begutachtete sich. Die Jacke hing ihr über die Schultern und die Ärmel reichten fast bis zu den Fingerspitzen, aber eigentlich gefiel es ihr ganz gut. Sie krempelte die Bündchen über die Handgelenke, bis das mottenzerfressene Seidenfutter sichtbar wurde. Dann fuhr sie sich mit der Hand durch ihr verfilztes und verknotetes Haar. »Sieht ganz schön durcheinander aus«, sagte sie.

»Dafür gibt's Kappen«, erklärte Robert.

Sie stopfte ihr Haar unter die Kappe und klappte den Schirm nach unten, um ihre Augen ein wenig zu verstecken. »Was meinst du, Malkin?«, fragte sie den Fuchs.

Er legte den Kopf schief und seine schwarzen Augen verengten sich. »Du siehst aus wie ein Landstreicher.«

»Ich finde es eigentlich ganz schön.« Sie betrachtete sich eingehender und lächelte.

Wie entsetzt die Krake oder Madame wären, wenn sie sie jetzt sehen könnten. Mit einem Mal fühlte sie sich etwas besser. Dank Malkin und Papas Brief hatte sie ein paar Anhaltspunkte, was da vor sich ging. Und dank Robert und seines Vaters hatte sie nun eine Verkleidung und einen Plan. Vielleicht kämen sie gemeinsam diesem Geheimnis auf die Spur und fänden am Ende sogar Papa.

»Es ist schon merkwürdig«, sagte sie zu ihrem Spiegelbild, »aber ich habe mich schon immer ein wenig wie ein Junge gefühlt. So gesehen passt mein Äußeres sogar besser, meinst du nicht auch?«

»Das ist wahr«, Malkin gähnte mit weit aufgerissenem rosa Maul.

Thaddeus warf einen Blick auf seine Armbanduhr. »Um Himmels willen! Schaut mal auf die Uhr – wir sollten besser schlafen gehen, wenn wir morgen den ersten Zug erwischen wollen.«

Erst als er das ansprach, merkte Lily, wie müde sie war. Sie schaute zu Robert hinüber und sah, dass auch seine Augen schon fast zufielen.

»Wir richten die Liege in der Ecke für Sie her«, sagte Thaddeus. »Da sind Sie neben dem Ofen, das ist der wärmste Platz im Haus.«

Er und Robert gingen wieder in den Flur und kamen kurz darauf mit einem Stapel Decken zurück. Als sie ihr das Bett hergerichtet hatten, zogen sie sich in ihre Zimmer zurück.

Lily legte sich auf ihre Liege und fand sie ziemlich weich. Sie schlüpfte unter die Decken und stopfte die Kissen zusammen. Zuerst konnte sie nicht einschlafen. Tränen brannten in ihren Augen und dunkle Gedanken an all die Dinge, die sie erfahren hatte, wirbelten ihr durch den Kopf.

Mit Roach und Mould hatten sie es mit gefährlichen Männern zu tun, und es war alles viel schlimmer, als sie sich noch vor einigen Tagen hätte vorstellen können, aber zumindest hatte sie jetzt Hilfe.

Sie tastete nach der Narbe an ihrer Brust und dachte an Mama, die so lange schon weg war, getötet wegen eines Geheimnisses – ein Perpetuum mobile in einer verschlossenen Schatulle. Und dann Papa, der versucht hatte, die Wahrheit vor ihr zu verheimlichen. Jetzt war auch er weg. Ihn vermisste sie besonders. Sie fühlte einen heftigen stechenden Schmerz, als ob ein neuer Schnitt tief in ihre Brust gefahren wäre. Doch daneben glomm ein schwacher Schimmer Hoffnung, dass er irgendwo vielleicht noch am Leben wäre. Wenn sie doch nur diese Schatulle öffnen könnte, sie war sich sicher, dort einen Hinweis zu finden, der ihr helfen könnte, ihn zu finden.

Malkin tapste zu ihr herüber und leckte ihr das Gesicht mit seiner rauen Zunge. Dann kletterte er über ihren Schoß und schon bald half ihr das Ticken seines kleinen Herzens in den Schlaf.

KAPITEL 13

Robert wurde davon wach, dass ihn jemand schüttelte. Er setzte sich auf und kratzte sich verschlafen am Kopf. Lily stand neben seinem Bett und drehte seine Mütze in ihren Händen. Sie trug die alten Kleider, die er ihr gegeben hatte, ihr Gesicht war vor Sorge gerötet.

»Wie viel Uhr ist es?«, fragte er gähnend.

»Ein Uhr.« Lily fuhr sich mit einer Hand übers Gesicht. »Du musst kommen. Diese Männer sind vor der Werkstatt.«

»Bist du sicher?«

»Ja, Roach steht am Ende der Straße und Mould ist auch da draußen, in der Dunkelheit versteckt – da bin ich sicher.«

»Ich sehe wohl besser nach.« Er sprang aus dem Bett und zog die Vorhänge ein Stückchen auf.

Schneeflocken flogen gegen die Fensterscheibe und schmolzen gleich darauf. Mr Roach stand frech wie Oskar unter der einzigen Petroleumstraßenlaterne, seine verspiegelten Augen glänzten wie Quecksilber. Er hob seinen Totenkopfstock und winkte damit, und schon tauchten zwei Männer aus der Dunkelheit auf: Mould und noch einer – ein unangenehm wirkender, grob aussehender Kerl.

Robert trat vom Fenster zurück, als sie an der Werkstatt emporblickten.

»Haben sie dich gesehen?«, fragte Lily.

»Ich denke nicht. Da ist noch einer dabei – noch so ein Schrank. Er sieht aus wie einer von denen, die Jagd auf Malkin gemacht haben.«

Lily fummelte am Futter der Kappe herum. »Ich wusste, dass sie mich finden würden.«

Robert griff nach dem Kerzenstummel, doch sie stürzte sich auf ihn.

»Zünd den bloß nicht an – sonst entdecken sie uns!« Ihre Stimme klang ein wenig panisch.

»Vielleicht vergrault es sie«, sagte Robert. »Außerdem werden sie nicht reinkommen. Nicht bei Dads Schlössern. Sie sind unzerstörbar. Wir sind hier so sicher wie Mäuse in einer Mühle.«

Ihr Blick huschte durch den Raum. »Das bezweifle ich. Jedenfalls kann ich nicht bleiben, nicht, wenn sie das Haus beobachten. Du musst mir helfen, von hier wegzukommen.«

»Wie?«

»Ich weiß nicht.« Sie runzelte die Stirn. »Könnten wir deinen Dad fragen?«

»Ich wecke ihn.« Robert zog seine Hose über sein Schlafanzugoberteil und schlüpfte in seine Schuhe und eine warme Jacke.

Lily eilte zur Tür. »Ich ziehe Malkin auf.«

Zwei Minuten später trafen sie sich alle am Fuß der Treppe. Lily hatte sich ihr Bündel unter den Arm geklemmt; Malkin stand zu ihren Füßen und lauschte, seine Ohren gespitzt, auf das leiseste Geräusch.

Thaddeus übernahm das Kommando: »Robert hat mir gesagt, was los ist«, sagte er.

Lily lächelte ihn an, aber sie wirkte angespannt. »Ich fürchte, Sir, ich habe mich bei Ihnen und Robert noch nicht angemessen für alles bedankt, was Sie für Malkin und mich getan haben.«

»Das ist nicht der Rede wert, Miss Hartman«, sagte Thaddeus. »Aber hören Sie zu, wir denken, Sie sollten nicht gehen, noch nicht. Es ist nicht sicher.«

Malkin stimmte zu. »Hör auf sie, Lily ...«

»Nein«, Lily schüttelte den Kopf. »Wir haben euch schon genug in Gefahr gebracht.«

Robert unterbrach sie. »Wir möchten, dass du bleibst ... Ich meine, ich möchte, dass du bleibst. Du kannst dich bis morgen hier verstecken, Dad kennt einen Ort ...«

»Wir gehen.«

»Wie Sie wollen«, sagte Thaddeus zu ihr, »aber dann kommen wir auch mit. Sie brauchen Schutz.« Er wandte sich an seinen Sohn. »Durch die Hintertür haben wir wahrscheinlich die beste Chance. Robert, sieh dich im Hof um.«

Robert kroch zu dem Ende des Korridors und spähte durch die gefrorenen Scheiben auf die weiße Fläche. Es waren keine Fußabdrücke zu sehen. »Die Luft ist rein«, sagte er.

Thaddeus ging die Schlüssel an seiner Kette durch.

»Brauchen Sie eine wärmere Jacke, Miss Hartman?«, fragte er.

»Uns bleibt keine Zeit«, sagte sie.

»Hier, nehmen Sie den.« Er griff nach oben und nahm einen langen Wollmantel von einem Haken an der Wand. Er half ihr dabei hineinzuschlüpfen und machte mit seinen flinken Fingern die falsch angenähten Knöpfe zu. »Er ist wohl ein bisschen zu groß, aber er wird Sie auf der Reise warmhalten.«

»Danke«, sagte sie.

Thaddeus winkte seinen Sohn heran. »Robert, komm, wir holen ein bisschen Geld aus der Kasse.«

Die vier spähten durch den Flickenvorhang in die Werkstatt.

Die Straße draußen war dunkel und leer, und doch stimmte etwas nicht. Es dauerte einen Moment, bis Robert bemerkte, was …

Dann sprach sein Dad seinen Gedanken auch schon aus: »Wie ungewöhnlich; die Uhren stehen still.«

»Sie müssen vergessen haben, sie aufzuziehen«, sagte Malkin.

»Es ist ein schlechtes Omen«, flüsterte Robert. »Wenn die Uhren stillstehen, ist der Tod nahe.«

»Ach, Quatsch.« Thaddeus trat durch den Vorhang. Er öffnete die Ladenkasse und zählte eine Handvoll Münzen aus der Schublade ab.

Plötzlich tauchten hinter seinem Kopf zwei Figuren in langen Mänteln vor dem Fenster auf. Es waren Roach und Mould – ihre Augen blitzten im Mondlicht.

»Dad!«, zischte Robert.

Thaddeus sah genau in dem Moment auf, in dem Roach seinen Stock nach oben riss und mit dem silbernen Totenkopfknauf die Scheibe einschlug. Glas splitterte und regnete auf den Boden der Werkstatt hinab.

Mould drückte sich an seinem Gefährten vorbei und fasste mit seiner fleischigen Pranke durch das zackige Loch, um die Tür zu entriegeln.

»Schnell«, rief Thaddeus, »verschwindet hinten hinaus, ich halte sie auf!«

Robert peitschte durch den Flickenvorhang und trieb Lily und Malkin vor sich den Flur hinunter. Sie hielten kurz vor der Hintertür – draußen, sichtbar durch das Glas, lauerte ein Schatten – der dritte Mann. Er rüttelte am Türgriff.

Am anderen Ende des Flurs drängten sich Roach und Mould an Thaddeus vorbei und rasten auf Lily und Malkin zu.

»Die Werkstatt!«, schrie Robert, hatte jedoch kaum Zeit, die anderen beiden durch die Tür zu schieben und hinter sich den Schlüssel im Schloss umzudrehen, bevor die beiden Männer auf die Tür einschlugen.

Sie wankte unter den Fausthieben und Schimpfwörtern, die auf sie niederprasselten.

»Sie werden die Tür eintreten!«, brüllte Robert.

Und dann wurde ihm bewusst. »Dad ist noch immer auf der anderen Seite!«

»Aber nein! Sie wollen mich. Ihm wird nichts geschehen.« Lily suchte in der Werkstatt nach einer Barriere, und ihre Augen leuchteten auf, als sie den alten Kleiderschrank mit den Spiegeltüren sah. »Hilf mir, ihn zu bewegen.«

Sie quetschten sich in die Lücke zwischen Schrank und Wand, schoben das ächzende Möbelstück und rückten es Stück für Stück näher zur Tür.

Lily ging zur Vorderseite des Schranks. »Schieb ihn richtig fest zurück.«

Sie hievten den Schrank vor die Tür, seine Spiegelfront vibrierte.

Bumm!

»Was macht ihr da drinnen?«

Bumm!

»Räumt ihr um?«

Bumm!

»Glaub bloß nicht, das würde uns aufhalten, Miss Hartman.«

Das Klopfen wurde zu einem starken Hämmern. Massenhaft Schläge hagelten auf das Holz. Die Männer bearbeiteten es jetzt mit einem stumpfen Gegenstand.

Dann flackerte das Licht einer Lampe auf der Tür und Thaddeus Stimme ertönte: »Ich warne Sie, Sir, wenn Sie und Ihre Kollegen nicht verschwinden ...«

»Schnauze halten, du!«, brüllte Mr Roach.

»Dad!«, brüllte Robert, doch Thaddeus konnte ihn nicht hören. Scharf wie ein Pistolenschuss fegte eine laute Explosion durch den Flur. Da war ein schreckliches klirrendes Echo wie eine hohe Glocke und ein dumpfer Schlag von etwas, das auf dem Boden aufschlug. Dann, mit einem Blitz, ging das Licht aus und Rauch zog am Rand der Tür auf.

Lily stieß ein ersticktes Schnaufen aus und Malkin winselte erschrocken.

Robert starrte auf den Boden. Unter der Tür sickerte Blut hindurch.

»Robert?«, krächzte sein Dad, seine Stimme nicht mehr als ein heißeres Röcheln.

»Bist du da drinnen? Mach um Himmels Willen, dass du wegkommst ...«

Der Türgriff klapperte.

Nun sprach wieder Mr Roach. »Ich fürchte, Junge, es gibt kein Entkommen. Dein Vater hatte einen eher unangenehmen

Unfall, aber wenn du die Tür aufmachst, können wir ihm vielleicht helfen.«

Robert rang nach Luft.

»Kleiner, bist du da?«, rief Mr Roach. »Antworte mir.«

»Was haben Sie ihm getan?«

»Komm raus und sieh selbst. Ich zähle bis drei.

Eins ...«

Heiße Tränen strömten über Roberts Gesicht.

»Zwei ...«

Wie hatte es überhaupt so weit kommen können? Er hätte seinen Dad niemals mit diesen Männern allein lassen dürfen. Verzweifelt versuchte er, den Kleiderschrank zurückzuschieben, während Lily auf der Suche nach einer Waffe hinter ihm herumstolperte und hektisch die Schubladen der Werkbank aufriss.

»Drei ...«

Lily schnappte sich eine Säge und einen Schraubenzieher und steckte sie in ihren Gürtel. Sie versuchte, ihm etwas zu reichen, aber er fegte es zur Seite. Er fühlte sich wie betäubt, ihm war schwindlig vor Übelkeit. Er hätte es niemals für möglich gehalten, dass die Männer so weit gehen würden.

»Die Zeit ist um«, sagte Mr Roach. »Keine Verhandlungen mehr. Wenn ihr nicht freiwillig rauskommt, müssen wir euch eben ausräuchern.«

Man konnte einen zischenden Laut hören und dann flackerte ein orangefarbener Schein unter der Tür hindurch.

Feuer!

Es würde keine Minute dauern, bis die Flammen um die Kanten des Kleiderschranks lecken würden. Dann würde das Feuer den Raum einnehmen. Malkin wuselte aufgeregt im Kreis und winselte und kläffte sie beide an. Er sprang auf die Werkbank und zeigte mit seiner Schnauze nach oben, zum einzigen Ausweg.

»Das Oberlicht!« Lily packte Malkin beim Genick und kletterte auf die Bank.

Robert konnte sich nicht bewegen. Er starrte den benommenen Jungen im Spiegel an, gerahmt vom berstenden Furnier des Kleiderschranks.

Hinter ihm hämmerte Lily mit ihren Händen gegen das Oberlicht. Morsch und festgefressen, wie es war, ließ es sich nicht öffnen.

Draußen im Korridor schwoll das Knistern der Flammen zu einem Inferno, und über dem Lärm lagen die Stimmen der zankenden Männer.

»Außer Kontrolle ...«

»Idiot, du hast es so weit kommen lassen.«

Die Hintertür schlug zu. Sie waren fort. Mit lautem Krachen und einer heftigen Hitzewelle brachen die Flammen durch die Holzvertäfelung und breiteten sich im Raum aus.

Rauch wirbelte um Roberts Füße. Noch einmal warf er einen Blick auf den Jungen im Spiegel, aus der Entfernung sah es aus, als wäre er im Korridor.

Dort hätte er sein sollen. Es hätte ihn, nicht seinen Dad treffen sollen.

»Kannst du mir helfen?« Lily hackte mit ihrem Schraubenzieher auf das Oberlicht ein.

In der Hitze wurde die Farbe weich, und sie schlug gegen den Rahmen, bis er knarrend nachgab und durch den Schlitz des geöffneten Fensters die Nacht hereinkam.

Sie zwängte den Schraubenzieher in den Schlitz und stemmte sich dagegen, bis er größer wurde.

Robert sah ihr wie betäubt dabei zu, wie sie das Bündel nach oben durch die Öffnung schob und dann den winselnden Malkin. Er dachte, sie würde dem Fuchs hinterherklettern, aber das tat sie nicht.

Stattdessen reckte sie ihr Gesicht der Öffnung entgegen und nahm einen tiefen Atemzug; dann sprang sie hinunter und legte ihm eine Hand auf die Schulter.

»Robert, bitte.« Ihre Stimme klang angespannt und entschlossen. »Das mit deinem Vater tut mir entsetzlich leid. Aber du musst jetzt mit uns mitkommen.«

Roberts Augen brannten und seine Brust schmerzte. Seine Eingeweide, seine Lunge, sein Kopf und sein Herz waren mit brennendem Feuer gefüllt, und mit einer übermächtigen jähen Traurigkeit.

»Warum?«, fragte er.

Lily wischte sich Ruß und Tränen aus dem Gesicht.

»Weil er es gesagt hat. Er hat zu dir gesagt, du sollst machen, dass du wegkommst.«

Der Rauch war jetzt oberhalb seiner Nase angekommen. Er hüllte sie beide ein, vernebelte seine Sicht, verwirrte ihn. Er fummelte an den Knöpfen seiner Jacke herum und blickte sich noch einmal in der Werkstatt um, die in Flammen aufging. »Ich komme«, würgte er hervor, die Worte kratzten ihn im Hals.

Sie nickte, und zusammen kletterten sie auf die Bank.

Inzwischen hatte der Rauch das Dach erreicht. Er rollte entlang der sich schwarz färbenden Decke und hüllte alles in dichte Schwaden.

»Wo ist das Oberlicht?«, Lilys Stimme überschlug sich vor Angst.

Robert schüttelte den Kopf; er konnte es in dem erstickenden Dunst nicht ausmachen. Irgendwo oben erschien eine kleine rote Schnauze und schnüffelte nach ihnen.

»Gott sei Dank! Aus dem Weg, Malkin.« Lily drückte das Oberlicht weit auf.

»Du zuerst«, sagte sie und schob Robert in die Nacht hinaus.

Die Dachziegel dampften, und Schmelzwasser rauschte entlang der bleiverkleideten Dachrinne und floss ihnen über die Schuhe. Malkin winselte und Lily sog die frische Luft tief ein. Sie befanden sich am unteren Ende einer Dachschräge, zweieinhalb Meter Dach über ihnen und reihenweise angrenzende Dachterrassen auf der anderen Seite der Dachkuppe.

Robert lehnte sich nach vorn und hustete schwarzen Schleim. Wässrige Flocken legten sich auf seinen Kopf, tropften durch sein Haar und rannen in kleinen Bächen über seine Wangen.

Dad war für immer fort. Er fühlte sich leer. Ein taubes Wirrwarr aus Haut und Knochen. Als wären seine Innereien mit einem Löffel aus ihm herausgeschabt worden. Er nahm sich eine Handvoll Schneematsch und rieb ihn sich grob ins Gesicht.

»Wir müssen weiter«, sagte Lily und hob ihr Bündel auf.

Mit Malkin an den Hacken begann sie das Dach zu erklimmen. Als sie oben angelangt war, lehnte sie sich an einen Schornstein und blickte sich nach ihm um.

Robert wischte sich mit einem Ärmel über das Gesicht, um Schnee und Tränen abzuputzen.

Es blieb ihm nichts anderes übrig, als ihnen zu folgen. Er kletterte hinterher und suchte mit tauben Fingern in Rauch und Kälte nach etwas zum Festhalten zwischen den zerbrochenen Schieferplatten. Seine Lederschuhe rutschten ab, als er sich seinen Weg voranbahnte. In Reichweite des Schornsteins griff Lily nach seiner Hand und zog ihn nach oben.

Wind und Schnee pfiffen um den Kamin; schneidend und kalt in Roberts Hals. Wieder überkam ihn eine Woge von Übelkeit. Er holte Luft und starrte nach unten auf die Straße in feurig-orangenes Licht. Nachbarn, in Umhänge und Mäntel gehüllt, hasteten mit Blechwannen und -eimern aus ihren Häusern herbei, in die sie Schnee schaufelten und diesen dann auf das Feuer warfen. Einige Männer, ihre Kleidung und ihr Haar dampften vor schwarzem Rauch, zerrten den Körper seines Dads durch das zerschmolzene Fenster der Werkstatt.

Robert rutschte nach vorn und taumelte in den Schneematsch. Seine Fäuste trommelten auf die Ziegel ein, und aus seinem Mund ertönte ein gellender Schrei, der sich mit dem Wüten des Windes und des Feuers mischte. Er konnte nichts mehr tun. Sein Leben hier war vorbei.

Roberts Schrei erschütterte Lily bis ins Mark; es war, als käme er von irgendwo aus ihrem Inneren. Sie schauderte und rutschte ein Stück nach unten neben ihn; sie streckte ihre Hand aus, um seine zu nehmen, doch er stieß sie weg.

»Bitte«, flüsterte sie, »ich weiß, wie es sich anfühlt, ich kenne diesen Schmerz, aber wir müssen weiter ...«

»Warum?«

»Weil«, unterbrach ihn Malkin, »wenn wir hierbleiben, uns diese Männer umbringen werden.«

»Es ist deine Schuld!« Robert trat nach ihm. »Verzieht euch, alle beide.«

»Es tut mir leid«, sagte Lily. »Wir hätten ihm helfen sollen. Ich ... ich wusste nicht, dass sie so weit gehen würden, um an das zu kommen, was sie wollen.«

Sie blickte zu Robert. Sein Gesicht war verquollen und sein betäubter Blick nach innen gerichtet. Er hatte sich seine Finger an den Dachziegeln blutig gerissen, doch er nahm es kaum wahr.

Lily hielt das Bündel mit der Schatulle fest unter ihrem Arm. »Meine Familie«, sagte sie, »ich meine, ich ... ich hänge da mit drin. Aber du und dein Dad, Robert ... Er ist unschuldig. Er hat uns gerettet. Ohne ihn wären wir jetzt nicht hier.«

Robert schluchzte laut auf. »Und ohne dich *wäre* er jetzt hier. An allem«, zischte er, »bist nur du schuld. Dir geht es nur um deine Nummer eins.«

»Nein«, stammelte sie, »das stimmt nicht.«

Oder stimmte es *möglicherweise* doch? Sie hatte das Kästchen hergebracht, und Malkin war gekommen. Sie hatte entschieden, dass es sicher wäre, bei ihnen zu bleiben, obwohl sie es besser hätte wissen müssen. Bei dem Gedanken bekam sie ein mulmiges Gefühl. Sie versuchte, sich etwas einfallen zu lassen, etwas, das sie sagen könnte, etwas Tröstendes, aber die Worte blieben ihr im

Halse stecken. Stattdessen zog sie den Mantel von Roberts Dad aus und legte ihn über Roberts Schultern. »Hier«, sagte sie. In ihrer dünnen Jacke spürte sie jetzt die Kälte, doch sie wusste, dass Robert den Mantel viel dringender brauchte als sie.

Malkin setzte sich zwischen die beiden und leckte Roberts blutende Finger mit seiner rauen rosa Zunge.

So verging eine Minute, und obwohl Lily nichts lieber wollte, als ihm eine Pause zu gönnen, ihn zu trösten, konnten sie es sich nicht erlauben anzuhalten. Nicht jetzt. Die Gefahr war einfach zu groß.

»Robert?«, sagte sie leise.

Er sah auf, und nachdem er sich wütend eine Träne aus dem Augenwinkel gewischt hatte, schien es, als könnte er sie endlich wieder klar sehen. »Sollen wir zurückgehen?«, fragte er sie.

»Besser nicht«, sagte Malkin sanft. »Wozu sollten wir zurückgehen?«

Und Lily wusste im Tiefsten ihres Herzens, dass er recht hatte. Sie konnten wirklich nicht zurückgehen, nicht so, wie die Dinge standen. Was hatte Mrs Rust gesagt? *Das Leben kann manchmal wehtun. Aber vergiss nicht, dass du, solltest du nicht ändern können, was heute geschehen ist, den richtigen Augenblick abwarten musst, bis du stark genug bist, um morgen weiterzukämpfen.*

Über die Dachkante erspähte sie eine Reihe von Suchlichtern auf der Straße. Die schroffen Stimmen von Mould und Roach hallten zu ihr hinauf. Malkins schwarze Ohrenspitzen stellten sich auf – auch er hatte sie gehört. »Zeit, weiterzuziehen«, sagte er.

»Ja.« Lily nickte. Sie verlagerte ihren Griff um das Kästchen und legte einen Arm um Robert. Malkin zog an seinem Ärmel und Lily half ihm auf die Beine. Als er sich an sie lehnte, konnte sie die unterdrückten Schluchzer spüren.

Sie rutschten an der hinteren Seite des Dachs nach unten, und auf dem Nachbarsdach begab sich Robert auf alle Viere. Lily und Malkin krabbelten neben ihn.

Robert bewegte sich unvorsichtig, nahm kaum wahr, was er tat. Beinahe hätte er in einen hervorstehenden Nagel gefasst, doch Malkin kläffte warnend. Da schüttelte er den Kopf und schien zu sich zu kommen.

So überquerten die drei weitere Dächer, bis sie einen guten Platz für ihren Abstieg fanden – einen Hof, auf dem Kisten hoch aufgestapelt standen, in dem ein niedriges Nebengebäude in einem überhängenden Dach endete, das auf eine hohe Ziegelmauer traf, die von einer dicken Schneeschicht wie mit Glasur überzogen war.

Mit rasendem Herzen machte Lily einen Schritt nach vorn und blickte nach unten. Der weiße Boden erschien ihr weit unterhalb in der Dunkelheit zu liegen. Sie ließ sich über die Kante gleiten, und als sie spürte, dass ihre Zehen den verschneiten Mauerstreifen berührten, schloss sie die Augen und ließ los.

Mit einem schmatzenden Geräusch landete sie auf der Mauer. Als sie sich aufrappelte, sprang Malkin neben ihr hinunter. »Jetzt du«, rief Lily Robert zu.

Er starrte zu ihr nach unten. »Ich kann nicht«, murmelte er. »Es ist zu hoch.«

»Komm schon«, sagte sie. »Du musst.«

Sie nahm seine Hand, und er ließ sich über die Dachkante in ihre Arme gleiten. Als sie hinabblickte, stand Malkin bereits am Tor des Hofs und lauschte mit schief gelegtem Kopf.

Lily hielt Robert fest und zusammen rutschten sie über einen Berg aus feuchten Kisten zu ihm hinunter.

»Die Luft ist rein«, kläffte der Fuchs, sobald sie bei ihm waren.

Vorsichtig öffnete Lily das Tor, und die drei taumelten über die Straße und versteckten sich hinter der gegenüberliegenden Hecke. Durch die schneebedeckten Äste kämpften sie sich auf das dahinterliegende dunkle Feld. Lily seufzte vor Erleichterung. Sie waren entkommen – zumindest drei von ihnen. Und vorerst immerhin waren sie sicher.

KAPITEL 14

Sie rannten weiter, hielten sich immer verborgen, kein Straucheln, kein Stoppen, nur die Flucht in die Nacht. Es war dunkel wie im Schlund der Hölle, und der Wind war beißend wie Essig. Lily konnte die Hand vor Augen nicht sehen, sie musste sich am Ticken von Malkins Beinen orientieren, der einem schneebedeckten Pfad folgte.

Der Schneesturm ließ nach, und sie waren auf dem halben Weg nach Brackenbridge Hill, als die Wolken aufrissen und ein milchig weißer Mond erschien, nur ein Tag noch bis Vollmond. Der Wind peitschte die vereisten Spitzen des Ginsters, der hier wuchs, und trieb die kalte Luft durch ihre Kleider, als sie sich durch tiefe Schneeverwehungen ihren Weg eine Böschung hinauf bahnten.

Sie rannten den Hang hinauf, bis aus der gleichmäßigen weißen Schneefläche ein Gewirr aus dichtem Dornengestrüpp ragte und ihnen den Weg versperrte. Malkin führte sie daran vorbei, soweit ihn der Pulverschnee, der ihm praktisch bis ans Kinn reichte, nicht daran hinderte.

Robert kam bald an seine Grenzen, er stolperte in die Schneeverwehungen und wieder hinaus, trat gegen heruntergefallene Äste, bis sie Schnee regneten. Lily konnte die Angst spüren, die er ausstrahlte. In ihre Schuhe war Wasser eingedrungen, und ihre Füße wurden taub; schlimmer stand es um ihre Finger, ohne Handschuhe hatte sich die Kälte eingefressen. Sie blieb einen Augenblick lang stehen, schob ihre Kappe zurück und schaute sich um.

»Wir müssen uns ausruhen«, sagte sie. »Das Problem ist nur, ich weiß nicht wo.«

Malkin schüttelte sich einen ganzen Schwall Schneeflocken von der Schnauze und leckte sich die Schnurrhaare.

»Ich kam das letzte Mal von dort. Es sieht anders aus unter dem ganzen Schneezeug, aber ich glaube, ich kann uns einen Platz zum Rasten finden.« Damit glitt er vorwärts und hinein ins Unterholz.

Lily und Robert lehnten sich aneinander und warteten auf seine Rückkehr. Lily wurde bewusst, dass Robert kein Wort mehr gesagt hatte, seit sie auf dem Dach gewesen waren.

»Das war knapp«, sagte sie plötzlich, »unsere Flucht vorhin aus dem Laden ... Hör zu, Robert, es tut mir leid, was passiert ist. Hätte ich gewusst ...«

»Es ist nicht deine Schuld«, murmelte er. »Nicht wirklich.« Er schaute sie an, als wollte er noch etwas sagen. Einen Moment lang spürte Lily, wie ihre Müdigkeit nachließ, aber als sein Gesicht sich wieder verfinsterte, kehrte sie mit der Kälte wieder zurück.

Weitere Minuten vergingen in schlotterndem Schweigen, bis Malkin zurückkam mit der Nachricht, dass es vorn ein leeres Haus gebe, wo sie die Nacht verbringen könnten.

»Gut«, sagte Lily. »Lass uns gehen.«

Versteckt hinter einem Wäldchen mit hohen Lärchen ragte eine verfallene Hütte über das eine Ende eines zugefrorenen Weihers. Die obere Hälfte war mit moosbewachsenen Holzplanken verkleidet, die wie ein Rock etwa auf halber Höhe endeten. Darunter standen dicke rote, mit Schnee bedeckte Backsteinbeine in dem eisbedeckten Teich. Ein Außenhäuschen wölbte sich über ein Wasserrad, dessen obere Gitterfenster von tropfenden Stalaktiten bedeckt waren.

Malkin schlich über eine Brücke mit Eisengeländer und näherte sich dem Gebäude. Er schlüpfte zwischen zwei vor den Eingang genagelte Holzbretter und durch ein verrottetes Loch unten in der Tür, sein Schwanz zuckte, und er verschwand im Dunkeln.

Sie standen am Ende der schmalen Brücke und warteten auf seine Rückkehr. Lily hüpfte herum und klatschte mit den Händen, um sich warm zu halten, und Robert kehrte Schneegeriesel vom Geländer.

Malkins Schnauze erschien wieder in dem Loch. »Alles klar«, bellte er. »Ich glaube nicht, dass hier noch jemand wohnt.«

»Gut, dann tun wir es jetzt«, sagte Lily fröhlich in dem Versuch, ihnen ein wenig Hoffnung zu vermitteln.

Im alten Mühlhaus war es fast genauso so kalt wie draußen. Als sich ihre Augen einigermaßen an die Dunkelheit gewöhnt hatten, entdeckte Lily einen Raum voller gigantischer Zahnräder. Hölzerne Konstruktionen überspannten den Raum, die am anderen Ende mit einem Schleifstein verbunden waren. Eine Kette führte höher und höher zu einer hölzernen Falltür, die sich oben im Dach befand. Zwischen den Brettern wucherte von der Decke Unkraut hinab wie ein rußgeschwärzter kopfüber wachsender Garten.

»Als würde man in den Brustkorb eines kaputten riesenhaften Mechaners kriechen«, flüsterte Lily Robert zu.

»Oder ins Innere eines Uhrturms«, sagte Robert.

»Mein Papa würde wahrscheinlich wissen, wie das funktioniert. Er könnte das alles erklären.«

»Meiner auch.« Robert tätschelte ein Zahnrad, das mit einer hölzernen Achse verbunden war. »Die müssen sich früher alle mal gedreht haben, um das Korn zu mahlen, angetrieben von dem Wasserrad da draußen.«

Sie nickte. In der Ecke, an der trockensten Wand, entdeckte sie einen Stapel leerer Mehlsäcke. Dort richteten sie sich ein und machten ein Lager für die Nacht.

Lily legte ihr Bündel ab und beobachtete Robert, wie er sich fallen ließ und an die Mauer lehnte. Dann sank sie neben ihm zusammen. Sie lehnte sich an eine raue Säule und öffnete ihre Schuhbänder, bibbernd in ihren Hemdsärmeln.

»Möchtest du den Mantel zurück?«, fragte Robert plötzlich.

Sie schüttelte den Kopf. »Nein. Behalt du ihn. Ich nehme meine Decke.« Sie knotete sie von der Schatulle und breitete sie sich über die Beine.

»Wir können beides gemeinsam nehmen«, sagte Robert, rutschte zu ihr und breitete den Mantel über seine und ihre Schultern. Lily zog die Schatulle zwischen ihre Füße und warf die Decke auch über seine Beine.

Vom Seidenfutter des Mantels ging ein scharfer Geruch aus, der sie an Thaddeus' Tabak erinnerte, und die Decke roch nach ihrem Vater und ihrem Zuhause. Lily sehnte sich nach ihm und nach ihrer Mutter. Müdigkeit kroch ihr bis in die Knochen. Sie nahm ihre Kappe ab und klemmte sie sich hinter ihrem Kopf als eine Art Kissen an die Wand, dann schloss sie die Augen und wartete auf den Schlaf.

Doch stattdessen überkam sie nur ein dumpfes Gefühl von Leere und eine nagende Verzweiflung. Sie versuchte, sich auf die nächtlichen Geräusche zu konzentrieren – sie musste aufpassen, für alle Fälle.

Der Wind hatte sich gelegt, und sie konnte das Knarzen der alten Mühle hören ... das seltsam ferne Kreischen der Vögel ... das Ticken von Malkins Zahnrädern, die allmählich für die Nacht zum Stillstand kamen, weil das Uhrwerk ablief ... und Roberts Atem sanft und gleichmäßig ... bald sanken die Geräusche weg und sie glitt in einen tiefen Schlaf.

Wieder träumte sie von dem Unfall. Es schneite. Der Stein in ihrer Hand. Mamas Lachen. Die Schatulle zu Papas Füßen. Die beiden Fahrzeuge, die mit einem erdbebenartigen Aufprall ineinanderkrachten, der die Nacht in zwei Hälften schnitt. Der nach vorn kippende Körper ihrer Mutter, der durch die Windschutzscheibe flog, und ihre eigene kleine Gestalt, die hinterherstürzte.

Die schmutzigen Lichter der Großstadt am Himmel. Blut und Wasser verschmierten ihr Gesicht, als ihr Körper gegen den Bordstein krachte und sich in die Schneewehe krümmte; nur Zentimeter von der erfrorenen, leblosen Gestalt ihrer Mutter entfernt.

Schneeflocken bedeckten ihr Haar. Die Kopfhaut war voller Schnitte, in ihrer Brust erreichte der Schmerz seinen Höhepunkt. Unaufhaltsam.

Dann eine weitere neue Traumepisode: Sie schien ihren Körper zu verlassen und beobachtete von oben, über ihrem bewegungslosen sechsjährigen Selbst schwebend, wie Papa unter dem umgekippten Dampf-Fuhrwerk hervorkroch und noch immer die Schatulle umklammert hielt. Sie hörte seine heiseren Schreie, die der Sturm davontrieb.

Ein weiterer Mann tauchte auf, er hinkte durch den Nebel, rang mit ihrem Papa und versuchte, ihm die Schatulle zu entreißen. Lily erkannte seinen roten Backenbart, sein fettes Gesicht und seine silbern glänzenden Augen – es war Mr Mould.

Papa kämpfte mit ihm, schrie und brüllte ihn an, er würde die Schatulle niemals loslassen, bis Mr Mould Angst zu bekommen schien und davonrannte. Dann kämpfte sich Papa bis zu seinen Lieben: Wie Stoffpuppen lagen Mama und Lily Seite an Seite auf der Straße.

Tränen brachten die Schneeflocken auf Papas Gesicht zum Schmelzen. Er warf die Schatulle hin und sank im Schnee auf die Knie. Dann hob er seine zwei Mädchen auf seine Arme und drückte sie zärtlich an sich.

Lily wollte bleiben, mehr sehen, doch sie fühlte, wie sie erwachte und sich von dem Traum löste, als hätte sich in ihrem Inneren eine Nabelschnur zum Festhalten gelöst, und sie glitt davon. Sie versuchte, Papa zu rufen, doch es kamen keine Worte. Sie versuchte zurückzuschwimmen, aber der Eissturm wirbelte sie in die Höhe und begrub den Unfall im Schneegestöber. Eine kalte weiße Leere sickerte in ihre Knochen und sie hörte ihren Pulsschlag in den Ohren klingeln ...

Lily wachte mit einem kalten, sandigen Gefühl im Mund auf. Im Innern der Mühle war es heller geworden. Die aufgehende Sonne schickte orangefarbene Streifen durch die Ritzen zwischen den Brettern. Lilys Gedanken schnellten aus ihrem Traum direkt zu dem brennenden Laden. Sie schaute zu Robert und stellte betroffen fest, dass er wach war und sie beobachtete.

Er saß ein Stück entfernt und lehnte an der Rundung eines riesigen Holzrades, hatte das Kinn auf den Knien liegen und seine Arme um die Beine geschlungen. Über seine Wangen liefen rußige Tränenstreifen, seine dunklen Locken waren voller Laub und Dreck. »Albträume?«, fragte er.

Sie nickte.

Er lehnte sich an sie. »Ich habe auch nicht viel geschlafen. Es ist alles so anders. Mir fehlt das Ticken unserer Uhren. Ich habe von Dad und dem Feuer geträumt. Ich mag mir gar nicht vorstellen, wie weh das getan haben muss.« Er holte sein Taschenmesser aus der Hosentasche und legte es auf seinen Handteller. »Das ist das Letzte, was ich noch von ihm habe. Er hat es mir zu meinem dreizehnten Geburtstag geschenkt.«

Trauer durchflutete Lily, und sie fragte sich, was sie getan hatte, dass sie so viel Leid über sie brachte.

»Du hast auch von deinen Eltern geträumt, oder?«, fragte Robert und legte sein Taschenmesser beiseite.

»Ja.« Sie zupfte an ihrer Decke herum. Feuchtigkeit war in die Wolle gedrungen. »Woher weißt du das?«

»Ich habe gehört, wie du ihre Namen gerufen hast.« Er holte tief Luft. »Was war mit deiner Mama? Du hast gesagt, sie ist ermordet worden?«

Lily nickte. Seine Worte schwebten zwischen ihnen. »Was ist mit deiner?«, fragte sie, um das Thema zu wechseln.

Robert zuckte die Achseln. »Sie hat uns verlassen, als ich noch sehr klein war. Ich weiß nicht einmal, wo sie jetzt ist. Alles, was ich weiß, ist ihr Name: Selena.« Er schwang den Mantel herum und zog ihn an. »Du hast gesagt, ihr hattet einen Dampffuhrwerkunfall?«

Lily bewegte sich unbehaglich unter ihrer Decke. »Ich träume davon. Immer mehr Einzelheiten kommen zurück. Ich hatte immer gedacht, es wäre ein Unfall gewesen – jedenfalls hat Papa es so erzählt. Jetzt, nach dem Brief und nach all dem, was mir im Traum wieder einfällt, weiß ich, dass das gelogen war.«

Durch ihr klammes Hemd kratzte sie sich an der Brust. Aus unerklärlichen Gründen juckte die Narbe. Sie hatte nie gern über die Vergangenheit gesprochen und schon lange hatte sie niemand mehr danach gefragt. Niemand, außer Robert. Er saß da, starrte sie gespannt an und wartete darauf, dass sie ihren Verdacht näher ausführte.

Sie rieb ihre Hände aneinander und massierte sich den steifen Nacken. Sie sollte ihm die Wahrheit sagen – zumindest das, was sie davon wusste. Das war sie ihm schuldig.

»Der Zusammenprall war schrecklich«, sagte sie. »Das andere Fuhrwerk ist uns absichtlich reingefahren. Mama war sofort tot, und ich war verletzt ... aber Papa, Papa war okay. Er hat mich gerettet ... In meinem Traum hatte er wirklich die Schatulle. Jemand hat versucht, sie ihm abzuringen. Ich glaube, es war Mr Mould.« Robert stockte der Atem. Lily schaute zur Schatulle hinunter. »Nach dem Zusammenprall hat Papa mich wieder gesundgepflegt und meine Verletzungen geheilt. Aber nachdem Mama tot war und nach all den schrecklichen Dingen, die passiert waren, wollte er nicht in London bleiben.«

»Also seid ihr hierhergezogen?«

»Ja.« Sie strich sich die Haare aus der Stirn und stopfte sie unter die Kappe. »Wir wollten uns auf dem Land verstecken. Aber es war schwer ohne Mama. Er war so einsam, wir beide waren einsam. Deshalb hat er Malkin gebaut, damit wir Gesellschaft haben.«

Lily stand auf und ging neben Malkin in die Hocke. Sie holte seinen silbernen Aufziehschlüssel aus ihrer Tasche, streichelte zärtlich seinen Kopf, steckte den Schlüssel in das Schlüsselloch im Nacken und zog ihn auf. Sie spürte, wie sich die Federn des Fuchses spannten. »Dann stellte Papa eine Erzieherin für mich ein, wir bräuchten eine Frau im Haus, meinte er.«

»Ist das die, die im Haus war?«

»Nein, die ersten drei mochten es wohl nicht, so im Haus eingesperrt zu sein. Sie sind wieder gegangen. Dann kam Madame Verdigris. Sie und ich, wir haben uns nie so recht verstanden. Am Ende hat Papa mich auf ihre Empfehlung hin in Miss Scrimshaws Internat geschickt, und sie blieb als Haushälterin bei uns.«

»Wusste ich gar nicht, dass du in so einem schicken Internat warst«, sagte Robert.

»Schick ist dafür nicht das richtige Wort.« Lily zog Malkin fertig auf und sah zu, wie er sich wachblinzelte.

Der Mech-Fuchs gähnte, schmatzte mit den Lippen und streckte sich wie eine Katze. »Ich geh mal nachsehen, wie es da draußen steht.« Dann stand er auf, schüttelte seine vier schwarzen Pfoten und noch bevor Robert oder Lily etwas sagen konnten, schlüpfte er schon durch das Loch in der Tür und trottete davon.

Robert sah zu, wie sein roter Umriss draußen in der weißen Landschaft verschwand, und kratzte sich die Wange. »Ich bin nie zur Schule gegangen«, sagte er schließlich. »Dad hat mir alles beigebracht, was ich wissen muss – über Uhren und Chronometer, das Geschäft und was weiß ich noch alles. Kann ich jetzt wohl alles nicht mehr brauchen.«

Lily widersprach nicht. »Er scheint ein guter Mensch gewesen zu sein, dein Vater.«

»War er. Ich wünschte, ich wäre ein besserer Sohn gewesen. Ein besserer Lehrling.«

Sie klopfte ihm auf die Schulter. »Robert«, sagte sie, »ich glaube, du warst der beste Sohn und Lehrling, den er sich hätte wünschen können.«

»Danke.« Er lächelte nervös und schaute zu der Schatulle, die neben ihr am Boden stand. »Was um alles in der Welt sollen wir jetzt machen?«

»Ich weiß nicht recht.« Lily stand auf und tigerte zwischen den kaputten Zahnrädern der alten Mühle herum. »Aber ich denke, wir sollten an dem Plan von deinem Vater festhalten. Wir laufen zur nächsten Stadt und nehmen einen Zug nach London. Dann gehen wir zu meinem Patenonkel und bitten ihn um Hilfe.« Sie kniete sich auf den Boden und zog die Decke wieder um die Schatulle, dann steckte sie die Handsäge und den Schraubenzieher mit dazu.

Robert sah ihr zu. »Haben wir denn genug Geld für Fahrkarten?«, fragte er.

»Wenn nicht, müssen wir uns irgendwo in einem Abteil verstecken. Das ist vielleicht sowieso der bessere Plan.« Lily knotete die Enden der Decke fest um ihre paar Habseligkeiten.

Dann saßen sie eine Weile schweigend da und lauschten dem regelmäßigen Tropfen, das klang wie das Ticken einer Uhr, draußen schmolz der Schnee. Schließlich tauchte Malkins Schnauze in der Türöffnung auf.

»Der Weg vor uns ist frei«, jaulte er. »Aber es gibt da noch etwas, das ihr wissen solltet – ich glaube, wir kommen an der Stelle vorbei, wo die *Dragonfly* abgestürzt ist.«

Robert schreckte auf. »Ist Polizei da?«, fragte er. »Oder Roach und Mould?«

Malkin schüttelte den Kopf. »Weder noch. Die Stelle sieht seltsam leer aus. Geradezu unberührt.«

»Oh.« Lily biss sich auf die Lippe. »Wenn das so ist«, sagte sie unsicher, »vielleicht sollten wir die Gelegenheit ergreifen und uns dort genauer umsehen.«

KAPITEL 15

Den restlichen Morgen folgten sie dem Fluss von der Mühle aus in Richtung Süden. Als der Tag wärmer wurde, brachen Eisschollen auseinander und schmolzen ins fließende Wasser. Bald schon wurde aus dem Schnee unter ihren Füßen weicher Schneematsch und Sonnenstrahlen schienen durch die kahlen Äste über ihnen. Ansonsten war alles geradezu verdächtig still; Robert hörte weder Zeichen ihrer Verfolger, noch sah er auch nur die geringste Spur von ihnen.

Sie wechselten sich mit dem Tragen der in die feuchte Decke gewickelten Schatulle ab. Sie war nicht besonders schwer und doch drückte sie auf Roberts Gemüt, genauso wie der Verlust seines Dads und all die anderen Sorgen.

Er befürchtete, dass sie im Wrack des Luftschiffs keine Hinweise auf Lilys Papa finden würden. Oder, schlimmer noch, dass sie etwas fänden. Noch ein Toter wäre einfach zu viel, außerdem konnte er nicht anders, als zu denken, dass nach allem, was sie durchgemacht hatten, der Absturzort nicht der sicherste Ort wäre.

Am späteren Nachmittag spitzte Malkin die Ohren und blieb stehen. »Wir sind da«, sagte er und zeigte mit seiner Schnauze durch die Bäume.

Robert und Lily traten durch eine Lücke im Blätterwerk auf eine geschwärzte, gespenstisch stille Lichtung.

Auf einer Seite war die zerbeulte Rettungskapsel der *Dragonfly* sichtbar, die in einen alten Eichenstamm gekracht war. Zehn Meter davon entfernt lagen weitere Teile des Schiffs verstreut auf dem Boden, als wären sie von einer Explosion über die Landschaft verteilt worden.

»Oh, Papa«, flüsterte Lily.

Robert versuchte, ihre Hand zu nehmen, doch sie zuckte zusammen und zog sie weg, um durch die schmelzenden Schneewehen in Richtung der verbrannten Metallteile zu rennen. Als er sie einholte, suchte sie in den Überbleibseln nach einem Zeichen ihres Vaters.

»Lily, hör auf«, bellte Malkin. »Es ist niemand hier, und die, die hier waren, sind schon seit Tagen weg.«

Lily schüttelte den Kopf. »Irgendetwas muss hier sein. Irgendein Hinweis darauf, was mit Papa geschehen ist, nachdem das silberne Luftschiff die *Dragonfly* gekapert hat.«

Robert verlagerte das Gewicht des Bündels hinter seinem Rücken. »Vielleicht der Flugschreiber«, sagte er. »Alle Luftschiffe haben so einen.«

»Wie sieht so etwas aus?«, fragte sie.

»Es ist ein gerillter silberner Zylinder, der mit Markierungen übersät ist, so ähnlich wie die Metallwalze in einer Spieluhr. Er zeichnet Geräusche auf – er sollte die letzten Minuten auf dem Luftschiff aufgenommen haben. Wird die Rettungskapsel hinauskatapultiert, schaltet er sich automatisch ein, er sollte uns also Aufschluss darüber geben können, was nach Malkins Entkommen vor dem Absturz passiert ist. Wenn er hier ist, müsste er irgendwo in den Wrackteilen des Cockpits sein.«

Lily beugte sich tief über die Überreste des Pilotensitzes, der umgekippt auf dem Boden lag. Daneben quollen verdrehte Metallschläuche aus dem zerbrochenen Bedienfeld einer Steuerungskonsole. Sie schob es zur Seite und konzentrierte sich auf das Drahtgewirr darunter.

»Es soll aussehen, als wäre es ein Unfall gewesen«, sagte sie, »so wie bei Mama oder deinem Dad, Robert. Sie wollen, dass man glaubt, dass er abgestürzt ist, aber das ist nicht der Fall. Wir wissen, dass sie das Schiff zerstört haben, um an das heranzukommen, was in diesem blöden Kästchen ist.« Ihre Stimme, laut vor Zorn, hallte über die Lichtung.

»Das ist kein sicherer Ort für uns«, sagte Robert.

»Roach und Mould könnten auf die Idee kommen, dass wir hierherkommen. Ich denke, wir sollten nicht zu lange bleiben.«

Lily ignorierte ihn und wühlte sich systematisch durch die restlichen Wrackteile. »Ich hab ihn«, rief sie und zog einen silbernen Zylinder aus dem Gehäuse einer anderen, übel zugerichteten Konsole. »Damit werden wir erfahren, was Papa zugestoßen ist.«

Robert runzelte die Stirn. »So bringt er uns nichts. Wir haben nichts, womit wir ihn abspielen könnten.«

»Wir werden etwas auftreiben, wenn wir in London sind – wir müssen nur ...«

Sie hielt den Atem an. Das Knirschen von Schritten auf Schnee war zu hören.

»Pst«, zischte Malkin. »Seid still. Ich glaube, da kommt jemand.«

»Vielleicht ist es Papa!« Lily spürte einen Funken Hoffnung und wollte in Richtung des Geräuschs laufen, doch Robert hielt sie am Arm fest.

»Vielleicht aber auch nicht«, sagte er.

»Er hat recht«, knurrte Malkin. »Das ist nicht John, die Schritte sind zu schwer.«

Sie duckten sich hinter das Wrack der *Dragonfly* und warteten. Am anderen Ende der Lichtung hörten sie ein Scheppern. Und noch eines ... gefolgt von einem Geräusch, als würde jemand etwas zerreißen. Jemand stöberte in den Wrackteilen herum. Lily spähte hinter dem ausgebrannten Rumpf hervor.

Halb versteckt hinter dem Umriss einer zerbrochenen Hydraulikpumpe begutachtete eine Gestalt mit Fliegerhelm verstreute Schwungräder und Auslassventile. Der gedrungene Körper, der in einer unförmigen Fliegerjacke aus Leder steckte, ähnelte einem halbgefüllten Mehlsack, dachte Lily. »Wer ist das?«, flüsterte sie.

Die Gestalt hielt inne und kratzte sich, während sie mit sich selbst sprach, mit der Hand an der Stirn.

Malkin schaute sie an. »Keine Ahnung«, sagte er. »Aber sie nimmt Teile von der *Dragonfly* mit.«

Als die Gestalt ein Auspuffrohr abriss, ertönte ein lautes Kreischen von Metall. Sie drehte sich um und warf das Teil mit einem Klappern auf einen Haufen Schrott, dann wischte sie sich die

Hände an ihrer Lederjacke ab und zog mit einer gekonnten Bewegung eine Pistole aus einem Holster, das an ihrem Rücken festgeschnallt war.

»Ich weiß, dass ihr da drüben seid«, sagte die Gestalt und trat zwischen die zerbrochenen Teile des Hecks. »Ich kann euch hören. Und wer auch immer ihr seid, ihr solltet das Folgende wissen: Vielleicht bin ich allein und möglicherweise denkt ihr drei, ihr könntet mich im Kampf leicht überwältigen, aber ich habe eine Pistole, die mit großkalibriger, mechanervernichtenden Munition geladen ist. Warum kommt ihr also nicht raus, dann können wir uns darüber unterhalten, das Bergungsgut fünfzig-fünfzig aufzuteilen – oder sechzig-vierzig, denn laut Sammler-Gesetz war ich zuerst hier. Dann können wir wieder getrennte Wege gehen.«

Lily und Robert kamen langsam und mit erhobenen Händen hinter dem Rumpf hervor. Malkin schlich kleinlaut mit gesenktem Kopf hinter ihnen her.

Als die Gestalt den Schal und die Fliegerbrille abnahm, sah Robert mit Erstaunen, dass es sich um eine Frau handelte. Ihre Wangen waren vor Kälte gerötet. Mit ihren blauen Augen musterte sie sie von oben bis unten und ihr Blick blieb an dem Zylinder in Lilys Hand hängen. »Ein Flugschreiber«, sagte sie, »das *ist* jetzt ja mal ein interessanter Fund.«

Lily antwortete nicht und zog ihre Jacke enger um sich.

»Hat es dir die Sprache verschlagen, junger Mann?«, fragte die Frau.

Robert versteckte das Bündel hinter seinem Rücken.

»Und was hast du da?«, fragte ihn die Frau.

»Nichts«, sagte er.

»Sieht aber nicht aus wie nichts.« Die Frau richtete ihre Pistole auf ihn. »Sieht ganz danach aus, als hättet ihr zwei Jungs den Fang des Tages gemacht. Jetzt aber her damit.«

»Nein«, platzte es aus Lily heraus. Sie machte einen Schritt nach vorn. »Wir geben Ihnen weder den Zylinder noch das Kästchen noch sonst etwas. Nicht nach allem, was wir durchgemacht haben. Wenn Sie so dahinter her sind, müssen Sie es uns schon wegnehmen.«

Die Frau lachte. »Ich verstehe. So ist das also.« Sie steckte ihre Waffe wieder in das Holster. »Ich denke, es wird am besten sein, wenn ihr beiden mit mir kommt. Vielleicht kann ich euch helfen.«

Zu dritt marschierten sie durch ein nahe gelegenes Feld, die Frau ging ein paar Schritte hinter ihnen und trug einen Armvoll kaputter Motorteile. Robert presste das Bündel mit dem Kästchen an seine Brust. »Denkst du, wir können ihr vertrauen?«, flüsterte er.

Lily zuckte die Achseln. »Bleibt uns etwas anderes übrig?«

»Wir sollten sie weiter im Auge behalten«, riet Malkin.

Die Frau führte sie den Hügel hinab und auf eine kleine Lichtung hinter einer Reihe eingeschneiter Bäume. Ein prall gefüllter, von einem Eisenanker am Boden gehaltener Patchwork-Heißballon wippte fröhlich im Wind. An der Außenseite seiner abgenutzten Holzgondel waren rostige Gegenstände angebracht – Töpfe, Pfannen, Eimer, Kisten, Körbe und Holzbündel – die wie ein kunterbuntes Windspiel in wildem Rhythmus aneinander schepperten und klapperten. Auf den Bug des Luftschiffs war mit weißer Farbe ein Wort gepinselt: *Ladybird.*

»Was ist der ganze Kram?«, fragte Lily.

»Altmetall«, sagte die Frau. Sie verstaute das neue Altmetall in verschiedenen Kisten und Taschen, die auf der verschneiten Lichtung verstreut waren, und wandte sich dann einem rußigen Kessel zu, der an einem Dreifuß über einem qualmenden Lagerfeuer hing. Als sie den Deckel des Kessel anhob, strömte der herzhafte Geruch von Eintopf heraus und ließ Robert das Wasser im Mund zusammenlaufen.

»Können wir etwas zu essen haben?«, fragte er bittend. »Wir sind am Verhungern.«

»So seht ihr auch aus«, sagte die Frau. »Na los, greift zu.« Sie reichte ihnen zwei volle Schalen und schöpfte sich selbst eine Tasse voll aus dem Kessel. Dann gab sie jedem einen Löffel. »Das Mittagessen ist angerichtet.«

Nachdem sie eine Nacht und einen Morgen mit leerem Magen gelaufen waren, war es für Robert und Lily ein Genuss, etwas Warmes und Brot zum Tunken zu haben. So schnell sie konnten, begannen sie zu essen. Der Eintopf schmeckte würzig und lecker und füllte ihre Bäuche mit Wärme.

»Wie heißt ihr, Jungs?«, fragte die Frau.

»Ich bin Robert und das ist L...«

»Lenny«, unterbrach ihn Lily. »Wir sind Robert und Lenny.«

»Ich bin Anna Quinn: Schrottsammlerin und Aeronautin.«

Nachdem sie mit dem Essen fertig waren und ihre Teller mit ihren Brotrinden ausgewischt hatten, bot Anna ihnen eine zweite Portion an. Selbst für Malkin hatte sie ein paar Reste, aber darüber rümpfte er nur seine Schnauze, legte seinen Kopf auf seinen Pfoten ab und schaute in die entgegengesetzte Richtung.

»Ist er nicht hungrig?«, frage Anna und nickte in Richtung des Fuchses.

»Er isst nicht«, erklärte Lily, »er ist ein Mechantier.«

»Wirklich?« Ihre Augen wurden groß. »Ich habe noch nie eines gesehen, das so natürlich aussieht. Oder sich so verhält. Wie bist du an ihn rangekommen?«

»Mein Dad repariert Uhren.« Robert sprach mit vollem Mund. »Er ist ein Uhrmacher. Der Fuchs wurde bei uns abgegeben, aber sein Besitzer hat ihn nie wieder abgeholt.«

Lily lächelte ihn bei der spontan ausgedachten Lüge an.

»Kann er auch sprechen?«, fragte Anna.

Malkin spitzte seine Ohren. »Nur wenn man ihn anspricht«, brummelte er, während er sie über seine Sackleinenschulter anblickte. »Und es ist übrigens verklirrt unhöflich, über jemanden zu sprechen, als wäre er nicht da.«

Anna brach in schallendes Gelächter aus und klopfte sich mit der Hand auf die Knie.

»Ich werd verrückt, er spricht ja wirklich! Hat er auch einen Namen?«

Lily schaute nach oben, den Löffel auf halbem Weg zu ihrem Mund. »Einen was?«

»Eine Benennung, eine Bezeichnung, einen Spitznamen, einen Namen.«

»Sein Name ist Malkin«, erklärte Robert.

»Und was habt ihr drei an dem Absturzort getrieben?«

»Wir waren nur auf Schatzsuche, wie Sie auch.«

»Irgendwie hab ich da so meine Zweifel«, sagte Anna. Sie lehnte sich auf ihrem Sitz nach vorn. »Lasst mich euch sagen, für wen ich euch halte: Du bist Lily Hartman und das Mechantier gehört deinem Vater, Professor John Hartmann, dessen Luftschiff *Dragonfly* hier abgestürzt ist.«

Lily spürte, wie sie die Augen vor Schreck aufriss. »Woher wissen Sie das? Wer sind Sie wirklich?«

Die Frau lächelte. »Ich hab doch schon gesagt, dass ich Anna Quinn heiße. Ich bin eine Altmetallsammlerin. Und manchmal ermittle und schreibe ich nebenbei ein bisschen.«

»Sie sind die Reporterin, die den Zeitungsartikel über Papa verfasst hat«, sagte Lily.

Anna nickte. »Richtig. Ich habe sein Verschwinden ein paar Tage lang untersucht. Mir schien an der ganzen Sache etwas faul zu sein – die spärliche Berichterstattung in den anderen Zeitungen, das Ausbleiben gründlicher Polizeiermittlungen. Also dachte ich mir, ich komme hier herauf, um mehr herauszufinden und ein bisschen Altmetall zu sammeln, wenn ich schon dabei bin.«

»Aber warum haben Sie keinen Kontakt zu mir aufgenommen?«, fragte Lily.

»Das habe ich versucht«, sagte Anna. »Aber ich glaube nicht, dass dein Vormund mein Telegramm weitergegeben hat. Zum Glück haben wir uns aber dennoch gefunden.«

»Warum zum Glück?«, fragte Robert.

»Wie gesagt, ich kann euch helfen.« Anna stocherte mit der Spitze ihres Stiefels im Feuer herum. »Und dann könnt ihr beide mir ein Interview geben. Ein Exklusivinterview.«

»Wir wissen über die Angelegenheit auch nicht mehr als Sie«, sage Robert zu ihr. »Die Leute, die uns jagen, sie ...«

Anna packte seinen Arm. »Ihr werdet gejagt? Das gibt der Story eine aufregende neue Wendung! Erzähl mir mehr davon.«

»Papa hat gesagt, ich solle Fremden nichts über mich erzählen.«

Lily drückte den Zylinder fest an ihre Brust. »Hören Sie, wir müssen herausfinden, was darauf aufgenommen ist. Wissen Sie, wie wir ihn abspielen können?«

Anna streckte ihre Hand aus. Nachdem sie einen Moment nachgedacht hatte, gab Lily ihr den Zylinder. Die Frau drehte ihn um und betrachtete die Beulen und Rillen auf seiner Oberfläche.

»Du musst ihn an ein anderes Luftschiff anschließen«, sagte sie. »Nur so kannst du etwas aus ihm herauslocken.«

Sie stand auf und verwischte die Spuren des Feuers. »Helft mir, alles einzupacken«, sagte sie und gab Lily den Zylinder zurück, »dann können wir in mein Luftschiff, die *Ladybird,* steigen und uns das anhören.«

Auf halber Höhe der Strickleiter, die aus der Gondel der *Ladybird* baumelte, bekam Robert ein mulmiges Gefühl. So hoch war er noch nie geklettert. Sie waren höher als in dem Moment, als sie auf dem Dach seines Hauses gestanden hatten.

Über ihm war Lily mit dem Zylinder in der Manteltasche. Malkin lag zusammengerollt in ihrer zugeknöpften Jacke. Sie folgte Anna, die beinahe das Ende der Leiter erreicht hatte.

Robert wurde langsamer und versuchte, nicht auf die Stricke zu achten, die im Wind schaukelten und knarrten. Plötzlich fühlte sich die Schatulle, die mitsamt der Decke auf seinen Rücken geschnallt war, sehr schwer an. Er blickte nach oben auf das schwankende Schiff, das sich noch immer an die zehn Meter über seinem Kopf befand. »Es ist zu hoch«, murmelte er. »Ich kann nicht.«

Lily schaute zwischen ihren Beinen hindurch zu ihm hinunter. »Bitte, Robert. Du musst es versuchen.«

Er biss die Zähne zusammen. Zumindest wären die Schneereste weich, sollte er hinunterfallen. Nein, er durfte nicht ans Fallen denken. Als er früher mit seinem Dad im Wald spazieren gegangen und auf Bäume geklettert war, war es nicht das Hochklettern gewesen, das ihm Angst gemacht hatte, sondern das Runterkommen – der fürchterliche Sprung nach unten, den man machen musste, um festen Boden unter die Füße zu bekommen. Immer wenn ihn sein Schwindelgefühl überwältigt hatte, war Thaddeus nach oben geklettert, um ihm beim Abstieg zu helfen. Jedes Mal hatte sein Dad in solchen Momenten eine Lektion parat gehabt. Meist ähnelten sie dem, was er kürzlich gesagt hatte … was war es gleich?

Niemandem fällt es leicht, die Angst zu überwinden. Es braucht ein tapferes Herz, um große Schlachten zu gewinnen.

Robert wiederholte die Worte beim Höherklettern, höher als je zuvor, auf die Gondel des schwebenden Luftschiffs zu. Sie spendeten ihm Trost – und bald schon hatte er das Ende der Leiter erreicht.

»Wie kommen wir rüber?«, rief Lily durch den Wind.

»Macht es einfach so wie ich.« Anna öffnete eine Tür im Heck der *Ladybird* und griff nach einer Metallstange und zog sich ins Innere. »Es ist ganz leicht.«

Lily machte ihre Bewegungen nach und kletterte durch den Eingang, und Robert, der ihr folgte, machte seine Augen fest zu und dachte einmal mehr an den Rat seines Dads.

Als er sie wieder aufschlug, war er schon an Bord des Luftschiffs, und Anna wickelte die Strickleiter auf eine Rolle.

»Willkommen an Bord der *Ladybird*«, sagte sie, als sie die letzten Metallsprossen der Leiter klappernd einzog und die Hand ausstreckte, um die Tür zu schließen.

»Es ist ein bisschen knifflig, an Bord zu gelangen, aber ansonsten ist sie, wie ihr sehen werdet, ein erstklassiges Luftschiff, wenngleich von der etwas kuscheligeren Sorte.«

Lily knöpfte ihre Jacke auf und Malkin hopste heraus und schlitterte über den gewölbten Boden. »Ich hasse diese schäbigen, selbst zusammengezimmerten Luftschiffe«, klagte er.

»Es ist gar nicht mal so übel«, hörte sich Lily sagen.

Robert lehnte sich benommen an die Wand. Er war nur froh, wieder etwas Festes unter den Füßen zu haben. Der schmale holzverschalte Gang, in dem sie standen, war kaum breit genug für die vier. Er blickte sich um. Durch ein großes Messingbullauge fiel Licht auf vier bunt zusammengewürfelte Vorhänge, die den gegenüberliegenden Raum abtrennten, sie waren handgenäht und sahen aus wie Kraut und Rüben.

»Na, dann werde ich euch mal herumführen.« Anna zog den hinteren Vorhang zurück, und Robert und Lily blickten in einen kleinen Frachtraum im Heck des Schiffs, in dem sich ein großer Motor befand. Zwischen dem Raum im Schwanz des Schiffs und dem vorderen Teil, der, wie Robert annahm, die Brücke war, lagen zwei kleine Hohlräume übereinander. Im unteren war ein kleiner Metallspind, in dem ein paar leere

Holzkisten lagerten, und der obere stellte sich als Annas Koje heraus.

Eine schmale Matratze füllte den gesamten Boden. Über der Matratze fiel Licht durch ein kleineres Messingbullauge auf ein schiefes Wandbord mit ein bisschen Krimskrams – ein Luftschiff in einer Flasche, eine tragbare Schreibmaschine und ein großer Stapel eselsohrige Abenteuergroschenromane. Lily zog einen heraus und betrachtete das Cover eingehend. *Die Zep-Piraten gegen den Kraken* stand darauf und das aufgeprägte Bild zeigte einen Zeppelin, der von einem gigantischen, hässlichen Seeungeheuer angegriffen wurde, das ihrer ehemaligen Lehrerin frappierend ähnlich sah. »Das da kenne ich noch gar nicht«, sagte sie.

»Das erstaunt mich nicht«, sagte Anna zu ihr. »Es ist das erste Heft. Ich bin gerade damit fertig geworden.«

»Sie schreiben so was?«, fragte Robert.

»Sag das nicht so verächtlich, Junge. Es ist eine weitere meiner Nebentätigkeiten. Irgendwie muss ich mich ja über Wasser halten.«

»Sie sind großartig, Robert«, sagte Lily zu ihm. »Du solltest sie irgendwann einmal lesen.«

»Ich weiß nicht«, sagte Robert. »Nach allem, was in den letzten Tagen passiert ist, weiß ich nicht, ob ich noch mehr Drama in meinem Leben brauche.«

»Natürlich«, sagte Lily. Sie konnte ihn verstehen. Einen Moment lang hatte sie die Schatulle und die Männer, die hinter ihnen her waren, vergessen. Sie schaute auf den Zylinder, der in ihrer Manteltasche verstaut war. »Vielleicht sollten wir jetzt die Aufnahme anhören?«

Anna nickte und schob den größten Vorhang zurück und bedeutete sie in den Raum im vorderen Teil des Schiffs.

»Dahinter liegt das Cockpit.«

Der Raum war so klein, dass Robert und Lily beide Wände mit ihren Fingerspitzen hätten berühren können, wenn sie die Arme ausgestreckt hätten. Doch quer konnten sie Schulter an Schulter zu dritt darin stehen.

Anna legte ein paar Schalter am Armaturenbrett um und Nadeln in unterschiedlichen Messgeräten und Instrumenten erwachten zum Leben. Robert erkannte Barometer, Thermometer, einen Kompass und ein Chronometer in einer Halterung. Am hinteren Ende des Steuerpults war ein Gestell mit einem verstellbaren Arm und einer Nadel. »Diese Maschine wird uns die Geräusche von dem Zylinder vorspielen«, sagte Anna, und sie steckte den Zylinder in das Gestell und legte die Nadel in die Rille am Ende.

Dann drückte sie einen Knopf auf dem Armaturenbrett und der Zylinder begann, sich in seiner Halterung zu drehen. Aus einem in die Wand eingebauten Lautsprecher hörte man ein Knistern, als würde jemand Papier zerknüllen, und Robert und Lily hielten den Atem an.

KAPITEL 16

Die Aufnahme war zunächst verschwommen, aber bald waren erste Worte herauszuhören: Man hörte eine Stimme in scharfem, abschätzigem Ton sprechen, fast übertönt von einem gedämpften metallenen Surren als Hintergrundgeräusch.

»Professor Hartman?«, sagte die Stimme. »Sind Sie bei Bewusstsein?«

»Das ist Mould«, flüsterte Robert, aber Lily brachte ihn zum Schweigen.

»Wir kommen wohl langsam zu uns, was?«, sagte eine andere Stimme – die sich eindeutig wie die von Roach anhörte. »Ich nehme an, das heißt, wir können anfangen.«

Dann sprach Lilys Papa. »Mein Name ist Grantham«, stotterte er. »Grantham. Nicht Hartman. Sie haben sich den Falschen geholt. Wie sind Sie an Bord gekommen?«

»Grantham, G. Hartman, Grace Hartman«, sagte Roach. »Nicht gerade der beste Deckname angesichts der Tatsache, dass wir es waren, die Ihre Frau getötet haben. Nachdem wir ihre falsche Identität herausgefunden hatten, war es nicht besonders schwer, die echten Zulassungspapiere für Ihre Mechaner aufzutreiben und an Ihre Adresse zu kommen. Es ist sieben Jahre her, Professor. Sie waren ein recht schlüpfriger Fisch und schwer zu fassen, aber jetzt haben wir Sie im Visier, um es mal so zu sagen.«

Dann hörte man ein deutliches Klopfen, und Lily war sich sicher, dass es von Roach kam, der mit dem Finger an sein unheimliches Spiegelauge tippte. Ein kalter Schauder überlief sie, als sein zerstörtes Gesicht in ihrer Erinnerung auftauchte, wie eine Leiche, die aus den Tiefen eines schimmernden Teichs heraufschwebt.

»Ich warne Sie«, sagte Papa. Seine Stimme klang selbstbewusst, aber Lily wusste, dass er Angst hatte. »Ein fremdes Luftschiff ohne Erlaubnis zu besteigen ist illegal.«

Wieder sprach Roach. »Was Sie getan haben, Sir, war ebenfalls illegal. Äußerst illegal.«

»Wovon in aller Welt sprechen Sie?«

»Der Diebstahl des Perpetuum mobile unseres Meisters, Professor Hartman. Wo ist es?«

Es knackte im Zylinder.

»Es ist versteckt.«

»Na, na«, sagte Mr Roach. »Keine Spielchen.«

Wieder ein Knacken; dann folgte ein gellender Schrei.

Lily fuhr zusammen.

Es folgte eine Pause und hektisches, stockendes Atmen.

»Ich ... werde ... nichts ... sagen«, schrie Papa. »Sie können machen, was Sie wollen.«

Mr Roach kicherte und sein Lachen durchfuhr Lily, als stünde der Widerling direkt neben ihr.

»Na, das ist doch eine angenehme Überraschung«, rauschte seine Stimme. »Ich hatte durchaus gehofft, unsere Unterhaltung würde diese Wendung nehmen. Ich war befugt, Ihnen Geld anzubieten, aber ich sehe schon, dass der Versuch fruchtlos wäre. Sie sind ein anständiger Mann, Sir, viel zu anständig für mich, aber vielleicht sprechen Sie besser auf das hier an?«

Wieder ein Schrei und ein entsetzlich durchdringendes Wimmern ... dann erreichte die Nadel das Ende des Zylinders und hob mit einem Knacken ab; die Aufnahme war zu Ende.

Lily sackte gegen die Wand. Plötzlich drangen all die Gefühle, die sie so lange zurückgehalten hatte, an die Oberfläche. Es war, als wäre ihr der letzte Funke Hoffnung, den sie sich noch bewahrt hatte, aus der Brust gerissen worden.

Sie schaute aus dem gewölbten Fenster der *Ladybird* über deren stupsnasigen Bug. In der Ferne waren die wild über die Lichtung verstreuten Teile der *Dragonfly* zu sehen.

Jetzt wusste sie sicher, dass es Roach und Mould waren, die an dieser Verwüstung schuld waren. Sie haben Papa gefoltert und ihnen alles genommen: Mamas Leben, das von Roberts Dad, Mrs Rust, die anderen Mechaner, ihr Zuhause. Und alles nur wegen dieser Schatulle, diesem Perpetuum mobile. Wie viel Unglück haben sie angerichtet, nur um da ranzukommen. Wenn sie könnten, würden sie auch sie und Robert töten, und nichts würde sie aufhalten, egal, was sie sagen oder tun würde, und niemand könnte helfen.

»Papa ist tot«, sagte sie plötzlich. »Ich habe die ganze Zeit über gehofft, er würde noch leben, würde zurückkommen, aber das wird er nicht, oder? Wir sollten ihnen einfach diese Schatulle geben – diese Maschine –, bevor sie uns auch noch umbringen.«

Robert holte tief Luft, sein Mund war trocken. »Wenn wir jetzt aufgeben«, sagte er, »dann sind alle, die versucht haben, dieses Ding zu schützen, umsonst gestorben, und wir werden das Geheimnis nie lüften – nie die Wahrheit darüber erfahren, wozu es gut ist.«

»Er hat recht, Lily.« Malkin verengte seine schwarzen Augen. »Es könnten gefährliche Dinge in der Schatulle sein, und weiß der Knacks, welches Chaos Roach und Mould damit anrichten könnten.«

»Mir ist klar, dass die Chancen nicht gut stehen«, fügte Robert hinzu. »Sie wissen alles über uns, und wir haben gar keine Anhaltspunkte über sie, da ist ein Sieg fast unmöglich. Aber wir *müssen* siegen, Lil. Wir müssen. Ihretwegen habe ich niemanden mehr. Sie sind Teufel, aber wir dürfen nicht aufgeben. Wir haben, was sie wollen – das Einzige, weshalb sie an uns interessiert sind. Wir können sie leiden lassen. Wir dürfen sie nicht davonkommen lassen mit all dem, was sie getan haben. Und wir dürfen nie aufgeben. Niemals.«

Malkin nickte zustimmend. »Diese Schatulle ist alles, was wir gegen sie in der Hand haben«, sagte er. »Der einzige Hinweis, den wir haben. Wenn wir nach London kommen, werden wir deinen Patenonkel bitten, die richtige Polizei einzuschalten. Und dann locken wir Roach und Mould mit der Aussicht auf das Perpetuum mobile in eine Falle.«

»Was weißt du schon, Malkin?«, brüllte Lily. »Bevor wir Papas Brief gelesen haben, hast du nichts gewusst.« Sie trat gegen die Schatulle, die in die Decke geschnürt war. »Wenn wir doch nur den Schlüssel hätten.«

Malkin sagte nichts, zog nur die Augen zusammen, legte die Ohren zurück und schaute sie mit seiner typischen Fuchs-Überlegenheit an.

»Wenn ihr nach London wollt«, sagte Anna, »kann ich euch hinbringen. Ich muss sowieso zurück. Mein Exemplar abheften und mich bei meinem Redakteur beim *Zahnradkurier* melden. Ich könnte ihm diese Aufnahme zuspielen und schauen, ob wir mehr über diesen Roach und diesen Mould oder das Perpetuum mobile herausfinden können. An irgendwelche Informationen müssten wir da doch herankommen, meint ihr nicht?«

Lily antwortete nicht, es fühlte sich für sie an, als drifteten alle von ihr weg und sie könnte jeden Moment in Ohnmacht fallen.

Von Weitem hörte sie Robert sprechen. »Danke, Anna. Wir nehmen das gern an, den Flug nach London und all das, was Sie für uns tun können.«

»Wir legen sie wohl besser mal für ein Weilchen in meine Koje ins Bett, Robbie, richtig?«

Lily ließ sich ohne zu widersprechen von ihnen in den Gang tragen. Anna zog den Vorhang ihrer schmalen Schlafkoje zurück, und mit Roberts Hilfe manövrierten sie Lily vorsichtig auf das Bett. Dann breitete Anna eine grobe Wolldecke über sie und zog den Vorhang mit leiser Hand wieder zu, bevor Lily die beiden weggehen hörte.

»Komm, Robbie«, sagte die Aeronautin, »ich habe noch ein paar Fragen und einen Job für dich im Maschinenraum.«

Lily erwachte einige Zeit später mit dem seltsamen Gefühl, seitwärts zu kippen. Die Holzwand der Schlafkoje vibrierte mit dem Knattern des Motors; draußen wurde der Himmel dunkel und im Rahmen der Messingluke erschienen ein paar Sterne.

Sie tastete nach Malkin, aber er war nicht da, und als sie sich aufsetzte, stieß sie mit dem Kopf an die Ablage über dem Bett. Der Stapel Groschenromane und das Luftschiff in der Flasche rutschten von dem Wandbord und landeten auf ihrer Matratze und die Schreibmaschine wackelte bedenklich. Leise fluchend zog sie den Vorhang zurück und sprang aus der Schlafkoje.

Abgesehen von dem sanften Tuckern des Motors war der Flug mit der *Ladybird* ruhig. Die Kabine unter ihren Füßen schaukelte vor und zurück, schwache Winde rüttelten an ihr. Lily lief in Richtung des Motorengeräuschs und rieb sich die Beule an ihrem Kopf.

Sie fand Robert eingezwängt im engen Heck des Luftschiffs. Er stand neben dem zischenden Ofen, der mit einer geölten Propellerwelle verbunden war, und briet Eier. Malkin lag zusammengerollt zu seinen Füßen und etwas an den beiden erinnerte Lily an ihren Papa.

»Hallo, Schlafmütze, geht's dir besser?«, fragte Robert. Die Eier spritzten und zischten in ihrer Pfanne im Bauch des offenen Ofens und auf einer Gabel bräunte ein Toast.

»Wenn man dich so sieht«, sagte Lily, »könnte man meinen, du wärst ein richtiger kleiner Steward, ohne Quatsch.«

»Anna hat mir das Kochen überlassen und die Maschinen.« Robert öffnete eine weitere Tür an der Vorderseite des Ofens und warf eine Schaufel Kohle hinein. »Hält mich auf Trab, muss ich nicht so viel nachdenken ... über Dad.«

Lily schaute weg und tat so, als würde sie die Maschinen inspizieren. Acht spinnenartige Kolben-Beine ragten aus der Ofenrückseite und trieben die Propellerwelle und etliche andere Mechanismen an, die sich in den kegelförmigen hölzernen Schwanz der *Ladybird* zwängten. »Das ist ja ein verrücktes Gerät.«

»Ja, oder?« Robert wischte sich mit dem Ärmel über die Stirn. »Hat Anna selbst gebaut. Ich schaufele seit ein paar Stunden die Kohle rein. Ich habe ihr alles erzählt, was passiert ist, als du schliefst. Alles, was sie noch nicht wusste – sie wusste sowieso schon eine Menge. Und sie hat versprochen, uns zu helfen.«

Er wendete die Eier in der Pfanne, damit das flüssige Eigelb fest wurde, dann ließ er auf jede Scheibe Toast ein Ei gleiten. »Sie hat mir sogar etwas zu essen aus ihrer Bauchfüllbox gegeben.«

»Ihrer was?«

Robert zog ein Gesicht. »So nennt sie die kleine Kiste, in der sie ihre Lebensmittel aufbewahrt, in dem Spind unter ihrer Schlafkoje.«

»Oh.« Lily lachte. »Sie ist schon seltsam, oder?«

»Aber nett. Ich glaube, wir *können* ihr vertrauen.« Robert reichte Lily eine Scheibe Brot mit Ei. Gierig biss sie hinein und genoss den warmen, milden Geschmack.

Nachdem sie beide gegessen hatten, schloss er die Ofentür und ging mit ihr und Malkin den Gang nach vorn zum Cockpit.

»Ach, da ist ja jemand wach.« Anna stand am Steuer und lenkte das Luftschiff. Sie blickte auf das Chronometer auf dem Armaturenbrett. »Ich hoffe, ihr beide hattet ein kleines Mitternachtsfrühstück?«

Lily nickte. »Es war ein Festessen.«

»Famos, famos.«

»Sind wir schon gut vorangekommen?«, fragte Robert und wischte an einer Spur Eidotter herum, die er auf seiner Jacke hinterlassen hatte.

»Schau selbst.« Anna zeigte auf eine Landkarte von Großbritannien, die an der Rückwand der Kabine hing. »Wir haben drei Stecknadeln, das lange Stück Faden und den Marmeladenfleck über den Midlands passiert.«

»Wie lange, denken Sie, brauchen wir noch bis London?«, fragte Lily. Sie sah Malkin zu, wie er in allen vier Ecken der Kabine herumschnupperte.

»Es geht schneller, als ich dachte.« Anna richtete den Sextanten aus. »Siehst du dort den Punkt? Das heißt, dass es nicht mehr weit ist. Wenn der Rückenwind bleibt, sollten wir es bei Sonnenaufgang geschafft haben. In ein paar Stunden können wir wohl schon die ersten Straßenlaternen am Horizont erahnen – es gibt Hunderte dort, wie Sterne, und in der Morgendämmerung sieht man, wie sie verschwinden, wenn die Laternenanzünder ihre Runden drehen und sie auslöschen.«

»Wo landen wir?«, fragte Robert.

Anna konsultierte ihren Kompass. »Kommt drauf an. Zigeuner-Ballone wie die *Ladybird* sind vielerorts nicht so gern gesehen, und ich habe meine Fluggebühren nicht bezahlt. Aber im Osten gibt es Atchings, da könnten wir es versuchen.«

»Atchings?« Das Wort war Lily neu.

»Das ist Weltenbummler-Slang, Reisesprache, und bezeichnet einen Ankerplatz.«

Anna drehte das Steuer und die dicken Seile, die durch die Metallösen an der Wand geschlungen waren, verschoben sich schwerfällig.

»Wofür sind die?«, fragte Lily.

»Sie verlaufen entlang der Innenseiten des Ballons und verbinden die Lenksäule mit Backbord-, Steuerbord- und Heckruder. »Wenn eines von ihnen reißt, kommt das ganze Luftschiff vom Kurs ab und könnte überall dagegenfahren.«

»Seltsam, dass sie nicht außerhalb der Gondel verlaufen«, grübelte Lily.

»So seltsam ist das nicht«, sagte Anna. »Deine empfindlichen Teile sind ja auch innen. Wenn nicht, würde es verdammt mehr wehtun, wenn dich jemand schlägt.«

Robert untersuchte ein paar der Bedienelemente auf dem Armaturenbrett. »Die liegen auch innen, damit sie in großer Höhe nicht gefrieren und brechen«, erklärte er.

Anna strahlte. »Er weiß es!«

»Ah, verstehe«, sagte Lily, obwohl das nicht so ganz stimmte. Sie betrachtete eine seltsam aussehende gewehrartig Waffe, die in einer Halterung an der Wand neben den Anzeigeinstrumenten hing.

»Und was ist das?«

Anna schlug ihr die Finger weg. »Fass das nicht an! Das ist gefährlich. Das ist eine Notfallarmbrust – falls Luftpiraten angreifen.«

»Aber wo ist die Harpune dafür?«

»Ich habe keine. Es gab da einen Notfall …« Anna blinzelte verschlafen. »Mit Luftpiraten.« Sie gähnte. »Wie wäre es denn, Robbie, magst du mal ans Steuer? Ich glaube, ich geh mal ein Nickerchen machen. So lange kannst du fahren. Die nächsten ein, zwei Stunden werdet ihr beiden sicher klarkommen. Ihr könnt euch gegenseitig wachhalten.«

»Kriegen wir hin«, sagte Robert.

»Davon geh ich aus.« Anna zeigte durch das Kabinenfenster auf einige Sterne. »Diese Konstellationen werden über den Himmel wandern, aber du hältst den mittleren Stern immer im Zentrum des Glases und die Kompassnadel auf S für Süden, und dann steuerst du in die richtige Richtung. Weckt mich auf, wenn ihr Straßenlaternen am Horizont entdeckt.«

Damit ging sie hinaus, und sie hörten sie hinter ihnen in die Schlafkoje klettern. Bald klang das durchdringende Klappern einer Schreibmaschine herüber, das nach einer Weile verstummte, und Lily vermutete, dass die Aeronautin eingeschlafen war.

Robert runzelte die Stirn und drehte am Steuerrad, um die *Ladybird* auf ihrem direkten Kurs zu halten und möglichst schnell voranzukommen. Das sanfte Brummen des Motors drang durch die Wände, und die Hitze, die von den Rohren abstrahlte, machte die Kabine angenehm warm. Malkin hatte es sich in einer Ecke an einem warmen Rohr gemütlich gemacht und war eingeschlafen.

Lily schaute nach draußen zu den Sternen, die wie Sommersprossen am Nachthimmel verteilt waren. In der Ferne huschte ein kleiner Lichtfleck über das Firmament. »Glaubst du, das ist eine Sternschnuppe?«, fragte sie.

Robert sah genauer hin. »Ich bin mir da nicht sicher. Ich glaube, dafür bewegt es sich zu langsam.«

»Vielleicht ein Komet?«

»Kometen tauchen nur alle hundert Jahre einmal auf, wir hätten ziemlich Glück, in unserem Leben einen zu sehen. Wahrscheinlich ist es ein anderes Luftschiff, das dort seine Bahn zieht.«

»Woher weißt du so viel über Luftschiffe und Astronomie, Robert?«

»Mein Vater wusste eine ganze Menge darüber – wegen der Chronometer, die er repariert hat, und aus Büchern.«

»Das mit deinem Vater tut mir so unendlich leid«, sagte Lily. »Wirklich. Ich wäre nie auf die Idee gekommen, dass ihm meinetwegen so schreckliche Dinge zustoßen würden.«

»Ich will nicht darüber reden«, sagte Robert. »Ich glaube, das halte ich nicht aus.« Er wischte das Kondenswasser von der Windschutzscheibe und das kalte Wasser bildete Tröpfchen in seiner Handfläche. »Dad hat mir erzählt, dass die Menschen früher dachten, die Sterne wären Götter und Göttinnen«, sagte er schließlich. »Dass sie etwas Magisches hätten – und es stimmt, weil sie Teil der Vergangenheit sind. Ihr Licht hat ganze Galaxien durchwandert und strahlt seit Hunderttausenden von Jahren, bis es uns erreicht. Aber weißt du, was das Seltsamste ist?«

»Was denn?«

»Das Licht von jedem einzelnen Stern braucht unterschiedlich lang, bis es hier ist. Da draußen leuchten heute Nacht Sterne aus allen Epochen der Geschichte. Deshalb leuchten sie so unterschiedlich.«

Lily wandte sich zum Fenster und starrte hinaus in die Nacht. Tatsächlich – manche Sterne leuchteten heller und stärker als ihre Verwandten, andere wiederum waren undeutlich und matt. Aber sie alle zusammen waren ein herrlicher Anblick.

»Manche Leute meinen, dass sich alle Zeit auf einmal ereignet«, sagte Robert leise. »Und niemand wird jemals geboren und niemand stirbt je, alle sind immer bei uns, hier und jetzt.« Er legte eine Hand auf sein Herz und schaute in den Himmel. »Ein seltsamer Gedanke.«

»Ja, ein seltsamer Gedanke.« Lily griff zum Steuerrad und ihre Finger berührten die seinen. Plötzlich fühlte sie sich trotz all der Verluste glücklich, dass sie hier mit ihm zusammen war. Zwei Freunde, die mit den Sternen fliegen. »Hat dein Dad dir auch solche Sachen beigebracht?«, fragte sie.

»Manches davon«, Robert neigte den Kopf. »Manches davon habe ich auch selbst in seinen Büchern gelesen. Er hatte viele Bücher über Sterne und natürlich auch über die Zeit. Zeit und Sterne gehören zusammen, weißt du? Mit Hilfe der Sterne konnten die Leute früher die Zeit bestimmen und navigieren. Er hat mir beigebracht, in den Sternenbüchern zu lesen und wie die Sternbilder heißen. Ich wünschte, ich hätte mir mehr davon gemerkt, aber leider ...« Er machte eine Pause. »Manche Leute glauben, alles bestünde aus Sternenstaub.«

»Sogar wir?«, fragte Lily.

Robert nickte. »Sogar wir.«

Sie standen still nebeneinander und ließen die große Weite des Himmels auf sich wirken.

Seine Unendlichkeit.

Lily schaute durch die Windschutzscheibe. »Dieses Licht, Robert – ich glaube, es kommt immer näher.«

In der Zeit, in der sie sich unterhalten hatten, war der Lichtball aus Weiß am Horizont auf die Größe des Mondes angewachsen. Es stürzte herunter und wurde ein Suchscheinwerfer, der sich auf dem Bug der *Ladybird* niederließ und die Kabine mit Helligkeit erfüllte.

Lily sah sich und Robert im dunklen Glas spiegeln und hörte das Knallen von Schüssen. Robert duckte sich und zog sie nach unten hinter das Steuerrad, als die Windschutzscheibe klirrte und Glassplitter über ihre Köpfe rieselten.

Malkin erwachte mit einem Ruck und stieß ein lautes gellendes Jaulen aus.

Robert kroch durch die spitzen Scherben zu ihm.

Lily schnappte sich das Sprachrohr und schrie hinein. »Hilfe! Wir werden angegriffen!«

Es folgte ein dumpfes, lautes Geräusch – als hätte sich jemand den Kopf gestoßen – dann zog Anna den Vorhang zurück und stürzte herein. Sie rieb sich heftig fluchend die Stirn und bediente ein paar Schalter auf der Konsole.

Das angreifende Luftschiff setzte sie erneut unter Feuer. In dem kurzen Pulverblitz erkannte Lily den Namen, der auf der Seite stand. Ihre Stimme zitterte, als sie laut vorlas: »*Behemoth*« - Ungeheuer.

»Das ist das Luftschiff von Roach und Mould«, bellte Malkin.

»Sie haben uns also gefunden«, sagte Robert ruhig.

»Ja«, Lily nickte. In ihrem Inneren platzte ein schauriger Panikknoten, als das silberne Luftschiff näher kam. Sein grimmiger, mit Stacheln bewehrter Bug steuerte direkt auf sie zu.

KAPITEL 17

Sie wollen uns zum Absturz bringen«, brüllte Lily. »Wir müssen ihnen ausweichen! Wenden Sie das Schiff!«

Anna übernahm das Ruder von Robert und drehte das Steuerrad einmal im Kreis, und langsam schwenkte die *Ladybird* in die entgegengesetzte Richtung.

Robert untersuchte das Armaturenbrett auf dem Kompasshaus. Die Nadel des Druckmessgeräts schlug in Richtung Null aus. »Wir haben keinen Dampf mehr, um sie abzuhängen«, sagte er zu Anna.

»Dann heizt den Dampfkessel, ihr zwei.« Sie sah zu Lily. »Werft so viel hinein, wie ihr könnt!«

»Bleib du bei Anna, Malkin«, rief Lily und schon eilten sie und Robert den Gang hinunter.

Im Maschinenraum machte Robert die Tür des Ofens auf und schichtete hastig Kohlen darin auf. Lily packte sich eine Schaufel und half ihm. Der dunkle Umriss der *Behemoth* stieg vor den

Bullaugen auf der Steuerbordseite auf, ihr mit Stacheln gespickter Bug war direkt auf das Herz ihres Schiffs gerichtet.

Die *Ladybird* hatte sich beinahe um dreihundertsechzig Grad gedreht, da ...

Zack!

Wurde sie von einer Harpune getroffen.

Die Gondel schaukelte nach hinten und vorn, und dann war da ein langes, tiefes Kratzen, als die *Behemoth* begann, sie an sich heranzuziehen.

Lily und Robert rappelten sich auf und schaufelten weiter Kohle in den Ofen. Der Kolben des Motors beschleunigte und pumpte wie wild, doch die *Behemoth* straffte ihr Windenseil.

Malkin preschte herein und rannte wie verrückt im Kreis herum. »Genau das ist mit Johns Schiff passiert«, kläffte er. »Und jetzt geschieht es erneut!«

Lily war übel. Wenn es ihnen nicht gelingen würde zu fliehen, nun ...

Annas Stimme kam knisternd aus dem Sprachrohr. »Facht den Ofen an, sie versuchen, uns zu entern!«

Lily sah sich um. Robert kratzte den letzten Kohlenstaub zusammen und warf ihn in das Feuer. Bald gab es nichts mehr zum Verbrennen.

»Uns geht der Brennstoff aus!«, schrie sie in das Sprachrohr.

»Schmeißt die leeren Holzkisten aus dem kleinen Metallspind hinein«, hallte Annas knappe Antwort wider.

Lily raste in den Gang und hievte einen Stapel Kisten aus dem kleinen Metallschrank, die sie Robert gab, der sie an der Seite des Ofens kleinschlug und dann die Bruchstücke in die Flammen warf.

Die Maschine begann doppelt so schnell zu pumpen, der mechanische Motor lief auf Hochtouren, und seine wirren, spinnenartigen Arme klapperten.

»Konnten wir uns losreißen?«, fragte Robert.

Lily warf einen Blick aus dem Backbordbullauge und blickte direkt in grelles Licht. »Nein!«, schrie sie.

Die *Behemoth* zog sie zu sich heran und kam immer näher. Der Lärm ihrer brummenden Maschinen füllte die Gondel und ließ die Armaturen scheppern und Lilys Zähne und Knochen klappern.

Sie musste etwas tun, und zwar schnell. Sie ließ Robert und einen wimmernden Malkin zurück, raste die wenigen Schritte den Gang hinunter und stürmte auf die Kommandobrücke.

Anna wandte ihren Blick vom Steuerrad. »Was ist los?«

Lily hielt sich an der Wand fest. »Ich muss da raus, ihr Seil durchschneiden.«

»Bist du sicher?«, fragte Anna. »Das ist gefährlich.«

Lily nickte. »Es ist unsere einzige Chance. Ich denke, unsere Maschinenleistung ist nicht stark genug.«

Anna nickte. »Gut. Dann los und schneide auch das ganze Altmetall ab, alles, was am Rumpf befestigt ist: Es hält uns zurück. Aber pass auf – verlass die Leiter nicht. Hast du etwas, womit du die Seile durchtrennen kannst?«

Lily knotete ihr Bündel auf und zog die Säge und den Schraubenzieher neben der Schatulle hervor. »Werden die ausreichen?«

»Aye, die genügen.«

Lily steckte sie sich in den Gürtel. Wieder im Gang, kämpfte sie damit, die Kabinentür zu öffnen. Ein kalter Windstoß drückte sie an die Wand, als sie den Hebel zog, um die Leiter herabzulassen.

Draußen peitschte der Wind. Während sie auf die höchste Sprosse kletterte, ragte die *Behemoth* drohend an ihrer Seite auf und bereitete sich darauf vor, weitere Harpunen abzuschießen. Die *Ladybird* bäumte sich an dem Seil auf wie ein sterbender Wal.

Lily zerrte die Säge aus ihrem Gürtel und schwang sich auf die Leiter. Stramm über den sich verringernden Zwischenraum gespannt, knarzte und ächzte das Zugseil, das vor Frost mürbe war, doch der Zug der beiden Luftschiffe in die jeweils entgegengesetzte Richtung hielt es straff, während Lily wieder und wieder darauf einhackte. Der Wind blies heftig gegen sie, als würde er versuchen, ihre Bemühungen zu vereiteln, bis ihr Gesicht vor Kälte schmerzte und sich ihr Arm ausgelaugt anfühlte, wie kurz vor dem Aufgeben. Nur noch ein paar Schnitte und ...

KrrrrrrrRACKS!

Das Seil riss. Die *Ladybird* war frei und ruckelte vorwärts, dann drehten sich ihre Propeller plötzlich schneller und sie schoss volle Kraft voraus. Die *Behemoth* brachte die Harpunenkanone wieder in Stellung; sie würden es nicht schaffen, außerhalb der Schussweite zu gelangen, solange Lily die Last nicht verringern würde.

Schnell machte sie sich an dem hängenden Ballast zu schaffen. Mit jeder Leine, die sie durchschnitt, fiel mehr Altmetall ab und die Propeller der *Ladybird* drehten sich schneller und schneller. Bald schon zischte Annas Luftschiff im Zickzack über den Himmel und stieg über den Rumpf der *Behemoth* auf, sodass der Harpunier nicht auf sie zielen konnte.

Noch ein Seil mit Altmetall war übrig.

Lily lehnte sich nach vorn und säbelte daran herum.

Das Seil franste zwar Stück für Stück aus, wollte jedoch partout nicht reißen. Die scharfen Teile aus zerbeultem Metall, die an seinem Ende hingen, klapperten aneinander und wirbelten durch die Luft.

Lily lehnte sich noch weiter nach vorn und hieb, die Säge lose in ihrer rutschigen Hand, auf den Knoten ein. Kalter Schweiß floss an ihrem Rücken herab.

Schließlich zerriss das Seil und der letzte Rest Altmetall fiel nach unten, prallte gegen die Kuppe der *Behemoth* und verteilte sich über den Himmel.

Mit einem Ruck stieg die *Ladybird* nach oben. Lily ließ die Säge fallen und griff mit ihrer freien Hand nach der Leiter, doch sie hatte sich zu weit nach vorn gestreckt. Sie ruderte mit den Armen, rutschte auf dem eisigen Metall aus ... und fiel ...

Die Wolken zogen vorüber ...

Ein Gewirr wild aneinanderschlagender Seile peitschte ihr ins Gesicht ...

Wumms!

Mit einem mordsmäßigen, rückgratverrenkenden Ruck kam ihr Sturz zu einem jähen Ende.

Nachdem sich ihr Fuß an der letzten Sprosse der Leiter verfangen hatte, schwang sie durch die Luft wie ein wild gewordenes Metronom und die schmelzende weiße Landschaft drehte sich unter ihr.

Ihr Magen rutschte ihr in die Kniekehlen und ihr Herz trommelte in ihrer Brust im Rhythmus des heulenden Windes. Sie musste nachdenken, durchatmen, sich selbst aus dieser Lage hinausmanövrieren. Während die *Ladybird* über ihrem Kopf schwindelerregende Kreise zog, ratterte ihr Gehirn gegen ihr Schädelinneres.

Sie presste die Augen fest zusammen und versuchte, an die Leitersprosse über sich zu gelangen.

Mit letzter Kraft zog sie sich nach oben, und als sie ihre Augen wieder öffnete, stand die Welt, obgleich sie sich noch immer drehte, wieder richtig herum.

Sie atmete tief durch und begann, nach oben zu klettern, wobei sie ihren Ellbogen über jede Querverstrebung legte. Arm über Arm hangelte sie sich hinauf, während die *Ladybird* stetig wie eine Seifenblase emporstieg und der Maschinenlärm der *Behemoth* in den Hintergrund rückte. Bald schon sah man sie nur noch als kleinen Umriss und dann, schließlich, war sie nicht größer als ein winziges Spielzeug.

Lily kletterte in den Schatten der Gondel der *Ladybird* und kroch durch die Öffnung im Rumpf.

Als sie die Leiter aufgewickelt hatte und die Luke hinter sich zuschlug, brachen sie durch die Wolken, die das Rauschen des Himmels verschluckten.

»Bravo!«, rief Anna von der Brücke. »Dank dir waren wir schnell genug und konnten sie abhängen.«

Doch die *Ladybird* stimmte dem nicht zu – ihr hölzerner Rahmen ruckelte und zitterte, als würde sie sich beschweren.

»Diese verrückte, nutzlose Maschine!« Anna schlug mit der Handfläche gegen das Armaturenbrett.

»Was ist los?« Lily eilte ins Cockpit.

»Wir fliegen zu hoch.« Anna hielt das Steuerrad so fest, dass ihre Knöchel weiß hervortraten. Alle Nadeln der Messgeräte flatterten und pulsierten und die gesamte *Ladybird* klapperte beim Höhersteigen. »Sie wird bersten, wenn wir so weitermachen!«, brüllte Anna. »Wir haben zu viel Ballast abgeworfen. Wir müssen Gas aus dem Ballon entweichen lassen – für Ausgleich sorgen und sie runterbringen.« Sie betätigte einen Hebel, der an der Seite der Kabine angebracht war, doch es geschah nichts. »Verklirrt und zugedreht!«, fluchte sie wieder.

Robert tauchte im Durchgang auf. »Was stimmt nicht?«, fragte er.

»Der Gasabzug ist blockiert.« Anna versuchte ein paar andere Knöpfe auf dem Armaturenbrett, doch das Schiff reagierte nicht. Noch ein Barometer zuckte in die Gefahrenzone. Anna starrte es an.

»Das ist die Sauerstoffwarnung – in zehn Minuten geht uns die Luft aus. Kannst du bitte übernehmen, Lily?«

Lily übernahm das Lenkrad von Anna und fühlte, wie das Schiff sich unter ihrer Hand wie ein wütendes Tier widersetzte und wand.

Malkin sprang auf und schmiegte sich an sie an. »Das gefällt mir nicht«, wimmerte er. »Es gefällt mir ganz und gar nicht! Wir werden in tausend Stücke zerfetzt enden oder schlimmer noch.«

»Mach ihr keine Angst«, herrschte Anna ihn an. »Lily, halt unseren Kurs.« Sie nahm Robert beim Arm. »Und du kommst mit mir.«

Anna führte Robert in den Gang.

Sie zog den Vorhang an ihrer Koje zurück und stieß eine Luke im Dach der Gondel auf.

»Dort oben ist ein Seil, mit dem man den Gasabzug öffnen kann – es läuft durch das Innere des Zep, so wie die Lenkriemen. Es muss irgendwo gerissen oder eingeklemmt sein. Du wirst in den Ballon klettern und es reparieren müssen.«

»Es sieht ganz schön dunkel da oben aus«, sagte Robert. »Kann ich nicht ein Licht mitnehmen?«

Anna schüttelte den Kopf. »Nicht, wenn du uns nicht in die Luft fliegen lassen willst. Du musst die kaputte Stelle ertasten. Das Seil beginnt direkt oberhalb dieser Dachluke und macht dann ein paar Schleifen. Hangle dich daran entlang, bis du die kaputte Stelle findest. Ich würde es selbst machen, aber ich muss mich um den verklirrten Motor kümmern!«

Sie schob ihn durch die Luke.

Von dem viereckigen Loch gerahmt, starrte Robert zu ihr nach unten.

»Was soll ich tun, wenn ich die kaputte Stelle finde?«

»Knote die beiden Hälften wieder zusammen und bestreiche sie mit ein bisschen Teer, damit sie halten.« Sie griff nach unten und zog ein kurzes Seil, einen Topf mit glitschigem Teer und einen Pinsel aus dem Metallspind und gab sie Robert.

»Sollte der Knoten an einer Verankerungsöse einreißen, machst du an beiden Seiten eine Verbindung mit diesem Ersatzteil.«

»Was ist, wenn ich es nicht reparieren kann?«

»Dann steigen wir weiter nach oben und sind in zehn Minuten tot, wenn der Sauerstoff alle ist. Hast du dir alles gemerkt, Robbie?«

»Ja, Ma'am.«

Robert duckte sich von der Luke weg und krabbelte in das dunkle Innere des Ballons. Da er den Topf mit Teer und das Seil und den Pinsel in den Händen hielt, konnte er noch nicht einmal seinen Mund vor den Staubpartikeln schützen, die das ruckelnde Schiff aufwirbelte. Er blinzelte sie weg und nieste.

Das Gewölbe über ihm war mit Helium gefüllt. Zuerst wurde ihm davon schwindelig, und er musste langsam und tief atmen, um genug Luft zu bekommen. Bald schon gewöhnten sich seine Augen an das schummrige Licht, und er konnte ein wenig sehen. Der Raum im Inneren des Ballons musste dreimal so groß sein wie er, oder sogar noch größer.

Er streckte eine Hand aus und suchte nach dem Ende des Seils. Es lief am Dach der Gondel entlang. Zentimeter für Zentimeter tastete er es der Länge nach ab, bis er endlich die Bruchstelle fand.

Er klammerte sich fest, hängte sich den Pinsel und den Eimer über seinen angewinkelten Arm und streckte seine andere Hand aus, um nach dem anderen Ende des gerissenen Seils zu tasten. Es war lose und schlug umher, an der hinteren Seite einer Öse knallte es gegen das Innere des Seidengewebes. Er würde die beiden Enden des Seils mit dem Ersatzseil verknoten müssen.

Er fädelte es durch die Öse und knotete jedes Ende mit einem Kreuzknoten an das vorhandene Seil, dann schnitt er die ausgefransten Stücke mit seinem Taschenmesser ab. Danach pinselte er Teer über die Verbindungsstellen, um sie zu versiegeln, und zog prüfend an dem Seil, um zu schauen, ob es irgendwo hängen blieb.

Das tat es nicht.

Erleichtert nahm er seinen Eimer. Luftschiffe zu reparieren war einfacher, als Uhren zu reparieren, so viel stand schon einmal fest. Als er zurück zur Bodenluke kraxelte, fiel ihm auf, dass er so in seine Aufgabe vertieft gewesen war, dass er all die nagenden Ängste vergessen hatte. Einmal mehr kam ihm der Rat seines

Dads in den Sinn, darüber, tapfer zu sein, und es war beinahe so, als wäre sein Vater bei ihm.

»Geschafft«, rief er, als er aus der Zwischendecke hinunter in die Koje sprang.

»Großartig«, erwiderte Anna, die aus dem Maschinenraum auftauchte.

»Hat es funktioniert? Verlieren wir an Höhe?«, fragte er. Er hustete. Scheinbar war seine Stimme plötzlich ein bisschen quietschig geworden.

»Ich denke schon.« Anna schob ihn in Richtung der Brücke.

Lily stand am Steuerrad und hatte bereits am Entlüftungsseil gezogen. Zischend stieß der Ballon Gas aus.

»Gut gemacht, ihr zwei«, sagte Anna zu ihnen. Sie übernahm wieder die Steuerelemente und glich ihren Kurs aus. »Ein Gutes hat das Ganze bewirkt: Scheinbar haben wir unsere Verfolger abgehängt.«

Während sie auf eine niedrigere Höhe absanken, füllte sich die Kabine nach und nach mit frischer Luft und der hölzerne Rahmen der *Ladybird* hörte auf zu zittern. Bald schon streifte sie wieder die Wolkengipfel und die Nadeln ihrer Instrumente kippten eine nach der anderen aus ihrer roten Gefahrenzone auf Schwarz.

So fuhren sie weiter durch die Luft. Robert und Lily heizten den nachlassenden Dampfkessel mit den letzten Holzstückchen und mit Kohlenstaub. Malkin riss mit seinen Zähnen sogar ein paar kaputte Bretter vom Deck und warf sie ins Feuer.

Eine Stunde später klebte Lilys Hemd an ihrem Rücken und der Schweiß fiel in großen Tropfen von ihr herab. Sie konnte kaum noch, doch dann sprang das Sprachrohr mit einem Knistern an, und Annas Stimme ertönte aus seiner Blechtrompete: »London ahoi – direkt vor uns!«

Lily, Robert und Malkin stürmten ins Cockpit.

Die drei starrten aus der zerbrochenen Frontscheibe, wobei Malkin seinen Hals recken musste, um über das kaputte Glas hinweg etwas sehen zu können.

In der Entfernung zog das Licht der frühen Dämmerung über das Halbrund der Erde, von der *Behemoth* war weit und breit keine Spur zu sehen. Anna drückte aufs Gas und lenkte das Luftschiff in Richtung Süden, auf die herrliche Stadt London zu, die durch den Nebel hindurch jedoch kaum auszumachen war. Als sie die enttäuschten Gesichter sah, sagte sie: »Wisst ihr was, ich lasse sie ein Stück tiefer fliegen. Wenn sich der Nebel lichtet, könnt ihr vielleicht einen Blick auf die berühmte Stadt erhaschen.«

Sie legte ein paar Schalter auf dem Armaturenbrett um und zog am Lüftungsseil, um mehr Gas entweichen zu lassen. Die *Ladybird* fiel durch den Dunst und wippte dann über dem Labyrinth aus mit Reif überzogenen Dächern in der Luft, das sich auf einmal vor ihnen ausbreitete.

Im Osten tauchte ein winterlicher Sonnenaufgang die Stadt in rotes Licht. Auf den Straßen unter ihnen löschten Laternenanzünder in Miniaturgröße die Straßenleuchten und winzige Aufwecker klopften mit ihren langen Stöcken an beschlagene Fensterscheiben, um die Menschen zur Arbeit zu rufen.

»Wohin jetzt?«, fragte Anna.

»Zu Professor Silverfishs Haus«, sagte Lily und reichte ihr die Visitenkarte des Professors.

Anna betrachtete die Adresse und schüttelte den Kopf. »Ich kann euch dort nicht absetzen. In den feinen Teilen der Stadt darf ich nicht ohne Genehmigung landen. Aber wisst ihr was, ich kann euch so nahe wie möglich hinbringen.«

Anna drehte am Steuerrad und schon schwebte die *Ladybird* an ein paar Häuserblocks vorbei und über den gewölbten Stahlbau des Flughafens von St. Pancras.

Sie lenkte ihr winziges Schiff am Bahnhof King's Cross vorbei, wo ein Gewirr aus Schienen die frühmorgendlichen Lokomotiven zu ihren Bahnsteigen führten. Vor dem Eingang warteten Dampf-Automobile und Pferdekutschen darauf, ihre Passagiere einzusammeln, während stecknadelgroße Fußgänger und Straßenhändler über das klimperkleine Kopfsteinpflaster strömten.

Anna quetschte die *Ladybird* zwischen zwei dicken Luftschiffen hindurch, die den Zugang zu den Flugrouten der Stadt markierten, und drängelte sie durch die Reihen der Luftschiffe, die den Ruß geschwärzten Himmel füllten.

Bald ragte die bauchige Kuppel der St.-Pauls-Kathedrale mit ihrem goldenen Kreuz auf der Spitze aus dem Nebel empor. Anna wendete die *Ladybird* hart gen Steuerbord und bog auf die Flugroute Ost-West ab, die, wie sie ihnen erzählte, auf direktem Weg an der Themse zum Haus des Professors führte. Unter den anderen Luftschiffen konnte Lily Kohlenkähne und Dampfschlepper sehen, die auf dem Wasser des Flusses unterwegs waren, der sich blau durch das Herz der Stadt schlängelte.

Ein einsames rotes Luftschiff, das an einer langen Kette über dem Nordufer schwebte, markierte die Abzweigung nach Kensington und Chelsea. Anna lenkte das Schiff aus dem Flugverkehr und fuhr es über eine Grünfläche mit großen Häusern, die am Fluss standen.

Lilys Herz hüpfte, als sie sie sah, denn etwas an den Straßen fühlte sich wie Zuhause an. Obgleich der Professor erst vor Kurzem nach London zurückgezogen war, war er offensichtlich in die Gegend zurückgekehrt, wo sie vor langer Zeit alle einst gelebt hatten.

Ihr kam es so vor, als würde sie alle Orientierungspunkte von früher kennen – die Schiffsanlegestellen und Brücken und Straßen, den Park auf der Südseite –, sie alle sahen so ungemein vertraut aus. Sie war überzeugt davon, hier wären sie in Sicherheit, mit dem Professor, der ihr, das war am wichtigsten, endlich ihre Fragen über ihren Papa und das Perpetuum mobile beantworten könnte.

Doch Anna hielt nicht an. Sie glitten weiter, an den von Bäumen gesäumten Häusern vorbei, bis sie schließlich, zehn Minuten später, über einem heruntergekommenen Hafenviertel, zwischen dem Ufer des Flusses und einem mit Maschinen vollgestellten Anschlussgleis mit einem Ruck zum Stillstand kamen. Auf der Hafenseite unter ihnen war eine Werft mit vielen Booten. Ein paar Dampfschiffe tuckerten in einen schmalen Kanal, der zum Fluss führte, hinein und wieder heraus.

»Tut mir leid, dass wir einen Umweg nehmen mussten«, sagte Anna, als sie den Anker der *Ladybird* auswarf.

»Wo sind wir?«, fragte Robert.

»Am Counter's Creek, einem Luftschiffliegeplatz, und zwar so nah, wie ich euch zu eurer vornehmen Adresse bringen konnte. Ich möchte mir kein Bußgeld einhandeln, weil ich einen Anker in Chelsea ausgebracht habe. Ich habe auch so schon jede Menge unbezahlter Luftstrafzettel.«

Auf ein Stück Papier kritzelte sie eine Karte auf und gab diese Lily. »So kommt ihr wieder dahin zurück, wo ihr hinwollt. Ich liege hier vor Anker, solltet ihr mich brauchen. Morgen mache ich einen kleinen Ausflug in die Fleet Street und besuche die Büros des *Zahnradkuriers*, und dann komme ich bei deinem Patenonkel vorbei und sehe nach euch und lass euch wissen, was ich über deinen Vater und diese Männer, Roach und Mould, herausgefunden habe. Versprochen.«

Sie lächelte ihnen zu.

»Danke, Anna.« Lily küsste sie auf die Wange.

»Keine Ursache«, sagte Anna. »Ich hoffe, ich kann etwas Brauchbares an Land ziehen.« Sie drehte sich zu Robert und schloss ihn fest in die Arme. »Robert, das mit deinem Vater tut mir schrecklich leid. Ich hoffe, ihr findet einen sicheren Hafen und guten Rat bei Lilys Patenonkel.« Zuletzt bückte sie sich und kraulte Malkins Ohren. »Pass gut auf die beiden auf, Malkin. Auf Wiedersehen und viel Glück. Wir werden uns bald wiedersehen.«

Sie ließen die Metallleiter des Schiffs herab und Lily band Malkin einmal mehr unter ihrem Mantel fest, bevor sie ihren Abstieg begann. Robert folgte ihr, das Kästchen und ihre wenigen Habseligkeiten in der Decke auf den Rücken geschnallt.

Langsam gewöhnte er sich an das Auf und Ab bei Flugreisen. Noch immer fühlte er sich ein wenig schwindelig, aber sein Dad hatte recht gehabt – mit Übung ließ die Panik nach. Er fragte sich, ob das tiefe Verlustgefühl mit der Zeit auf die gleiche Weise abklingen würde oder ob es für immer bei ihm bliebe? Und was sollte er tun, wenn Lilys Patenonkel ihn nicht bei sich aufnehmen könnte? Dann wäre er ganz allein in der großen grauen Stadt.

Als sie die letzte Sprosse der Leiter erreicht hatten, sprangen sie die letzten paar Meter bis zum Boden herunter. Anna stand oben in der Tür und winkte ihnen zu. Sie lächelten und winkten zurück, und Malkin streckte seinen Kopf aus Lilys Jacke und stieß zum Dank ein langes hohes Jaulen aus.

Während Anna die Leiter wieder nach oben zog und die Tür der *Ladybird* schloss, machte Lily ihre Jacke auf und ließ Malkin herausspringen. Robert stellte fest, dass er die Aeronautin vermissen würde. »Ich fürchte, wir sind wieder auf uns gestellt«, seufzte er.

»Nicht ganz«, sagte Lily. »Hilfe ist nah, und außerdem sind wir drei noch immer ein Team.« Sie nahm ihn am Arm und mit Malkin an ihrer Seite traten sie aus dem schmalen Gässchen auf die betriebsamen Straßen Londons.

Die Suche nach dem Haus des Professors stellte sich als komplizierter heraus, als sie es sich vorgestellt hatten, und nahm fast den gesamten Vormittag in Anspruch. Es konnte einem leicht passieren, sich im Gewimmel Chelseas zu verlaufen. Abseits der properen Vorstadtstraßen waren die Hauptverkehrswege wie mechanische Flüsse. Ein endloser Strom an Kutschen und Fuhrwerken, Straßenbahnen und Doppeldeckerbussen, Dampfwagen und Uhrwerkdroschken stießen im Vorbeirumpeln Dampf aus. Lärm und Geschrei drang aus jeder Gasse, Straßenhändler bahnten sich mit Handkarren ihren Weg über das Pflaster und über all dem hing der Gestank von Öl, Gas und Pferdemist in der Luft.

Malkin, der behauptete, er habe sich den Weg mit nur einem Blick auf Annas Karte gemerkt, ging voran. Trotz seines Draufgängertums war seine zaudernde Gangart nicht gerade vertrauenserweckend.

Nur wenige der Straßen waren beschildert und nachdem sie gut zwanzig Minuten lang unterwegs gewesen waren, fragte sich Robert, ob das Mechantier überhaupt wusste, wohin es lief. Er fing an, Passanten nach dem Weg zu fragen.

Das machte Malkin ziemlich grantig. »Sag ihm, Lily«, schimpfte der Fuchs, »dass sich Johns Mechantiere niemals verlaufen.«

»Sag es ihm selbst«, erwiderte Lily. »Ich habe zu tun.« Sie betrachtete einen Schnörkel auf der Karte. »Ich überlege, ob wir daran nicht rechter Hand vorbeikommen müssten.«

Als sie die Straße schließlich erreichten – den Riverside Walk –, stellte sie sich als baumgesäumte Allee mit frei stehenden Häusern und langen Auffahrten heraus, deren große Gärten von hohen Eisenzäunen umgeben waren und das Nordufer der Themse säumten. Die Straße reichte bis zur Battersea Bridge.

Lily fand die Nummer neun und stieß das Tor auf. Doch als sie die Auffahrt entlangliefen und sich dem Haus näherten, hielt sie inne und sagte mit so leiser Stimme, dass Robert es fast überhört hätte:

»Früher haben wir hier gewohnt.«

KAPITEL 18

Sicher, dass ihr hier gewohnt habt?« Robert blickte die Fassade am Haus des Professors hinauf. Es sah nicht gerade wie ein Wohnhaus aus. Die Vorderfront war mit so viel Schmiedeeisen vergittert, dass es wirkte, als hätte ein wahnsinniger Architekt die Kamingitter versehentlich außen an die Wand geschraubt. Aus einer Ecke des Dachs ragte ein fetter grauer Schornstein mit vier stummeligen, topfförmigen Fingern, die nach dem eisernen Himmel griffen.

»Ich glaube schon.« Lily war sich nicht mehr so sicher. »Diese Dekoration war zugegebenermaßen früher noch nicht da, aber es fühlt sich trotzdem gleich an.«

Sie stiegen die Marmorstufen zur Eingangstür hinauf und Lily pochte mit dem silbernen Türklopfer in Gestalt eines springenden Lachses an. »Den gab es auch noch nicht«, flüsterte sie.

»Solche Dinge lassen sich leicht ändern«, sagte Robert. Ihre Konfusion beunruhigte ihn etwas. »Aber vielleicht irrst du dich.«

Sie warteten.

Schließlich näherten sich Schritte. Die Tür öffnete sich einen Spalt, und ein schicker mechanischer Butler aus hochglanzpoliertem Messing und mit öligem goldenen Haar schaute heraus. »Ja, wie kann ich helfen?«, fragte er.

»Wir sind hier, um den Professor zu besuchen«, sagte Lily.

Der Butler rümpfte kalt die Nase. »Ich fürchte, Professor Silverfish hat nicht die Angewohnheit, jedes dahergelaufene Gassenkind, das vor seine Schwelle tritt, zu empfangen.«

»Ich bin *kein* Gassenkind.« Lily straffte die Schultern und stellte sich aufrecht vor ihn hin. »Ich bin Miss Hartman, Professor Silverfishs Patenkind. Er hat gesagt, ich soll mich an ihn wenden, wenn ich je in Schwierigkeiten gerate.«

»Miss Hartman?« Der Butler betrachtete sie von oben bis unten und begutachtete ihren Laufburschen-Aufzug.

»Das ist eine Art Verkleidung«, erklärte sie.

»Verstehe«, sagte er, obwohl er das offensichtlich nicht tat. »Haben Sie eine Visitenkarte?«

»Sehe ich aus, als hätte ich Visitenkarten?«, blaffte Lily zurück.

Robert spürte ihre wachsende Verzweiflung. Er stupste sie am Arm. »Lil, denk dran, du hast *seine* Karte.«

»Ja, natürlich!« Lily durchsuchte ihre Taschen und förderte Professor Silverfishs Visitenkarte zutage.

Der Butler nahm sie angewidert mit seinen weißbehandschuhten Fingern, drehte sie um und prüfte sie. »Ich werde ihm sagen, dass Sie hier sind, Miss Hartman. Und Mr ...«

»Townsend. Robert Townsend.«

»Sehr gut.« Der Butler tat einen Schritt zur Seite. »Sie können in der Eingangshalle warten. Dieser verlotterte mechanische Hund muss allerdings draußen bleiben. Ich will keine Mechantiere im Haus. Sie müssen ihn draußen lassen.«

»Ich bin kein Hund, ich bin ein Fuchs«, knurrte Malkin und fletschte die Zähne. »Und ich bin absolut stubenrein, falls es das ist, was Sie beunruhigt. Ich werde keine Zahnrädchen auf ihrem Teppich hinterlassen.«

Lily beugte sich zu ihm hinunter und flüsterte. »Bitte Malkin, tu, was er sagt, wir brauchen nicht lange. Versprochen!«

Der Fuchs nickte. »Haltet euch dran«, sagte er und setzte sich unter einen Stechpalmenstrauch im Blumenbeet.

Der Butler beobachtete ihn mit Widerwillen und hielt dann Robert und Lily die Tür auf. Sie traten über die Schwelle und gelangten in eine große Lichthalle.

»Hier entlang«, sagte der Butler, der seine Rollen anschaltete und sie über einen schachbrettartigen Marmorboden führte. Ein strahlender Kronleuchter spendete helles Licht – Robert erinnerte er an tausend gläserne Stalaktiten, die alle mit einem flammenlosen Licht brannten, das musste wohl Elektrizität sein.

Der Butler ruckelte und kam vor einer breiten Treppe zum Stehen. »Warten Sie hier einen Moment«, sagte er und verschwand in einem Flur.

Lily schaute zu dem Kronleuchter an der verzierten Decke. Ein Fresko zeigte eine Landkarte mit Meeren und Kontinenten mit einem großen Riss, der die Sicht auf das innere Uhrwerk der Welt freigab. »Ich erinnere mich an nichts davon«, flüsterte sie. »Die Eingangshalle war anders.«

Robert verlagerte das Gewicht des Bündels auf seinem Rücken. »Die Sache ist ...«, sagte er, aber er hatte nicht die Zeit, seinen Gedanken zu Ende zu bringen, denn er wurde von einer mächtigen, raumfüllenden Stimme unterbrochen, die den Gang entlanghallte.

»Bring sie herein, du bescheuerter Mechaner ... ach, lass gut sein, ich mach das selbst!«

Professor Silverfish tauchte auf. Er begrüßte Lily mit einer warmen Umarmung und Robert mit freudigem Händeschütteln. »Herr Townsend, freue mich, Sie kennenzulernen, und, Lily, wie schön, dich zu sehen. Ich war nach unserer letzten Begegnung krank vor Sorge: dass ich dich in den Händen dieser eiskalten Betreuerin zurückgelassen habe. Ich fühlte mich schrecklich. Es tut mir leid, dass ich nicht zurückgekommen bin und mich um dich gekümmert habe. Ich hatte es vor, aber ich fühlte mich einfach zu schlecht.« Er klopfte sich ans Herz, was ein metallenes Geräusch verursachte. Als er sich vorbeugte, sah Robert ein kompliziertes Gerät, das an seinem Körper unter seiner Jacke hing.

»Wie geht es Ihrem Herzen, Sir?«, fragte Lily

Professor Silverfish lachte. »Jetzt, da ich dich sehe, gleich viel besser, mein Kind. Aber erzähl mir doch, was in aller Welt passiert ist?«

»So einiges.« Lily schüttelte sorgenvoll den Kopf. »Ich weiß noch immer nicht, was mit Papa geschehen ist, und ich brauche mehr denn je Ihre Hilfe.«

Professor Silverfish kratzte sich am Kopf. »Tja, das ist das große Rätsel. Weiß jemand, wo du bist? Deine Betreuerin?«

»Niemand«, sagte Lily. »Da waren Männer, die uns verfolgt haben, und wir mussten weglaufen. Es sind grauenvolle Dinge passiert, und wir stecken in entsetzlichen Schwierigkeiten, stimmt's, Robert?«

»Na, kommt.« Professor Silverfish legte den beiden eine Hand auf die Schulter. »So schlimm wird es schon nicht sein, nicht wahr? Ich bin sicher, wir können eure Probleme lösen. Vielleicht esst ihr mit mir erst einmal zu Mittag. Nach einer ordentlichen Mahlzeit sieht doch alles gleich ein bisschen leichter aus!« Er musterte beide von oben bis unten. »Aber vielleicht müsst ihr euch zuerst noch ein wenig von eurer Reise erholen, hm? Wir können ein bisschen später essen, wenn ihr wollt? Bis dahin könnt ihr euch waschen und ausruhen. Meine Mechaner suchen euch ein paar saubere Sachen zum Anziehen heraus. Was haltet ihr davon?«

Robert nickte. Plötzlich merkte er, wie sehr er sich einen Moment für sich allein wünschte und vielleicht ein bisschen Schlaf.

Der unfreundliche Butler führte sie über das polierte Parkett im Gang des Erdgeschosses zu zwei benachbarten Zimmern. »Hier können Sie sich eine Weile ausruhen«, sagte er. »Das Essen wird in einer Stunde serviert.«

Lily nickte dankend. Sie nahm ihr Bündel von Robert zurück, warf ihm einen aufmunternden Blick zu und verschwand in ihr Zimmer.

Robert blieb noch einen Augenblick im Gang stehen und schaute sich um. Das Haus war überwältigend groß. Ein Korridor verlief an drei Seiten des Zwischengeschosses über der gewaltigen Eingangshalle. Hinter dem Kronleuchter befand sich eine weitere Treppe am hinteren Ende des Gangs, die zu einem zweiten Stockwerk führte. Es sah so aus, als gäbe es auch einen Keller, denn er hatte im Erdgeschoss eine weitere Treppe bemerkt, die nach unten führte. Einen Augenblick überlegte er, ob er losziehen und das Haus erkunden sollte, aber dafür würde später, nach der Pause, noch genug Zeit sein. Er hörte Lily in ihrem Zimmer herumgehen, drehte sich um und nahm die Tür in sein Zimmer.

Es war das üppigste Zimmer, in das er je einen Fuß gesetzt hatte. Die Wände waren mit grünem Samt bespannt, passend zu den Vorhängen, die das von der Decke bis zum Boden reichende Erkerfenster umrahmten, und an der Wand, direkt neben ihm, stand ein gemütlich aussehendes Himmelbett.

Sogar ein eigenes Badezimmer gab es, mit einem Waschbecken, aber ohne Badewanne – stattdessen war da eine seltsame Kabine mit Glaswänden und zwei goldenen Wasserhähnen, die aus der marmorgefliesten Wand ragten. Außerdem ein Messingrohr, das von der Decke hing und in einem Kopf endete, der aussah wie eine Sonnenblume ohne Blütenblätter.

Robert stieg in die Kabine, um die Wasserhähne auszuprobieren. Da regnete ein Schauer heißes Wasser auf ihn herab, und er sprang bleich vor Schreck zurück. Bis er sich ausziehen konnte, waren seine Kleider bereits patschnass. In einer Marmormuschel, die in die Wand eingelassen war, entdeckte er ein Stück Seife.

Als er sich gewaschen hatte und aus der Kabine stieg, sah er einen dicken weißen Frottee-Bademantel, der hinter der Tür hing. Er zog ihn an, hob seine nassen Kleider auf und ging ins Zimmer zurück.

Der mechanische Butler hatte ihm einen elegant aussehenden Anzug auf die Bettkante gelegt. Er probierte ihn an und stellte fest, dass die Hosen, das makellos weiße Hemd und die Jacke exakt passten.

Aus dem Spiegel blickte ihm ein völlig neuer Mensch entgegen, und er wünschte, sein Vater könnte ihn so sehen. Doch solche Kleider hätte sein Vater sich niemals leisten können, dachte Robert traurig, und als er noch mal hinsah, erkannte er sich kaum wieder. Es war, als hätte er bereits zu viel von seiner Vergangenheit hinter sich gelassen.

Er zog die Kleider aus und zog seine eigenen feuchten Sachen wieder an. Dann legte er sich auf das Bett. Etwas Hartes bohrte ihm schmerzend in die Brust. Er fingerte es aus seiner Tasche. Das Taschenmesser, das sein Vater ihm geschenkt hatte – er hatte es fast vergessen. Er steckte es in seine Socke – ein deutlich besserer Platz dafür. Dann rollte er sich zusammen, schloss die Augen, stieß einen tiefen, traurigen Seufzer aus und schlief ein.

Das ferne Läuten einer Glocke weckte ihn und einen Moment lang, als er noch mit geschlossenen Augen dalag, dachte er, es wäre sein Vater, der morgens den Laden aufschließt. Doch dann klingelte es viel zu lang weiter und ihm wurde klar, dass etwas anders war.

Jemand klopfte an seiner Tür. Als er die Augen öffnete und sich aufsetzte, fiel ihm wieder ein, wo er war.

Lily schaute herein. Sie trug ein schönes Seidenkleid, ihre Haare waren zurückgesteckt und ihr Gesicht sauber, ohne den Schmutz der Straße. Sie stieß die Tür weit auf, und er sah, dass sie die Schatulle unter dem Arm hatte. Sie war nicht mehr in die Decke gewickelt.

»Du siehst anders aus«, sagte er, als er aufstand und die müden Glieder reckte. »Ist das ein neues Kleid? Es sieht ... Ich meine, du siehst ... hübsch aus.«

Sie lächelte. »Du meinst, vorher sah ich nicht hübsch aus?«

»Nein ... ich ... Findest du es nicht seltsam hier?«, fragte er, das Thema wechselnd. »Beinahe zu ruhig.«

Sie zuckte die Achseln.

»Erinnerst du dich noch an irgendetwas in diesem Haus von früher?«

»Nicht wirklich«, sagte sie. »Irgendwie kommt es mir vertraut vor, aber das ist alles schon so lange her. Vielleicht habe ich mich getäuscht? Vielleicht liegt es nur an dieser Woche, dass alles aus der Vergangenheit ans Licht kommt ... Wer weiß ... Trotzdem, es tut gut, aus den dreckigen Klamotten zu kommen, auch wenn ich das hier wohl eher nicht ausgesucht hätte.« Sie zog ihr Kleid zurecht, ging zu ihm und lehnte sich vor. Robert dachte, sie wollte ihm einen Kuss auf die Wange geben, aber sie hob verschwörerisch die Hand. »Das mechanische Zimmermädchen hat mir erzählt, dass sie, kurz nachdem wir angekommen waren, zum Damen- und Herrenausstatter geschickt wurde, um es zu kaufen. Ein bisschen zu feierlich, findest du nicht?«

Er wusste nicht, was er davon halten sollte; sein Gesicht fühlte sich heiß an. Er rieb sich den Schlaf aus den Augen. »Hat es zum Essen geläutet?«, fragte er. »Ich sterbe vor Hunger.«

Lily brauchte das gesamte Mittagessen, um Professor Silverfish zu erklären, was ihr und Robert widerfahren war. Der Professor hörte aufmerksam zu und stieß hin und wieder einen Laut der Ermutigung oder des Schreckens aus.

Der funkelnde Butler schwirrte derweil leise über den überladen gemusterten Teppich, brachte unablässig neue Gänge unter silbernen Hauben herein und stellte sie auf den langen Mahagonitisch.

Robert trank Limonade aus einem Kristallglas. Er war nur halb bei der Sache. Der erste Gang, eine kalte Tomatensuppe, hatte ihm geschmeckt, auch die zarte Seezunge, die mit einer Buttersauce und Kartoffelpüree serviert wurde. Doch jetzt waren sie beim Hauptgang angekommen, eine gewaltige Rehkeule, und er begann, sich unwohl zu fühlen. Er wusste nicht, welches der verbleibenden Bestecke er verwenden sollte. Er kannte nur die einfachen Mahlzeiten zu Hause mit seinem Vater, hier hatte er keine Ahnung. Und trotz all der Köstlichkeiten, die er gegessen hatte, wurde er noch immer das Gefühl nicht los, dass irgendetwas in diesem Haus nicht stimmte. Die Zeit verstrich allzu still. Wenn hier überhaupt gearbeitet wurde, so konnte er sich nicht vorstellen was. Plötzlich fiel ihm auf, dass es keine Uhren gab – das war es. Das einzige Ticken im Raum stammte von dem seltsamen Herzen des Professors.

Der Pudding kam: eine wackelnde, gelierte, gehaltvolle Schokocreme, serviert auf einem Silbertablett. Robert nahm sich davon, und als er mit dem Essen fertig war, blickte er auf und stellte fest, dass Lily ihre Geschichte zu Ende erzählt hatte.

Professor Silverfish lehnte sich zurück und zündete eine Zigarre an, dann sah er sich Johns Brief genauer an. »Meine Lieben«, sagte er, »welch schreckliche Kämpfe musstet ihr erleben. Wenn du nur ein Telegramm geschickt hättest, ich bin mir sicher, ich hätte früher helfen können.«

Lily beugte sich zu ihm. »Du weißt also mehr über Papas Verschwinden und über dieses Perpetuum mobile?«

Der Professor runzelte die Stirn und drehte die Zigarre langsam in seiner Hand. »Liebes Kind, natürlich weiß ich etwas darüber. Das Nachdenken darüber hat dreizehn Jahre meines Lebens beansprucht.« Er wartete, bis der mechanische Butler die letzten Schüsseln abgetragen und den Raum verlassen hatte. Dann zog der Professor einen marmornen Aschenbecher über den Tisch und strich die Asche von seiner Zigarre ab.

»Vor sieben Jahren«, fing er an, »haben dein Vater und ich gemeinsam an Hybrid-Maschinen gebaut. Dein Vater hat Mechaner mit Gefühlselementen konstruiert, und ich habe Bionik studiert und Soldaten wiederhergestellt, die im Kampf verletzt worden waren. Leider konnte ich nur einige wenige Männer retten, bevor meine eigenen gesundheitlichen Probleme schlimmer wurden. Mit jedem Tag wurde ich kurzatmiger und vergaß für die Arbeit notwendiges Wissen. Mehr als einmal verlor ich das Bewusstsein. Die Ärzte, mit denen ich arbeitete, führten zahlreiche Untersuchungen durch. Sie stellten fest, dass ich todkrank war – mein Herz ließ nach. Dein Vater bot mir seine Hilfe an; er hatte eine Kopie des menschlichen Herzens aus einem Uhrwerk gemacht und dachte, er könnte sie fertigstellen und mir das Ding einsetzen. Es könne mir das Leben retten. Ich war einverstanden und bezahlte ihn großzügig, damit er umgehend damit beginnen konnte.«

»Nun, sieht so aus, als hätte er einen guten Job gemacht«, sagte Robert. Er konnte seinen Blick nicht abwenden von dem sperrigen Gerät, das an der Brust des Professors festgemacht war. Er hoffte, nicht unhöflich gewesen zu sein.

»Was, das hier?« Professor Silverfish klopfte an das Gerät. »Oh nein – dieses primitive Monsterteil muss täglich aufgezogen und ständig repariert werden. Ich fühle mich damit wie einer dieser verdammten Mechaner!«

Lily ging dieser Ausbruch gegen den Strich, aber sie sagte nichts und ließ den Professor weiterreden; sie wollte zu Ende hören, was er zu sagen hatte.

»Nein.« Der Professor pochte auf die Brustplatte seines Geräts. »*Dieses* Herz hat nicht John konstruiert. Seines war viel ausgefeilter. Sehr viel kompakter. Ein geniales Stück Ingenieurskunst.« Er wischte ein wenig Asche von seiner weißen Manschette. »Noch bevor es fertig war, bat ich ihn, es mir zu zeigen, doch John war immer so geheimnistuerisch. Er verweigerte es mir und versteckte das Ding täglich in seinem Safe. Erst als es fast fertig war, änderte er seine Haltung. Führte mich in sein Büro, just in diesem Haus.«

Lily zuckte zusammen.

Der Professor nickte bestätigend und fuhr fort. »John nahm das Bild über dem Kamin ab, darunter lag der Safe. Er öffnete ihn und holte eine kleine Palisanderholzschatulle heraus.«

Robert sah, wie Lily zu der Schatulle neben ihrem Stuhl hinunterschielte.

Professor Silverfish hatte es nicht bemerkt – er war tief in seinen Erinnerungen versunken. »John stellte die Schatulle auf die Werkbank. Aus dem Inneren hörte man ein leises Ticken. Er steckte den Schlüssel ins Schloss und öffnete den Deckel. Das Ticken wurde lauter. Ich spähte in das mit Samt gepolsterte Innere. Dort eingebettet lag das fertiggestellte Gerät: das Ewige Herz.«

»Das Ewige Herz«, flüsterte Lily.

»Wie sah es aus?«, fragte Robert.

»Sein Aussehen unterschied sich von jedem Uhrwerk, das ich bis dahin gesehen hatte«, sagte Professor Silverfish. »Ein organischer Klumpen, wie die Organe, die man beim Metzger sieht. Seine Oberfläche war übersät mit Einbuchtungen und Metalladern. Ich holte das Ewige Herz heraus und nahm es in die Hand. Es fühlte sich kalt und schwer an, und doch war seine Form nicht unangenehm. Es passte tatsächlich perfekt in meine Handflächen. Fast, als würde das Ding sich an meine Haut schmiegen, als wollte es ein Teil von mir werden. Als ich einen Riegel an der Vorderseite des Geräts berührte, schnappte eine Platte auf und ich sah, dass das Herz vier Glaskammern und Hunderte winziger Metallrädchen enthielt, die sich im Gleichklang drehten. In der Mitte gab ein leuchtender roter Stein ein pulsierendes Licht von sich. Ich starrte fasziniert hinein. Es war ein perfektes Stück Hybridtechnologie, etwas Unmögliches war Wirklichkeit geworden. Besser als alles, was ich selbst mir hätte einfallen lassen können. Ich hatte tausend Fragen, aber dein Vater wischte sie beiseite. ›Wann bekomme ich es?‹, fragte ich. ›Wann wird es mein Herz?‹«

Der Professor gab nun die Unterhaltung wieder, die er mit Lilys Vater geführt hatte.

»›Bald‹, sagte dein Vater. Aber als ich ihn am nächsten Tag wiedersah, hatte sich sein Gesicht verhärtet.

›Was ist?‹, fragte ich. ›Probleme mit dem Gerät?‹

›Nein‹, sagte er. ›Es ist etwas anderes. Ich fürchte, Simon, ich habe meine Meinung geändert. Ich kann dir das Ewige Herz nicht geben.‹

›Warum nicht?‹

John schüttelte den Kopf. ›Ich habe ein paar Tests gemacht und etwas Unglaubliches entdeckt: Dieses Gerät läuft endlos, es ist ein Perpetuum mobile. Ich habe die leistungsstärkste Maschine geschaffen, die es gibt. Sie wird nicht langsamer werden, nicht kaputtgehen und nicht stehen bleiben. Sie wird nicht sterben. Ich könnte sie niemals jemandem einpflanzen.‹ Er kratzte sich am Bart und sah mich mit todernstem Blick an. ›Weißt du, Simon, ich glaube, ich habe einen Weg gefunden, die Menschen unsterblich zu machen. Und das sollte auf keinen Fall hinaus in die Welt.‹

›Aber du hast es mir versprochen‹, sagte ich. ›Du wirst es dir doch noch mal überlegen?‹

Und einen Moment lang sah es so aus, als dächte er noch mal darüber nach. Aber dann wandte er mir den Rücken zu, und ich wusste, dass seine Entscheidung gefallen war. ›Der richtige Umgang mit diesem Gerät‹, sagte er, ist, es zu zerstören. Du kannst mich morgen noch mal fragen, aber ich glaube nicht, dass ich meine Meinung dann geändert habe.‹«

Professor Silverfish drückte seine Zigarre im Aschenbecher aus. »Niemand von uns konnte wissen, dass es *dieses* Morgen nicht geben würde. Die Ereignisse nahmen einen völlig anderen Verlauf, wie der Unfall deiner Mutter und deine Krankheit, Lily. Und dann tauchte dein Vater unter. Ich konnte nur annehmen, dass er es tat, weil er das Ewige Herz gestohlen hatte. Um ehrlich zu sein, glaube ich nicht, dass er es je zerstören wollte. Meiner Meinung nach hatte er vor, das Ding zu erforschen, um mehr über die Geheimnisse seiner rätselhaften Energie, die doch unmöglich war, zu erfahren.«

Es herrschte langes Schweigen und Robert wartete, dass Lily etwas sagte, doch es schien ihr die Sprache verschlagen zu haben.

»Das ist es also, wohinter alle her waren?«, fragte er schließlich. »Was sie von Lily und Malkin und von ihrem Vater wollten? Was sie wollten, als sie in den Laden meines Vaters kamen und ihn getötet haben?«

»Ja.« Professor Silverfish nickte. »In gewissen Kreisen gab es Gerüchte darüber, woran John damals arbeitete. Nicht einmal sein Verschwinden hielt die Leute auf, nach dem Ewigen Herz zu suchen. Doch er hielt sich immer sehr gut versteckt. Was mich betrifft, so habe ich ihn nie mehr wiedergesehen oder von ihm gehört. Ich musste meiner Gesundheit wegen in den Süden gehen, die Insel verlassen. Und dort fing ich an, ein primitives Gerät zu bauen, das mir half zu überleben. Als ich letztes Jahr nach England zurückkam, sah ich, dass euer altes Haus zum Verkauf stand. Der Makler war der frühere Anwalt deines Vaters, Mr Sunder. Zuerst hat er sich geweigert, mir zu verraten, wohin John gezogen war, und wollte mich nicht direkt mit ihm Kontakt aufnehmen lassen. Aber nachdem Johns Luftschiff abgestürzt war, konnte ich ihn überzeugen – und das war gut, denn ich sehe, du hast mir das Ewige Herz mitgebracht.«

Lily schluckte und die Farbe wich ihr aus dem Gesicht, als sie zur Schatulle hinunterschaute. Ihr Patenonkel lächelte wie eine Katze, die einen Vogel gefangen hatte. Endlich begriff auch Robert, warum der Professor sie zu sich eingeladen hatte.

Professor Silverfish stand auf und zog einen kleinen Schlüssel aus seiner Tasche. »Den hier hat dein Vater mir anvertraut, als ich ihn das letzte Mal sah«, erklärte er. »Er passt ins Schloss.«

Lily holte die Schatulle hoch und stellte sie vor ihm auf den Tisch. »Wenn ich sie Ihnen gebe, helfen Sie mir dann, meinen Vater zu finden?«

Er nickte.

»Dann können Sie sie haben«, sagte sie. »Sie hat meiner Familie und der von Robert nichts als Leid und Schwierigkeiten eingebracht.«

Professor Silverfish holte tief Luft, steckte den Schlüssel ins Schloss, drehte ihn ... öffnete den Deckel und starrte auf das, was in der Schatulle lag.

Dann klappte seine Kinnlade herunter, und er stieß einen seltsamen Schrei aus. Er kippte den Inhalt aus und etliche Gegenstände verteilten sich auf dem Tisch. Eine Handvoll Fotos, ein dicker Haarzopf, ein Stück einer alten Borte, ein Ehering und ein Stein. Bilder und Erinnerungen.

»Wo ist es?«, schrie er.

Lily stockte der Atem. Sie nahm eine der Fotografien. Sie zeigte sie und ihre Eltern, wie sie zusammen vor genau diesem Haus standen.

»Diese Sachen haben Mama gehört«, sagte sie und untersuchte den Stein. Sie drehte ihn in ihrer Hand, sodass Robert einen Blick auf ein goldenes, sich windendes fossiles Tier in der Mitte erhaschte. »Das ist eine ihrer Fossilien«, sagte sie leise. »Sie hat sie gesammelt. Und das ist ihr Ehering und ein Zopf von ihr und die Borte von ihrem Lieblingskleid ...«

»Wertlos«, sagte Professor Silverfish und starrte auf die Sachen. »Alles.« Er fegte die Schatulle zur Seite. »Genauso wie ihr.«

Robert wurde plötzlich übel. Tränen bildeten sich in Lilys Augen. Sie schnappte sich die Sachen ihrer Mutter, zog sie rasch quer über den Tisch zu sich. »Aber Papas Brief ...«, sagte sie. »Er hat geschrieben, dass wir Ihnen vertrauen können. Sie haben versprochen zu helfen ... versprochen, ihn zu finden.«

»Und was sind Versprechen wert?«, sagte Professor Silverfish wütend. »Nein, Lily. Du liegst falsch. Der Brief war eine Warnung, mir *nicht* zu trauen. Niemals.« Er drehte sich um und musterte sie mit einem seltsamen Blick. »Aber weil du mir immerhin die Schatulle gebracht hast, werde ich dir einen letzten Gefallen tun. Ich werde dir die Begegnung erlauben, nach der du dich so sehr sehnst.«

Er nahm ein winziges Glöckchen von der Tischmitte und läutete. Den Gang herunter tönten die Tritte mehrerer schwerer Stiefel und das *Tock-Tock-Tock* eines Stockes, dann schwang die Tür auf und Roach und Mould kamen grinsend zum Vorschein, ihre verspiegelten Augen glitzerten. Zwischen ihnen, zusammengesunken und mit hängendem Kopf, stand ihr Vater.

KAPITEL 19

Papa!«, rief Lily, doch auf die Erleichterung folgte bald ein Gefühl des Grauens. Er sah schrecklich aus, sein Körper verrenkt, seine Arme schlaff. Sie war außer sich. »Was haben Sie ihm angetan?«, schrie sie.

»Nichts, was er nicht verdient hätte.« Moulds Spiegelaugen schimmerten schadenfroh.

»Nun begrüßen Sie sie schon«, befahl Roach Papa, und die beiden Männer ließen ihn los, sodass er zu Boden ging und wie eine Marionette ohne Fäden in sich zusammenfiel.

Professor Silverfish betrachtete seinen alten Freund mit unverhohlener Verachtung. »Ich fürchte, meine Männer mussten John ein paar Experimenten unterziehen, um seiner Erinnerung auf die Sprünge zu helfen.« Er trat zurück, als könnte Papas Verzweiflung seine Schuhe besudeln.

Papa hob den Kopf und starrte Lily an. »Mein Liebling ... meine Liebe.« Seine Stimme war brüchig, vor Tränen halb erstickt, aber er biss seine Zähne zusammen und fuhr fort. »Warum bist du hergekommen?«

Lily schluckte den Schmerz in ihrer Brust hinunter. »Um dich zu finden.«

»Ich habe einen Brief geschickt ... mit Malkin, in dem ich dich genau davor gewarnt habe. Du solltest dich verstecken. Wo ist er? Er hätte sich um dich kümmern sollen.«

Professor Silverfish lachte und wedelte mit dem angesengten Brief. »Ach, sie hat deinen Brief schon erhalten. Dachte, dass darin stünde, ich würde ihr helfen. Stell dir nur vor – deine eigenen Worte haben sie hierhergelockt! Zusammen mit meiner Ermutigung, natürlich. Und jetzt, John, wirst du uns erzählen, wo das Ewige Herz ist, oder mit der Arbeit an deinem neuen Prototyp weitermachen. Andernfalls muss ich wohl selbst eine kleine Operation vornehmen.« Er nahm Lilys Kinn zwischen seine starken Finger und drehte ihr Gesicht dem Papas zu. »Zuerst werde ich ihr ihre Ohren abschneiden, dann ihre Zehen, dann ihre Finger, und wenn ich damit fertig bin, werde ich alle anderen Körperteile abschnippeln, bis nichts mehr übrig ist.« Er ließ sie los und Papa stieß einen gequälten Schrei aus, doch Professor Silverfish ignorierte ihn und wandte sich seiner Taschenuhr zu. »Ich gebe dir eine Stunde Bedenkzeit.« Er betrachtete Robert. »Solange wir warten, hacke ich dem Jungen vielleicht schon einmal ein paar Finger ab. Ich habe gehört, dass er kein sonderlich guter Uhrmacher ist.« Er winkte Mould zu. »Bringen Sie John in sein Labor zurück.«

Mould bückte sich zu Papa hinunter und packte ihn am Schlafittchen.

»Lassen Sie ihn sofort los!«, brüllte Lily. Sie schnappte sich ein Glas und warf es nach ihm.

Es verfehlte sein Ziel und knallte gegen die Wand.

Mould lachte, als er Papa aus dem Raum schleifte.

Professor Silverfish stand in der Tür, zündete sich eine neue Zigarre an und sah dabei zu, wie Mr Roach um den Tisch auf Lily zu schlich.

»Nein, das werden Sie nicht«, sagte Robert. Er nahm einen Porzellanteller und warf ihn nach Roach, doch der schlug ihn ohne mit der Wimper zu zucken mit seinem Stock weg und der Teller zerschellte am Boden.

Robert nahm Lily an der Hand und zog sie ans andere Ende des Tischs, dann erst wurde ihm bewusst, dass es kein Entrinnen gab: Die schönen Fresken an den Wänden, die Pflanzen auf ihren Pflanzenständern und die Tische mit den hellen Gegenständen verschleierten allesamt die Tatsache, dass der Raum keine Fenster hatte.

»Hierhin«, schrie Lily und warf einen Stuhl um. Sie versuchte, Robert unter den Tisch zu zerren, aber Roach ließ seinen Stock sinken, zog die beiden damit in seinen Griff und klatschte ihnen zwei schweißige Handflächen auf ihre Gesichter.

»Ich habe versucht, freundlich zu sein.« Professor Silverfish atmete eine Rauchwolke aus. »Aber ich kann nicht zulassen, dass ihr mein Haus verwüstet.« Er trat in den Flur. »Sperren Sie die Kinder in den Kohleschuppen. Ich werde mich später um sie kümmern. Jetzt möchte ich erst einmal sehen, ob John seine Meinung geändert hat.«

Mr Roach packte Lily und Robert am Arm und marschierte mit ihnen über den Hof hinter dem Haus. Der Schuppen war an die

Außenmauer angebaut und erinnerte Lily an den Kohlebunker in der Schule. Roach öffnete die Tür, dann filzte er Robert und zwang ihn, seine Hosentaschen umzudrehen.

»Jetzt du«, sagte er und machte einen Schritt auf Lily zu.

»Wenn Sie es wagen, Hand an mich zu legen«, spie sie ihm entgegen, »bringe ich Sie um.«

Roach lachte höhnisch. »Ich bin nicht derjenige, der am Ende tot sein wird, Fräuleinchen«, sagte er und warf sie beide grob ins Schuppeninnere. »Wir werden euch nachher wieder abholen. Irgendetwas sagt mir, dass dein Vater ziemlich bald kooperieren wird.«

Er knallte die Tür hinter sich zu, schloss sie ab und ließ die beiden allein in der Dunkelheit zurück. Robert und Lily sahen durch die verrammelte Gittertür hindurch, wie er den Schlüssel an einen Haken an der Seitenwand aufhängte und zurück ins Haus ging.

Sobald er außer Sichtweite war, rüttelte Lily am Türgriff. Sie presste ihr Gesicht gegen das Gitter und spähte mit zusammengezogenen Brauen auf das Vorhängeschloss. »Wir müssen hier irgendwie raus«, flüsterte sie.

»Wozu?«, sagte Robert. Jäh durchzuckte ihn die Eifersucht. Er ließ sich auf einen Kohlenhaufen in der Ecke sinken. Er hatte wegen dem blöden Streit zwischen ihrem Papa und Professor Silverfish alles verloren. Sie hatte noch ein Fünkchen Hoffnung. Doch er, er hatte *nichts*.

»Ich wusste, dass mit diesem Professor etwas nicht stimmt«, sagte er gereizt. »Und jetzt – nach allem, was wir durchgemacht haben – sitze ich in einem Kohleschuppen und warte darauf zu sterben.«

Lily blickte ihn an. »Dann warte eben nicht. Hör mal, wir werden nicht in einem Kohleschuppen sterben. Wir werden entkommen und Papa retten.«

»Wenn du das sagst.«

Lily krempelte die Ärmel ihres Kleids hoch und steckte ihren Arm zwischen den Gitterstäben hindurch. »Ich komme fast an das Schloss.« Mit ihrer freien Hand zog sie sich eine Haarnadel vom Kopf und bog sie zwischen ihren Zähnen gerade, dann fasste sie mit der Nadel in der Hand durch die Lücke zwischen den Gitterstäben nach draußen.

Vor lauter Konzentration biss sich Lily auf die Lippen. Robert hielt den Atem an.

Man hörte ein *Ritz* und ein *Ratz* und dann ...

Ping!

»Verflixt«, sagte sie. »Ich habe sie fallen gelassen.« Sie stampfte mit dem Fuß auf und starrte ihn an. »Nun? Willst du mir nicht helfen?«

Jetzt hatte er ein schlechtes Gewissen. Nichts von alledem war ihre Schuld. Nicht wirklich. Ihnen allen war von diesen Männern Schaden zugefügt worden. Sie hatte recht, er sollte es zumindest versuchen und etwas tun, um sie hier herauszubekommen. Er zog sein Taschenmesser aus seiner Socke und gab es ihr. »Hier, versuch es stattdessen damit.«

Lily untersuchte es. »Die Klingen sind zu groß. Wie kommt's eigentlich, dass du das immer noch bei dir hast?«

Er zuckte mit den Achseln. »Ich habe es vorhin in meiner Socke versteckt. Es hat sich ganz schön unangenehm angefühlt.« Er rieb sich den Knöchel. »Wenn doch nur Malkin den Schlüssel für uns holen könnte.«

»Natürlich!« Lily wirbelte ihn herum. »Malkin wartet ja noch! MALKIN!«, brüllte sie durch die Gittertür.

»Er wird dich niemals hören«, grummelte Robert. »Er ist zu weit weg. Außerdem ist er inzwischen wahrscheinlich abgelaufen.«

Lily beachtete ihn nicht. Sie wischte ihre kohlrabenschwarzen Finger an ihrem Seidenkleid ab, steckte sie in ihren Mund und pfiff.

Robert dachte, es wäre der wohl lauteste Pfiff der Welt gewesen. Und wirklich, es kam ... Malkin. Er schoss über den Hof wie ein geölter Blitz und sprang gegen die Tür. Zuerst passte nur seine rote Schnauze durch die Gitterstäbe, doch er drückte so lange weiter, bis er seinen ganzen Kopf durch die Lücke stecken konnte.

»Na, haben wir ein kleines Problem?«, fragte er hochnäsig. »Was ist los?«

»Ich verrate es dir gleich«, sagte Lily. »Aber zuerst musst du uns hier herausholen.«

»Aha«, sagte Malkin. »*Jetzt* brauchst du also meine Hilfe.«

»Der Schlüssel hängt an dem Haken dort drüben.« Sie zeigte über den Hof.

»Erst musst du dich entschuldigen«, ließ er sie wissen.

»Was?«, fragte sie.

Der Fuchs leckte seine schwarze Vorderpfote. »Weil du gesagt hast, ich sei zu verlottert, um mit hineinzukommen. Wie ich sehe, seid ihr frisch gestriegelt und geschniegelt.«

»Wir haben keine Zeit für so etwas«, heulte Lily entnervt auf. »Außerdem habe nicht ich gesagt, du seist verlottert, sondern dieser Butler.«

»Du hast ihm aber auch nicht widersprochen«, mischte sich Robert ein.

»Ganz genau«, fauchte der Fuchs, »und jetzt schau, wo du gelandet bist.«

»Gut. Es tut mir leid«, sagte Lily. »Wärst du jetzt so nett, die Schlüssel zu holen?«

»Ganz wie du wünschst.«

Malkin lief zu der Wand, sprang hoch und schnappte nach dem Schlüssel an seinem Nagel. Er war unerreichbar. Er müsste viel höher springen können ...

Er sah sich um. In einer Ecke standen ein paar alte Fässer aufeinandergestapelt.

Mit seinem Kopf stieß er eines der Fässer um und rollte es mit hängendem Schwanz in Richtung des Schlüssels. Dann hüpfte er seitlich auf das Fass und ...

... sprang!

Diesmal schaffte er es, den Schlüssel mit seinen Zähnen zu schnappen. Er fiel von seinem Haken und Malkin fing ihn in seinem Maul auf, bevor er auf dem Boden aufschlug.

»Gott sei Dank.« Lily streckte ihre Hand durch die Gitterstäbe der Hütte. »Schnell, bring ihn her!«

Malkin rappelte sich auf und ließ den Schlüssel in ihre Hand fallen. Sie griff hinunter und öffnete das Vorhängeschloss.

Als sie aus dem Schuppen trat, beugte sie sich zu Malkin und küsste ihn auf seine Nase. Robert gesellte sich dazu und streichelte seinen Kopf.

»Malkin, du bist ein Meisterdiebgenie!«, flüsterte er.

»Ja, Malkin!«, murmelte Lily und kraulte die flauschigen Ohren des Fuchses. »Du bist wirklich ein Genie! Ich werde Jack

Door von deinen Heldentaten berichten. Dann wird er dich bestimmt in seinem nächsten Einbrecherbuch verewigen.«

Malkin stieß ein protestierendes Kläffen hervor. »Genug geschmeichelt. Wir müssen los.«

Lily nahm den Aufziehschlüssel von seinem Hals und zog ihn auf.

»Nein«, sagte sie. »Du musst los. Such Anna und bitte sie um Hilfe. Robert und ich gehen wieder rein und kümmern uns um Papa.«

Malkins dunkle Augen wurden groß und seine Schnurrhaare zuckten. »John befindet sich im Haus?«

»Ja«, sagte Lily. »Er lebt. Und wir werden ihn befreien.«

Lily und Robert kauerten in dem eisigen Garten und beobachteten, wie Malkin sich durch den hohen Metallzaun hindurchquetschte. Er ließ seinen Schwanz sinken und schlich geduckt auf die Straße.

Als er weg war, kräuselte Lily ihre Nase und sah am Haus hinauf. »Da können wir reinschlüpfen«, erklärte sie und zeigte auf ein kleines offenes Fenster über der hinteren Veranda, die von den kahlen Ästen eines Baums überschattet war. »Es ist, wie zu Hause am Rankgitter hochzuklettern.« Sie warf Robert einen prüfenden Blick zu. »Es wird gefährlich, du musst nicht mitkommen, wenn du nicht willst.«

Robert schüttelte den Kopf. »Ich möchte mitkommen. Für meinen Dad. Ich möchte dir helfen, sie aufzuhalten.«

»Gut.« Lily sprang auf und schnappte sich einen tief hängenden Ast, dann kletterte sie in die nackte Krone des Baums.

Robert nahm einen tiefen Atemzug und folgte ihr.

Als er oben ankam, war Lily bereits über einen Ast im Wipfel gekrochen. Sie ließ sich auf das Verandadach über der Hintertür fallen und winkte ihm zu, er möge ihr folgen. Sobald er angekommen war, kletterte sie durch das offene Fenster.

Das Zimmer, in das sie hineinpurzelten, war schwach beleuchtet. Robert krabbelte über den Boden, öffnete die Tür und spähte hinaus. Er wollte schon in den Flur treten, als ihn Lily am Arm berührte.

»Hier ist noch jemand«, flüsterte sie.

Sie hatte recht: Robert sah, dass der Raum mit den schemenhaften Gestalten alter Mechs gefüllt war. Einer lehnte steif an der Wand, ein anderer saß aufrecht und mit ausgestreckten Beinen in einer Ecke. Ein dritter lag umgekippt am Boden. Aus ihren Brustplatten und ihren Armen ragten Kabel und einige ihrer Gliedmaßen waren aufgerissen worden.

Lily trat einen Schritt auf sie zu und zuckte zusammen, als sie ihre Gesichter erkannte.

»Aber das ist ja Captain Springer«, sagte sie, »und Mr Wingnut und Miss Tock – alle unsere Mechaner von zu Hause.« Sie streichelte ihre Gesichter und untersuchte ihre Verletzungen. »Madame Verdigris muss sie ihm wohl verkauft haben.«

Sie hielt inne. Über ihr Gesicht legte sich ein komischer Ausdruck, und sie eilte in die Ecke, wo eine Mechanerin halb versteckt im Schatten stand. Robert hörte, wie sie scharf die Luft einsog.

»Robert, Mrs Rust ist auch hier!«

Kabel sprießten aus dem Stumpf eines Arms der alten Mechanerin. Wo ihre Hand hätte sein sollen, ragten in zackigem Muster Metallflansche und Sprungfedern. Lily suchte am Hals von Mrs Rust nach ihrem Aufziehschlüssel, der dort an seiner Kette hängen sollte. Als sie ihn fand, zog sie die Mechanerin damit auf, bis diese zum Leben erwachte.

Mrs Rust blinzelte Lily überrascht an. »Uhrwerk und Klickenräder!«, rief sie. »Da ist ja meine Tiger-Lil!« Und als ihr klar wurde, was dies bedeutete, brach sie in Tränen aus. »Diese ratschengesichtigen Schurken – euch haben sie also auch gefangen.«

»Ja, Rusty, aber was in aller Welt machst du hier?«

»Da waren diese Männer – Roach und Mould«, erklärte Mrs Rust. »Sie haben uns hierhergebracht. Wollten alles über eine von Johns Erfindungen wissen: das Ewige Herz. Ich hatte Madame bereits erzählt, dass wir nichts darüber wüssten. Ihnen habe ich das auch erzählt, aber sie haben uns gefangen gehalten, haben uns gefoltert, unsere Tüllen und unsere beweglichen Teile abgerissen.

»Das tut mir leid«, sagte Lily zu ihr.

»Halb so schlimm«, sagte Mrs Rust, »wir werden es überleben. Wir sind aus härterem Holz geschnitzt. Schnell – zieh die anderen auf.«

»Natürlich, Rusty.« Lily küsste sie auf die Nase, und dann rannten sie und Robert zwischen den anderen Mechanern hin und her, um auch sie so schnell sie konnten aufzuziehen. Während sie sie aufzogen, flüsterte Lily ihre Namen, um sie aufzuwecken.

»Captain Springer, Mr Wingnut, Miss Tock – bitte, wacht auf.«

Und obwohl er sie nicht kannte, stimmte Robert mit ein. Er half Lily mit einem Mechaner, dessen Bart aus lockigen Metallspänen bestand und der Augenbrauen aus gegossenem Stahl hatte. Sobald er tickte, nahm er Haltung an und salutierte. »Captain Springer, erstklassiger Mechan-Chauffeur, zu Ihren Diensten.«

Sie zogen eine Mechanerin mit Kronkorkennase auf, deren kleine Augen hinter dicken runden Brillengläsern leuchteten. »Wer ist da?«, stotterte sie.

»Miss Tock«, rief Lily aus, »ich bin es!«

»Lily?«, Miss Tock schien verwirrt. »Wo bin ich? Ich war doch gerade noch im Garten und habe mit Mr Wingnut Laub aufgesammelt. Wo zum Teufel sind wir?« Dann erblickte sie Mrs Rust und Captain Springer und über ihre hellen Augen legte sich ein Schleier. »Oh«, sagte sie, »jetzt erinnere ich mich wieder.«

Lily und Robert zogen den letzten Mechaner auf: einen Kerl in einem langen Frack, dessen Ohren aus Flügelmuttern bestanden, die seitlich von seinem Blechschädel abstanden. Er erwachte mit einem Zittern und verbeugte sich tief und knarzend vor ihnen. »Mr Wingnut, Garten-Mechan, zu Ihren Diensten.«

Die vier Mechaner torkelten durcheinander, redeten und tickten miteinander.

»Zum Glück hast du uns geweckt«, sagte Miss Tock.

»Heiliges Klappern!«, rief Captain Springer. »Jetzt, wo sich meine Räder drehen, kann ich mich an alles erinnern!«

»Wartet nur, bis ich mich in den dritten Gang hochgeschaltet habe«, meinte Mr Wingnut, »dann werde ich's denen zeigen ...«

»Bei allem, was tickt«, stellte Springer fest, »wir sind noch am Leben, nicht wahr?«

»Rohre und Nadelkissen, und wie!« Mrs Rust umarmte Robert und Lily und übersäte ihre Gesichter mit rostigen Küssen.

»Und das haben wir diesen beiden Lieben zu verdanken.«

»Das ist Robert«, erklärte Lily. »Und er ist sehr mutig. Er hat mir geholfen, Roach und Mould zu entwischen, als diese nach Brackenbridge gekommen sind. Und er hat Malkins Schusswunde zusammen mit seinem Dad repariert.«

»Wäschemangeln und Motoren! Ihr habt ja so einiges durchgemacht.« Mrs Rust sah Robert staunend an. »Er muss das Herz eines Mech-Löwen haben, wenn er dir geholfen hat, solch hinterhältige Gaunereien zu überleben.« Sie kniff Robert so lange in die Wange, bis er rot wurde und sich abwandte.

Mrs Rust nahm Lily zur Seite. »Lily, dein Papa lebt«, flüsterte sie. »Er wird im Keller gefangen gehalten.«

»Ich weiß«, antwortete Lily mit entschlossener Stimme.

»Und mit eurer Hilfe holen wir ihn da raus.«

Lily, Robert und der Rest der Mechaner, angeführt von Mrs Rust, schlichen durch die Säle und Gänge des Hauses des Professors und suchten nach dem Eingang zum Kellergeschoss. Es war schwer, die Mechaner leise zu bekommen, denn sie klapperten und vibrierten und schepperten und tickten die ganze Zeit.

»Das kommt mir verklirrt vertraut vor«, sagte Captain Springer.

»Ja«, sagte Miss Tock. »Ich glaube, ich war schon mal hier vor über zehntausend Ticks, auch wenn, um ehrlich zu sein, meine Erinnerungsventile nicht mehr das sind, was sie mal waren.«

»Klickrädchen und Kleiderbügel!«, rief Mrs Rust. »Ich glaube, du hast recht – wir haben hier gewohnt, mit John und Grace, da stand Lily noch kniehoch neben ihrem Blechspielzeug.«

In dem Moment knarzte das Parkett.

»Still, alle«, rief Robert. »Ihr müsst ruhig sein.«

Sie hielten inne und horchten, ob jemand sie gehört hatte. Glücklicherweise schien der Teil des Hauses einigermaßen still. Professor Silverfishs mechanische Butler und Dienstmädchen waren offenbar in einem anderen Flügel des Hauses zugange.

Lily entdeckte eine Treppe, die nach unten führte, und Mrs Rust war sichtlich der Meinung, dass das der richtige Weg wäre. Also schlich die ganze Gruppe hinunter in den Keller.

Unten angelangt blieb Lily stehen. »Das kommt mir hier auch bekannt vor«, flüsterte sie. »Am anderen Ende ist eine Werkstatt.« Sie lief den eichenholzvertäfelten Kellergang entlang. Robert folgte ihr und die Mechaner ebenso. Zitternd schlichen sie über den Bretterfußboden hinterher.

Als sie um die Ecke kamen, blockierte ihnen eine verschlossene Metalltür den Weg.

»Das ist sie«, sagte Lily. Sie griff gerade nach einer Haarnadel, als Mr Wingnut nach vorn trat und die ganze Tür aus den Angeln riss.

»Bitteschön«, sagte er, und lehnte die Tür vorsichtig an die Wand. »Macht ja keinen Sinn, Schlösser und Schließzylinder zu schonen, wenn dahinter jemand gefangen gehalten wird.«

Robert wünschte, die Mechaner wären schon früher bei ihnen gewesen.

Abgesehen von den Regalen mit Maschinenteilen entlang einer Wand war der große Raum, den sie betraten, klinisch kahl. In der Mitte saß Papa an einer langen Werkbank und untersuchte ein halb fertiges Gerät.

Er sprang auf und wollte auf Lily zurennen, aber eine Kette um seinen Knöchel, die an einem in den Boden eingelassenen Metallring fixiert war, hielt ihn zurück.

Lily lief auf ihn zu, als er heftig an der Kette zerrte.

»Papa«, sagte sie, »wir holen dich hier raus.«

Er ließ die Kette los und umarmte sie stürmisch. Captain Springer griff nach unten und zerbrach die Kette an seinem Fußgelenk. Und Miss Tock nahm seinen Arm. John lächelte beide an. Dann begrüßte er Mrs Rust und Mr Wingnut, und auch Robert schüttelte er die Hand.

»Meine Freunde, ihr konntet entkommen! Aber Lily, ich habe dir doch gesagt, du sollst nicht hierherkommen. Es ist nicht sicher hier. Du hättest weit, weit weglaufen sollen. Hilfe holen.«

»Malkin holt Hilfe«, sagte Lily. »Ich musste dich retten.« Sie war den Tränen nahe. »Und ich muss die Wahrheit erfahren.«

Papa drückte ihr die Hand. Auch er weinte. »Aber die Wahrheit tut weh, Lily, Liebes ... Tut sie immer. Und du wurdest doch schon so schlimm verletzt ... Genauso wie unsere Freunde.« Er schenkte ihnen ein schwaches Lächeln. »Ich bin schuld. Wenn ich Simon das Ewige Herz erst gar nicht angeboten hätte ... Ich hätte dir alles erzählen sollen, damals, als Mama getötet wurde, aber dein Leben war komplett zerstört ... durch den Unfall. Ich dachte, ich muss dich schützen. Ich hatte Angst, dass du mich verurteilst ... für meine Entscheidungen ...«

»Bitte«, Robert unterbrach. »Später werden wir Zeit genug haben zu reden. Wir müssen weg.«

»Natürlich«, murmelte Papa. Er legte den Arm um Lily und küsste sie auf die Stirn. »Geh du vor, Macduff.«

Sie folgten Robert und den Mechanern durch den Raum. Lilly hielt Papa umklammert. Wie konnte er nur glauben, ihr Leben wäre zerstört, nach allem, was sie getan hatte, um ihn zu retten?

»Ich bin stark, weißt du«, sagte sie. »Du kannst mir alles erzählen.«

»Ja«, stimmte Papa ihr zu. »Vielleicht bin ich der Schwache. Vielleicht habe ich dir vor allem deshalb den Brief geschrieben – so musste ich dir die Wahrheit nicht direkt sagen. Weißt du, Lily, mit diesem Ewigen Herzen, ich hatte nicht die Absicht, ein Perpetuum mobile zu schaffen, und mir war nicht klar, was Silverfish tun würde, um es in die Hände zu bekommen. Er schreckt vor ni...«

»Leise!«, rief Robert. Sie hatten das Ende des Ganges erreicht, und er glaubte etwas gehört zu haben.

Die Mechaner kamen zitternd zum Stehen, und alle hielten still und horchten.

Sie vernahmen ein lautes Klopfen und viele Schritte, und plötzlich erschienen Roach und Mould mit einem kunterbunten Haufen bis an die Zähne bewaffneter Männer oben an der Treppe.

»Das sind die Entführer!«, stöhnte Miss Tock.

»Und die anderen waren unsere Verfolger«, fügte Robert hinzu.

»Lochkarten und Kolben!«, keuchte Mrs Rust. »Das sieht nach Ärger aus.«

»Wir machen uns am besten wohl schleunigst aus dem Staub«, murmelte Captain Springer.

Er scheuchte Lily, Robert und Papa zurück in den Gang, er und die anderen Mechaner watschelten hinterher. Lily blickte suchend herum. Wenn sie diesen Weg nähmen, säßen sie sicher in der Falle.

Roach und seine Männer hatten die unteren Stufen erreicht. »Aus dem Weg, Mechaner«, fauchte er. »Wir müssen Professor Hartman und die Kinder wieder einfangen.«

Mrs Rust schüttelte den Kopf. »Das sehe ich anders«, sagte sie. »Da müssen sie erst bei uns durchkommen.« Sie hakte Captain Springer unter, dann Miss Tock und Mr Wingnut, sodass sie eine Mauer vor Lily, Robert und Papa bildeten.

»Dann eben so.« Roach machte eine heftige Bewegung mit seinem Stock, und Mould und die anderen Männer stellten sich auf der vollen Breite des Flurs nebeneinander und zogen Pistolen aus ihren Jacken.

»Auch wenn sie uns in Siebe verwandeln«, flüsterte Miss Tock Lily zu, »aber wir retten euch, wenn wir kö...«

RATA-TATA-TATA-TATA-TATA-TATA-TAT-TAT!

Die Männer ließen eine Gewehrsalve los. Ihre Kugeln prallten an den Mechanern ab und blieben in den Wänden und der Holzverkleidung des Korridors stecken. Dann füllte sich der Raum mit beißendem Rauch, und die Schüsse hörten auf.

Es folgte eine unheimliche Stille, und Lily hört das Klicken von Waffen, die nachgeladen wurden.

»Wir müssen hier raus!«, schrie Robert. »Gibt es noch einen anderen Ausgang?«

Papa schlug sich mir der Hand an die Stirn. »Ja, gibt es: einen Geheimgang! Ich hatte ihn für den Fall eines Angriffs angelegt, als wir noch hier wohnten. Eine dieser Wandleuchten ist der Öffner.« Er taumelte den Gang entlang und versuchte, die Metallstangen der elektrischen Lampen eine nach der anderen herunterzudrücken. »Davon ist es keine. Wir müssen alle ausprobieren.«

Wieder wurde gefeuert. Die Kugeln explodierten mit lautem Knallen auf Metall und Holz.

Robert und Lily duckten sich und rannten den Gang entlang. Dabei streckten sie den Arm nach jeder Lampenhalterung und versuchten sie herunterzudrücken.

»Hier ist er!«, schrie John. Er blieb neben einer Lampe in der Mitte stehen, deren Halterung geringfügig blasser war. Er griff nach oben.

Es knarrte wie ein mechanisches Getriebe, das in Bewegung kommt, und ein Holzbrett in der Wand schob sich zur Seite und gab einen schmalen dunkeln Tunnel frei.

»Rein da, schnell«, sagte Papa, und Lily und Robert kletterten hinein. Papa winkte die Mechanerwand heran. »Kommt, Freunde, beeilt euch!«

Mrs Rust schüttelte den Kopf. »Geh du, John, bring die Kinder in Sicherheit. Wir halten die Männer auf und kommen nach, sobald wir können.«

Papa nickte. »Danke, Rusty.« Er kletterte in den Tunnel zu Lily und Robert und zog die Holzverkleidung wieder zurück vor die Öffnung.

Als sich die drei vorankämpften, dröhnte der Kampf zwischen den Männern und Mechanern durch die Wand und hallte im dunklen Tunnel wider. Papa konnte kaum laufen und musste alle paar Meter stehen bleiben und ausruhen. Nach fünfzig Schritten erreichten sie ein paar Stufen, die in die Dunkelheit führten. Oben angelangt, zog Papa einen Hebel in der Wand und eine weitere Türplatte glitt zur Seite und stürzte sie in nebeliges Nachmittagslicht.

Sie stiegen aus einer Öffnung, die hinter einem Steinbogen versteckt lag, und Robert sah, dass sie hinter einem Zierpavillon am Ende des Gartens standen, auf dessen Dach langsam der Schnee schmolz.

Ein vereister Pfad, der mit raureifbedeckten Büschen, die als springende Fische zugeschnitten waren, gesäumt war, führte zum Haus zurück. In die andere Richtung ging ein schmaler Steg hinaus zum Fluss.

Das Luftschiff von Roach und Mould, die *Behemoth*, war an der Anlegestelle festgemacht.

Der Zeppelin wippte auf und ab und warf einen torpedoförmigen Schatten auf das stark befahrene Wasser der Themse. Die mit Stacheln bewehrte Gondel schwebte einige Meter über dem Ponton, der hintere Laderaum stand offen.

»Wir nehmen das Luftschiff«, sagte Lily. Sie griff sich Papas und Roberts Hand, und sie rannten über den Steg zur *Behemoth*.

»Sollen wir auf Mrs Rust und die anderen warten?«, fragte sie, als sie in den Laderaum kletterten.

»Nicht nötig.« Professor Silverfish trat hinter einem Stück Motorgehäuse hervor. »Die Männer werden sich um sie kümmern.«

Hinter seinem Rücken zog er eine Waffe hervor und richtete sie auf sie. »Ich habe es dir angekündigt, John, wenn du nicht kooperierst, wird eines der Kinder verletzt.«

»Wir können darüber reden, Simon.« John hob die Hände. Sein Gesicht wirkte ruhig, doch seine Beine zitterten. »Ich verstehe – du brauchst meine Hilfe. Aber auch meine Tochter und ihr Freund. Nach allem, was passiert ist, können wir sicher noch zu einer Einigung kommen, oder?«

»Für Verhandlungen ist es jetzt zu spät«, sagte Professor Silverfish. »Ich vertraue deinen Worten und Taten nicht mehr. Diese Kinder wissen, wie ernst ich es meine, aber dich kann meiner Meinung nach nur noch eine Machtdemonstration überzeugen.«

Er richtete die Pistole auf Roberts Brust und entsicherte sie.

Lily spürte einen geradezu Übelkeit erregenden Energieschub.

Die Zeit schien sich zu verlangsamen.

Sie sah, wie sich Professor Silverfishs Finger am Abzug krümmte.

»Nein …«, schrie sie.

Und hechtete vor Robert, als sich der Schuss löste.

Ein scharfer, heißer Schmerz brannte durch Lilys Körper. Die Kugel durchschlug ihre Haut und durchlöcherte ihre Brust. Sie knirschte mit den Zähnen, als ein hohles Klingeln ertönte, und sie fühlte, wie das Geschoss an etwas Metallischem tief in ihr abprallte.

Auf die Erleichterung folgte ein Zittern, als würden Federn ihre Spannung verlieren und Zahnräder sich ineinander verhaken. In ihrem Kopf drehte sich alles und ein Schwindelgefühl erfasste sie. Ein ekliger Schmerz durchzog sie, und auf der Vorderseite ihres Kleides blühte ein roter nelkenförmiger Fleck auf, der immer größer wurde.

Sie griff sich an die Brust, presste die Hände auf die Seide. Sie klebte an ihren Rippen, warmes Blut tropfte durch ihre Finger, und sie fiel zu Boden.

Robert kniete sich neben sie und nahm ihre Hand in die seine und drückte sie sanft. Papa sank auf die Knie und warf die Arme um sie.

Lily versuchte, sich aufzusetzen, versuchte, bei ihnen zu bleiben, aber ihre Beine fühlten sich schwer an und ihre Knochen brüchig. Sie spürte ihren Willen schwinden, wie ihr Ich davonglitt. Ihr Kopf fiel nach vorn und kippte an Papas Schulter.

»Nicht sterben, Lily«, flüsterte er. »Es ist das Herz, lass dir das Herz von der Kugel nicht zerstören.«

Professor Silverfishs Augen weiteten sich. »Das Ewige Herz – es ist in ihrem Inneren. Sie hatte es die ganze Zeit – natürlich, was bin ich nur für ein Idiot!«

Tränen rannen über Roberts Wangen. Er spürte Johns Körper beben, von Schluchzern geschüttelt. »Es war in dieser entsetzlichen Nacht ...«, sagte John. »Die Nacht des Unfalls ...« Er unterbrach sich, wischte eine Träne weg und blitzte Silverfish an. »Du hast in dieser Nacht meine Welt auseinandergerissen ... meine geliebte Grace getötet. Wofür? Für den Versuch, das Ewige Herz zu stehlen ... Deinetwegen *musste* ich es behalten. Ich hatte keine Wahl – ich wusste, dass es eine von beiden würde retten können ... Und ich habe Lily dafür ausgewählt, mein einziges Kind. Ich brachte sie ins Krankenhaus, und sie operierten, pflanzten ihr das Ewige Herz ein. Es hat ihr das Leben gerettet. Und jetzt ... jetzt das ...« Er konnte nicht weitersprechen; er vergrub sein Gesicht in Lilys Haar und schluchzte.

»Und was ist mit mir?«, schrie ihn Professor Silverfish an. »Wir hatten eine Abmachung.«

»Du!« John blickte nicht einmal auf. »Du bist nicht wichtig. So wie du dich verhalten hast, verdienst du es nicht zu leben.«

Robert streichelte Lilys Finger. Sie waren noch immer mit seinen verschränkt, aber ihr Atem war flach geworden, und ihr Griff ließ nach und wurde schlaff.

Er spähte über die Schulter und sah, wie Roach und Mould durch den Garten auf sie zu rannten. Heftig keuchend stolperten sie die Laderampe hinauf.

»Wir müssen den Rückzug antreten, Professor«, nuschelte Roach auf seinen Stock gestützt. »Johns Mechaner zerstören Ihr Haus.«

»Das spielt jetzt keine Rolle mehr«, sagte Professor Silverfish, »wir haben, was wir wollen.« Er nickte Mould zu. »Mach uns für den Start fertig.« Dann wies er mit der Pistole auf Robert. »Und du, Roach, schmeiß den Jungen aus meinem Luftschiff. Den brauchen wir jetzt nicht mehr.«

»Mit Vergnügen.« Mr Roach wischte sich mit der Hand übers Gesicht und holte tief Luft. Dann packte er Robert.

»Lily!«, brüllte Robert.

Sie versuchte, den Kopf zu wenden, doch nur ihre Augen bewegten sich. Der Boden unter ihr brummte und in der Brust fühlte sie einen dumpfen Schmerz. Sie sah zu, wie Roach Robert an den Armen bis zum Ende der Laderampe schleifte und ihn hinauswarf. Neben ihr war eine weitere Gestalt, aber sie konnte das Gesicht dazu nicht erkennen, es war voller Schatten. »Papa, bist du das?«, fragte sie und versuchte, ihn durch das trübe Licht blinzelnd zu erkennen. »Du bist noch da. Versprich mir, mich diesmal nicht allein zu lassen.«

Er nickte. »Ich verspreche es. Es tut mir so leid, mein Liebes, es tut mir alles so furchtbar leid. Es tut mir leid, dass ich dir nie die Wahrheit über dich gesagt habe. Darüber, was passiert ist. Ich hatte solche Angst. Angst, dass du dich schuldig fühlen könntest. Angst, dass du mich nicht mehr lieben würdest, wenn du erfährst, was ich getan habe. Angst, weil du so schwach warst und dass dich der Schock über all diese Dinge schwächen würde.« Er strich ihr leicht über das Gesicht. »Aber am meisten hatte ich Angst, ich würde dich an die Wahrheit verlieren: dass ich Mama, dass ich meine Arbeit, dass ich alles geopfert hatte für dich.«

Lily schüttelte den Kopf. »Das ist jetzt nicht mehr wichtig, Papa. Ehrlich nicht. Du hast mich nicht verloren. Ich bin hier.« Sie wollte noch etwas sagen, aber die Worte trockneten auf ihren Lippen. Wie ein verkalktes Stück Schwermetall wurde jeder Atemzug aus ihrer Brust gedrückt. Sie schluckte einen Kloß im Hals.

»Das Ewige Herz. Es ... Es hört bald zu schlagen auf. Ich kann es spüren.«

»Sag das nicht. Es ist noch nicht Zeit für dich.« Papa strich ihr eine schweißnasse Strähne von der Stirn.

Sie drückte seine Hand. »Ich muss jetzt gehen«, sagte sie.

»Nicht, Lily, nicht.« Papas Stimme zitterte. »Bitte bleib. Nicht noch einmal. Verzeih mir, alles, was ich getan habe.« Seine braunen Augen waren ganz nah und blinzelten glitzernde Tränen weg. Mit der geballten Faust drückte er fest gegen ihre Brust.

Lily lächelte zu ihm auf. Seine Worte und Gesten fühlten sich so fern an, wie etwas, das weit weg geschah. Der Schmerz hatte sie inzwischen ganz eingenommen. Das Ewige Herz unter ihren Rippen zitterte noch einmal, und sie öffnete den Mund für einen letzten Atemzug ...

KAPITEL 21

Malkin raste den Berg hinab und wich den vielen Fußgängern aus, die sich, in ihre dicken Schals und Mäntel eingepackt, auf dem Gehweg entlangdrängelten. Um ihn herum brüllten fliegende Händler und Schrott- und Lumpensammler aus jeder Ecke und jedem Winkel der Straße, um Zeitungen, Handschuhe, geröstete Maronen und Maschinenteile zu verkaufen. Er zog an ihnen vorbei und schlängelte sich im Slalom zwischen ihren Beinen hindurch.

Zwischen zwei Gebäuden sprang er in eine Gasse und kam hinter einer Reihe von Plumpsklos und einem kleinen schmuddeligen Hof wieder heraus, in dem sich der Müll hochstapelte.

Zwei Metzgersjungen, die mit blutigen Schürzen und hochgekrempelten Ärmeln in einem mit Sägespänen bestäubten Hauseingang schwatzten, sahen kurz auf, als er vorbeischoss.

Malkin sprang über einen Teich aus gefrorenem Wasser, schnappte nach ein paar zankenden Tauben und raste weiter über die rissigen, unebenen Pflastersteine der Seitengassen Londons.

Langsam näherte er sich Annas Anlegestelle am Counter's Creek, das konnte er fühlen. Dann endlich, als er einen Häuserblock erreichte, den er wiedererkannte, erspähte er die *Ladybird*, die über der ausgebrannten Ruine eines Hauses wippte.

Er flitzte durch die Latten eines Zaunes auf ein von Unkraut überwuchertes leeres Grundstück und rannte weiter, wobei er über Schindel- und Ziegelsteinstapel springen musste, die mit weißem Frost gesprenkelt waren.

Er kam an dem verbogenen Metallrahmen eines gestrandeten Luftschiffs vorbei und an den halb fertigen zerfallenden Mauern einer nicht zu Ende gebauten Lagerhalle, dann hechtete er über einen Haufen zerbrochener Kisten. Schließlich kam er zu einer Reihe hölzerner Anlegepfosten, die am Fluss am anderen Ende des Grundstücks lagen.

Die *Ladybird* war an einem Eisenring angebunden, der am Boden befestigt war. Ihre Leiter schwang vor und zurück, und ihre unterste Sprosse streifte den Boden.

Malkin eilte hinüber und kläffte vor dem Eingang der *Ladybird*, bis Anna mit fingerlosen Wollhandschuhen, ihrem Hut und ihrer Fliegerbrille herausschaute. Sie blickte herunter. »Was zum Teufel ist los, Malkin?«

»Lily und Robert stecken in Schwierigkeiten«, bellte Malkin. »Sie müssen kommen.«

Sie nickte und verschwand im Inneren der Gondel, dann warf sie einen Korb an einem Seil hinunter.

»Klettere an Bord«, rief sie ihm zu. »Du kannst es mir unterwegs erklären.«

Malkin ließ seinen Schwanz hängen und schnüffelte angewidert an dem Korb. Bedeutete das etwa eine mehr von diesen verklirrten Luftreisen?

KAPITEL 22

Robert erwachte, das Gesicht in eisige Kieselsteine gedrückt. Er versuchte aufzustehen, doch seine Knie waren schwach. Sein Bauch war so abscheulich leer, dass ihm davon übel war, und alles in seinem Kopf drehte sich und er fühlte sich benommen. Der Rückstoß eines Motors hatte ihn umgeworfen.

Die *Behemoth* – sie hob ab, mit Lily an Bord! Er blickte nach oben, als sich das Luftschiff mit lautem Getöse von der Anlegestelle entfernte, seine Fahrwerke einfuhr und über den Fluss hinwegschwebte.

»Robert! Lily! John!«, brüllten Stimmen hinter ihm, die sich mit dem Klappern metallener Beine vermischten. Mrs Rust und die anderen von Johns von Kugeln durchsiebten Mechanern taumelten aus dem Geheimgang.

»Was ist geschehen?«, fragte Mrs Rust und half Robert auf die Beine.

Er schöpfte Atem, ließ Mrs Rusts Arm los und humpelte ein paar Schritte. »Lily ist an Bord des Luftschiffs. Ich denke, sie ist noch am Leben.«

Über ihren Köpfen zog ein Schatten auf, zusammen mit dem Tuckern eines Motors. Die *Ladybird* schwebte über den Schornsteinen des Hauses. Gott sei Dank! Robert spürte eine Welle der Erleichterung. Malkin hatte es geschafft – und jetzt nahte Hilfe.

Mit einem lauten Zischen senkte sich die *Ladybird* vom Himmel herab und schwankte auf sie zu. Robert schnappte nach Luft und duckte sich, und die Mechaner warfen sich zu Boden und rollten gegen die Mauern des Zierpavillons, während das Luftschiff tiefer sank, bis es über dem Garten schwebte.

Sein zusammengeflickter hölzerner Rumpf hätte fast das von Frost überzogene Dach des Hauses erwischt. Die *Ladybird* fuhr über die Steinbalustrade einer Stützmauer und schlug den Kopf eines gigantischen, kunstvoll in Form eines Fischs geschnittenen Buschs ab. Kaum einen halben Meter über dem Boden passierte sie den schneegesprenkelten Zierpavillon und ließ sich dann schmatzend auf dem gepflegten Rasen nieder. Sie machte eine Drehung, hinterließ eine matschige Bremsspur, holperte den Pfad entlang und ans Ende der Anlegestelle, wo sie schließlich mit dem Rumpf in der Themse zum Halt kam.

Ihr Motor ging stotternd aus, ihre Tür öffnete sich, und Anna und Malkin sprangen auf die eisigen Planken des Piers. Malkin hatte seine Ohren angelegt und schwankte benommen von Seite zu Seite. Es war nur ein zehnminütiger Flug gewesen, aber nach seinem Ausflug quer durch die Stadt durch all den Verkehr fühlte es sich an, als hätte er eine Stunde im Fahrgeschäft eines Vergnügungsparks verbracht. Er lief zu Robert und den Mechanern, die langsam aufstanden und sich den Dreck abklopften, und klappte vor Roberts Füßen zusammen. Als Anna ankam, hatte dieser seine Übelkeit überwunden und stand aufrecht.

Anna nahm ihre Fliegerbrille ab. »Jetzt weiß ich wieder, warum ich damit aufgehört habe zu versuchen, das Ding zu landen«, rief sie. »Die *Ladybird* ist gut im Abheben und im Herumfliegen, aber sie landet nicht gerne!« Dann sah sie Roberts Gesicht und ihr Lächeln erlosch. Sie zog ihn an sich und schloss ihn fest in ihre Arme. »Was ist denn mit dir passiert?«

Robert zuckte zusammen und griff sich an die Seite, während die Mechaner bei dem Versuch, ihre Schäden zu beheben, miteinander zwitscherten und zirpten.

»Ich wurde von dem Luftschiff geworfen.« Robert lehnte sich an Annas Schulter. »Sie haben Lily an Bord gebracht, John auch. Lily wurde angeschossen. Sie müssen uns helfen, sie zu retten.«

»Wie?«

»Wir können sie mit der *Ladybird* jagen – sie ist schneller als sie. Wir können sie aus der Luft entern. Wie Luftpiraten.«

»Das geht nicht!«, rief Anna aus. »Ich habe keinen Treibstoff.«

»Den holen wir uns da drüben.« Robert zeigte quer durch den Garten zu dem Hof auf der entgegengesetzten Seite, wo der Kohleschuppen stand.

»Beeilt euch«, rief er den Mechanern zu.

»Lauft und bringt so viel Kohle mit, wie ihr tragen könnt.«

Anna steuerte die *Ladybird* über den Fluss und nahm die Verfolgung der *Behemoth* auf. Im Maschinenraum warfen Miss Tock, Captain Springer und Mr Wingnut mit ihren großen Händen Kohlen ins Feuer und Robert half mit der Schaufel nach. Die Antriebskolben pumpten wie verrückt, und zwischen zwei Schaufeln spähte er aus dem geöffneten Seitenbullauge, um nachzusehen, ob sie ihrem Feind näher kamen.

Die *Behemoth* hatte gut zehn Minuten Vorsprung. Sie fuhr mit Volldampf voraus, aufgebläht mit Luft und ihrem Rumpf, der vor Stacheln nur so strotzte. Robert beobachtete, wie sie über den Ketten der Albert Bridge wippte. Er schloss das Bullauge, übergab den Mechanern die Verantwortung für den Motor und rannte den Gang hinunter ins Cockpit.

Anna und Mrs Rust standen am Steuerrad, der Wind blies ihnen hart ins Gesicht, doch sie hielten den Blick stur geradeaus gerichtet. Malkin streckte seinen Kopf aus der zerbrochenen Frontscheibe, er ließ die Zunge heraushängen und die Luft kräuselte durch sein Fell. Unter ihnen, auf der Südseite der Themse, zischte ein Park an ihnen vorbei. Schlepperboote, Nachtdampfschiffe und das eine oder andere Luftschiff zogen den Fluss auf und ab.

»Sie kreuzt die Chelsea Bridge und die Victoria Railway Bridge«, sagte Anna und zeigte durch das gesplitterte Glas.

Robert sah, dass sie recht hatte – die *Behemoth* hatte bereits die Spitze der nächsten Hängebrücke überquert und bahnte sich nun ihren Weg über einem schnaufenden Dampfzug auf dem Eisenbahnviadukt dahinter.

»Was denkst du, wohin fahren sie?«, fragte er.

»Wer weiß?«, sagte Anna. »Vielleicht in Richtung St. Thomas Hospital, oder möglicherweise nehmen sie die Nord-Süd-Route auf der Höhe der nächsten Flussbiegung – die würde sie aus der Stadt führen.«

»Wenn sie die nehmen«, jammerte Robert, »werden wir sie in dem ganzen Verkehr niemals wiederfinden.«

»Erst einmal müssen sie dort hinkommen.« Anna zeigte mit einer Hand auf den vor ihnen liegenden Himmel – hinter dem Fluss, nach den Häuserreihen, die sich an beiden Seiten des Ufers scharten, brauten sich schwarze Sturmwolken zusammen. »Sie müssen langsamer fahren, um das Unwetter zu umschiffen, und wenn wir an dieser Biegung hier abkürzen und durch die Stadt fahren, können wir uns an ihrer Backbordseite einhaken, bevor sie Westminster erreichen.«

Sie zog am Gashebel, schwenkte über einer Häusergruppe am Fluss ab und hielt die *Behemoth* genau vor sich auf Backbordseite.

Vor ihnen rollte der Sturm am Fluss entlang und hinter ihnen, über der Wildnis West-Londons, ging die große rote Wintersonne unter. Ihr Licht schimmerte in den Seitenspiegeln und blendete Robert, der aufstöhnte.

»Das ist gut«, sagte Anna. »Die Sonne hinter uns bedeutet, dass wir uns in ihrem toten Winkel befinden – mit ein bisschen Glück werden sie so mit dem Sturm beschäftigt sein, dass sie uns überhaupt nicht bemerken.«

Sie holten jetzt schnell auf – die *Behemoth,* die keine zwanzig Meter mehr entfernt war, hing tief im Rahmen der zerborstenen Windschutzscheibe. Robert wischte seine mit Kohlenstaub bedeckten Hände an seiner Hose ab und sah mit beklommener Miene zu, wie das andere Luftschiff im Steuerbordfenster immer näher rückte.

»Wie in aller Welt soll ich an Bord kommen?«, fragte er.

Anna klopfte ihm auf den Rücken. »Mach dir keine Sorgen, Robbie. Ich habe einen Plan. Übernehmen Sie das Ruder, Mrs Rust, und halten Sie ihre Hand am Gashebel. Robbie und ich holen ein Seil.«

»Dampfkessel und Bremshebel!«, rief die alte Mechanerin. »Übertragen Sie nicht mir die Verantwortung für diese Apparate! Ich bin noch nicht einmal Fahrrad gefahren. Malkin, übernimm du das.«

Der Fuchs spreizte die Klauen seiner Vorderpfoten. »Damit?«, fragte er. »Sie wissen doch, dass ich keine beweglichen Daumen habe!«

»Haltet einfach das Steuerrad geradeaus gerichtet, ihr beiden«, brummte Anna. »Nehmt ihren Zep ins Visier und fliegt vorsichtig. Das ist alles, worum ich bitte.«

Anna schnappte sich eine mit einer Harpune geladene Armbrust und ein Seil von einem Haken an der Rückwand der Kabine und zog Robert in den Flur hinaus.

»Zum Glück wurden wir letzte Nacht attackiert«, erklärte sie, als sie das Ende des Seils durch die Öffnung des Harpunenkopfs zog. »Ich hatte zwar eine Waffe, aber nichts, womit ich sie hätte laden können. Hätten sie nicht die Harpune in die Seite der *Ladybird* abgefeuert, hätten wir jetzt nichts zum Schießen.« Sie übergab ihm die schlaufenförmigen Enden des Seils. »Jetzt bringen wir dich an Bord des Schiffs.«

Sie drehte am Griff und warf die Kabinentür weit auf. Kalte Luft drang ins Innere, kreischte in ihren Ohren und drückte sie gegen die Wand. Weit unter ihnen schwappte das Wasser der Themse. Anna berappelte sich zuerst und begann, mit der Armbrust zu zielen; Robert bereitete die Schlaufen des Seils vor, das daran befestigt war.

Der fette silberne Zeppelin der *Behemoth* füllte jetzt die gesamte Türöffnung und schwebte auf ihrer Steuerbordseite ein klein wenig unter ihnen. Robert konnte ihren Propeller sehen, der auf halbem Weg der Wölbung des Ballons auf der Backbordseite angebracht war. Obwohl es so wirkte, als wären sie ganz nah dran, schätzte er, dass mindestens zehn Meter zwischen ihnen lagen.

»Siehst du den Propeller?«, sagte Anna und schulterte die Armbrust. »Dahinter befindet sich eine Wartungsluke, die in den Ballon führt. Von dort kannst du in die Gondel hinuntersteigen. Ich sollte mich wohl besser anstrengen, nicht die Ballonseide zu treffen!« Sie zielte rasch durch das Zielfernrohr und feuerte aus der Türöffnung auf eine Stützstrebe unter dem Propeller.

Die Harpune flog geradeaus, ihre silberne Klinge zischte durch den finsteren Horizont, während sich hinter ihr das Seil abrollte.

Mit angehaltenem Atem sahen sie dabei zu.

Die Harpune wurde langsamer und schien zu zögern, sie hing in der Luft und dann fiel sie wie ein Stein kurz vor der *Behemoth* hinab.

»Verdammt noch mal«, fluchte Anna, und sie und Robert zogen das Seil schnell wieder ein.

Es dauerte ein paar angespannte Augenblicke, bis sie die gesamte Seillänge eingeholt hatten und die Harpune wieder in Händen hielten, um damit erneut die Waffe zu laden.

Als sie über die Vauxhall Bridge flogen, geriet die *Ladybird* ins Stocken und fiel zurück. Robert blickte über seine Schulter. Mrs Rust kämpfte mit dem Steuerrad, doch wie es schien, erlangte sie bald darauf wieder die Kontrolle und sie nahmen wieder an Fahrt auf. Diesmal hielt die *Ladybird* Schritt mit der *Behemoth* und wirbelte dem größeren Luftschiff im Windschatten hinterher.

Anna richtete sich auf und zielte noch einmal. Diesmal nahm sie sich mehr Zeit, sah mit zusammengekniffenen Augen durch das Zielfernrohr und stützte ihren Körper an der Wand der Kabine ab. Sie visierte eine Stelle kurz hinter dem Propeller an, beugte ihre Knie, um das Ruckeln des Luftschiffs auszugleichen, und feuerte.

Die Harpune flog schnell und zog das Seil hinter sich her. Sie verfehlte den Propeller um Haaresbreite und durchbohrte den Seidenstoff des Zeppelins mit einem kaum hörbaren Knall.

»Verklirrt und zugedreht«, heulte Anna auf. »Sie hat den Ballon getroffen.«

Doch dann kräuselte sich das Gewebe um das Einschussloch und ein dumpfes Geräusch ließ das Seil erzittern – scheinbar hatte sich die Harpune in das Innengestell des Zeps gebohrt, unter der Ballonseide.

Anna rüttelte an dem Seil, um zu prüfen, ob es hielt und stabil war.

»Wird das Loch sie zum Absturz bringen?«, fragte Robert, der die losen Schlaufen durch einen Metallring am Boden zog und die Enden an einer Leiste an der Wand festknotete.

»Ich denke nicht«, sagte Anna. »Bei ihrer Größe ist von einer Harpune getroffen zu werden so, als würde sie von einer Schnake gestochen werden.« Aus dem Metallspind zog sie einen Stahlrahmen, der wie ein Kleiderbügel aus Metall aussah, nur mit angeschweißten Rollen und einem Geschirr.

»Was ist das?«, fragte Robert.

»Das ist eine Seilrutsche«, sagte Anna, als sie den Bügel über das straff gespannte Seil klemmte.

Robert biss sich auf die Lippen, als Anna das Geschirr und die Rollen der Rutsche überprüfte, probierte, ob sie an dem zitternden Seil entlang gleiten würden. Er fühlte einen Knoten in seinem Inneren, und als ihm klar wurde, was er da tun sollte, wurde ihm schlecht.

»Wir sollten uns beeilen«, rief Anna ihm durch den Wind zu. »Es ist so, als hätten wir einen Wal mit einer Angelleine gefangen. Wenn wir nicht schnell genug sind, wird uns ihr Schiff nach unten ziehen.«

Als sie ihn in dem Geschirr festschnallte, blickte Robert an der schwindelerregenden Strecke hinab, die zwischen den beiden Luftschiffen verlief; sein Bauch verkrampfte sich und alles in seinem Kopf schwamm. »Ich glaube nicht, dass ich das schaffe«, sagte er, »ich halte die Höhe nicht aus.«

»Blödsinn, Robbie.« Anna befestigte mehrere Sicherheitsgurte um seine Taille. »In dieser Höhe wird die Angst abstrakt.«

»Abstrakt? Wie kann sie abstrakt sein?«

»Die Reise dauert gerade einmal eine Minute. Dein Gehirn wird noch nicht einmal genügend Zeit haben, um sie zu bemerken.«

»Bis ich am Boden zerschelle oder auf dem Rumpf der *Behemoth* oder ...

Ein Jaulen unterbrach seinen Gedankengang und Malkin sprang auf seinen Schoss.

»Versuchst du etwa, ohne mich abzuhauen?«, sagte das Mechantier.

»Ich komme auch mit. Ich bin äußerst erfahren darin, aus fahrenden Luftschiffen herausgeworfen zu werden.«

»Denkst du, es ist klug«, fragte Anna, »der Seilbahn zusätzlich dein Gewicht zuzumuten?«

Malkin schnupperte. »Ich kenne Lilys Geruch. Ich werde sie schneller finden können.«

»Er hat recht«, räumte Robert ein.

»Na gut.« Anna zog die letzten Brustgurte um die beiden fest. »Oh, das hätte ich beinahe vergessen: Wenn ihr anhalten wollt, müsst ihr die Bremse ziehen – hier.« Sie griff über Roberts Kopf und tippte auf einen silbernen Hebel an dem Rahmen, der wie die Handbremse eines Fahrrads aussah. »Nachdem ihr Lily und ihren Vater gefunden habt, müsst ihr zur Fluchtkapsel der *Behemoth* gehen. Senkt sie an ihrem Seil hinunter, dann werde ich vorbeifliegen und euch an Bord holen. Oh, und das werdet ihr brauchen.« Sie nahm ihren Pilotenhelm ab, setzte ihn Robert auf, schnallte ihn sorgfältig unter seinem Kinn fest und schnippte die Fliegerbrille über seine Augen. »Bereit?«, fragte sie.

Robert nickte und salutierte halbherzig. Dann zog er den Kopf ein und drückte Malkin fest an seine Brust. Mit der anderen Hand schnappte er sich die Querstange der Seilrutsche und tippelte mit seinen Füßen zur Kante der Türschwelle.

»Jetzt gibt es kein Zurück mehr«, murmelte Malkin.

Und als Robert halb über der Tragfläche, halb über dem Fluss hing, schoss ihm einmal mehr ein Bruchstück eines Spruchs seines Dads in den Kopf: *Niemandem fällt es leicht, die Angst zu überwinden.*

Draußen stießen die gekrümmte Erdoberfläche und der sich verdunkelnde Himmel aufeinander.

»Zeit zu fliegen!«

Anna gab ihm einen mächtigen Schubs und er zischte das Seil entlang, ohne seinen Bauch überhaupt zu spüren.

KAPITEL 23

Es gab ein Davor und ein Danach.

Und das hier war das Danach.

Ein helles Licht durchflutete alles, und als es verblasste, fühlte Lily eine leere, schmerzende Stille in ihrer Brust, wo sonst das Herz schlug.

Mama stand vor Lily, sie hielt die Palisanderholzschatulle in der Hand. Sie sah genauso aus wie damals, als Lily sie zum letzten Mal gesehen hatte. »Mein Schatz«, sagte Mama und öffnete den Deckel der Schatulle. »Diese Sachen sind für dich.«

»Welche Sachen?« Lily schaute in die Schatulle. Sie war leer.

»Du hast sie schon alle«, sagte Mama.

Lily griff in ihre Tasche und war überrascht, als sie dort all die verschieden Sachen fand. Den Ring ihrer Mutter, ihre Haarlocke, das Foto und den Stein. Sie holte den Stein heraus und betrachtete das eingeschlossene goldene Tier in der Mitte.

»So wie du«, sagte Mama. »Du hast Teile von Papa und von mir in dir. Und damit meine ich nicht das Ewige Herz, sondern dein Erbe: wer du bist, deine Werte und Ideen. Alles, was du sein wirst und mehr noch. Du bist etwas ganz Besonderes, mein Tiger.«

Lily steckte das Fossil und die anderen Sachen zurück in ihre Taschen. »Aber«, fragte sie, »was ist denn vorgesehen, was soll ich tun?«

Mama lächelte und küsste Lily auf die Wange. »Geh zurück in die Welt und bring zu Ende, was du begonnen hast.«

»Aber ich weiß nicht, wie«, sagte Lily.

»Vertrau deinem Herzen. Es wird die richtigen Entscheidungen treffen.« Mama legte eine Hand auf ihre Brust, und Lily spürte, wie sie eine warme Kraft durchströmte. »Und kämpfe, Lily, kämpfe um dein Leben. Das wünsche ich mir für dich.«

Ein Windstoß fuhr zwischen sie, und Mamas Hand zog sich zurück und verschwand. Lily fühlte, wie sie in ein goldenes mosaikartiges Schneegebilde hineingesogen wurde. Es schien ihren Kopf und die Welt um sie herum völlig auszufüllen. Dann hörte sie ein Geräusch: einen beständigen, klar umrissenen, gestochen scharfen Laut ...

TICK.

TICK.

TICK.

Der Schlag des Ewigen Herzens, das kämpfte, um weiterzupumpen, gegen die Schäden ankämpfte, kämpfte, die Zahnrädchen am Laufen zu halten. Es kämpfte um ihr Le...

Leben!

Mit einem stoßartigen Keuchen und Prusten öffnete Lily die Augen, eine nebelartige Gleichförmigkeit nahm sie in Empfang. Sie konnte nichts erkennen. Keine der Silhouetten um sie herum erschien ihr vertraut, ja, sie konnte sie nicht einmal gegeneinander abgrenzen. Dann langsam wurden sie klarer.

Ihr Kopf lag in ein Kissen geschmiegt. Sie befand sich auf einer Bahre und wurde über den Korridor eines Luftschiffs gerollt. Die *Behemoth?* Papa lief gefesselt neben ihr.

»Du bist in Ordnung«, flüsterte er. »Das Perpetuum Mobile – es funktioniert noch, dem Himmel sei Dank!«

Lily nickte verstört. Sie war sich jetzt sicher, dass sich all das schon einmal abgespielt hatte. Wie ein Pünktchenmuster wirkten die Bullaugen an den Wänden. Durch ihre glitzernden Scheiben erkannte man das blaugraue Wasser der Themse, die sich durchs Zentrum schlängelnde Seele der Stadt.

»Es ist etwas Schreckliches passiert, meine Liebe«, sagte Professor Silverfish, der neben ihr herging und ihr die Sicht versperrte. »Ich habe dir ins Herz geschossen. In das wertvolle Ewige Herz. Doch die gute Nachricht ist, dass es noch immer funktioniert. Du bist noch am Leben. Und jetzt werde ich dir dein Herz herausnehmen und es an Stelle von diesem hier einsetzen.« Er klopfte an das Gerät an seiner Brust. »Nach all dem brauche ich jetzt die bessere Ersatzversion. Professor Silverfish lachte. »Na, wie klingt das?«

Schläfrig fragte Lily sich, ob sie wegrennen könnte, aber dann wurde ihr klar, dass sie noch nicht einmal aufrecht stand. Dunkle Gestalten tauchten auf, um ihre Profile leuchtete eine Art Heiligenschein – oder war das die untergehende Sonne, die in den Bullaugen hinter ihnen aufschien?

Noch bevor sie das entscheiden konnte, griffen deren Hände nach unten und hoben sie von der Bahre über eine Schwelle in die Dunkelheit.

Schwaden grauer und rosafarbener Wolken strömten an Robert vorbei. Er hielt Malkin fest an seine Brust gedrückt, als er auf sein Ziel zujagte und in den Schatten der *Behemoth* raste. Weit vorne zeichnete sich der gasgefüllte Körper ab. Das Seil hatte sich viel zu nah in Richtung Propeller gedreht. Das Herz klopfte ihm bis zum Hals, Robert griff nach dem Bremshebel und drückte fest zu.

Die Bremsen kreischten, aber sie blockierten nicht.

Sekunden vor dem Aufprall pumpte Robert sie noch einmal auf.

Das Seil wurde eingeklemmt, es roch verbrannt, und eine Handbreit vom rotierenden Propeller entfernt kam er zum Stehen.

WUUUHM WUUUHM, WUUUHM WUUHM.

Die scharfen Propellerblätter säbelten nur wenige Zentimeter vor seinem Kopf vorbei.

Malkin winselte leise, als Robert tief nach Luft schnappte und sich eine Metall-Wartungsleiter zu krallen versuchte. Seine Finger streiften das vereiste Metallgestänge nur. Wenn er sich doch nur ein bisschen weiter strecken könnte ...

Eine Windböe trieb ihn zur Seite, doch er schaffte es, sich die Leiter zu schnappen. Er klemmte einen Enterhaken an den Rahmen, kletterte hinüber und schlang einen Ellbogen über die Verstrebung des Propellers, gerade als der Sturm schließlich losschlug.

Ein Trommelfeuer von Regentropfen prasselte auf seinen Kopf und seine Jacke und prallte vom Metallgehäuse des Motors und den sich drehenden Propellerblättern ab. Robert tastete in seiner Jackentasche unter dem Häufchen Fuchs nach seinem Taschenmesser. Er schnitt das Verbindungsseil ab, und mit dem Geräusch einer in der Luft knallenden Peitsche fiel es in den grauen Abgrund.

Unter dem Zischen der Rotationsblätter und dem Geprassel des Regens hatte er den Eindruck, als könnte er das Geknatter der Motoren der *Ladybird* ausmachen. Er blickte rasch über die Schulter und entdeckte sie in Windrichtung, wie sie abdrehte. Durch die zerbrochene Windschutzscheibe schien ihm jemand zuzuwinken.

Robert nahm einen tiefen Atemzug und zog sich auf die schmale Wartungsplattform zwischen dem Propeller und der Seitenwand des Zeppelins. Anna hatte recht, da gab es eine Einstiegsluke direkt in den Ballon hinein. Als er sie erreicht hatte, war er bis auf die Knochen nass.

Robert nahm den Griff in der Mitte der Luke und zog. Die Tür klapperte lose, aber eine Ecke klemmte. Er stützte sich mit seinen gefrorenen Fingern darauf, der eisige Wind stach ihm ins Gesicht und der Regen hämmerte gegen seinen Körper. Eingerollt in seiner tropfnassen Fliegerjacke drückte Malkin sich an seine Brust. Er zitterte vor Kälte.

Schließlich ging die Luke auf.

Robert kletterte durch die Öffnung und glitt an einem schmalen Metallpfosten hinunter ins Innere des Ballons.

Lily erwachte in einem sauberen und luftigen gewölbten Raum im Inneren des Zeppelins. Sie war auf einen kalten Metalltisch geschnallt. Über ihr an der verzinnten Decke hing eine Reihe von Kugellampen.

Professor Silverfish rückte ins Blickfeld, er prüfte ein Tablett mit medizinischem Besteck auf einem Beistelltisch. Eine Baumwollmaske hing um seinen Hals. Er nahm eine Kanüle, die er ihr in die Brust steckte. Lily spürte einen stechenden Schmerz und dann den Druck einer Spritze und wieder verschwammen alle Formen. Sie knirschte mit den Zähnen. Eine quälende schwarze Müdigkeit durchströmte sie, aber sie wollte sich nicht geschlagen geben. Sie wollte um jeden Preis wach bleiben, Mamas Worte im Ohr: *Kämpfe, Lily*, kämpfe um dein Leben. Das wünsche ich mir für dich!

Das Ewige Herz fing sich wieder, reagierte auf ihren Willen, und sie fühlte seinen Schlag stärker in ihren Ohren. Mit größter

Anstrengung hob Lily den Kopf. Sie sah Papa, der an ein Rohr an der Wand hinter Professor Silverfish gefesselt war. Sie starrte wirr auf die beiden; es war, als würden ihre Silhouetten in eins gehen. »Seid ihr zu zweit?«, fragte sie. »Ich kann euch nicht richtig unterscheiden.«

»Was hast du ihr gespritzt?«, fragte Papa.

Lily konnte ihn hören, aber als wären seine Worte in Watte gepackt. Sie konnte sie nicht richtig auseinanderhalten ... es aufwecken ... aufwachen.

Professor Silverfish nahm eine Knochensäge und testete sie mit dem Daumen. »Nur ein kleines Sedativum, damit die Operation leichter wird.«

»Operieren?«, schrie Papa. »In einem fahrenden Luftschiff? Das ist Wahnsinn!«

Professor Silverfish lachte. »Nicht wirklich. Wenn wir landen, stehen Chirurgen bereit, die mir das Herz unmittelbar implantieren. Diesen Teil hier auszuführen, wäre viel zu riskant. Aber Lily zu töten und das Ewige Herz herauszunehmen, das ist der leichte Part. Und dürfte ziemlich Spaß machen.« Er schritt zur Bahre hinüber.

»Überleg dir, was du da tust«, sagte Papa. »Du bist ihr Pate.«

Professor Silverfishs Lippen verzogen sich zu einem verächtlichen Grinsen. »Und sie hat mein Herz bekommen.«

»Er darf dich nicht zum Einschlafen bringen, Lil!«, schrie Papa. »Ich bring dich hier raus, versprochen!«

Professor Silverfish lachte. »Du, mein Lieber, bist derjenige, der sie in diese Lage gebracht hat. Du hättest mir mein Herz gleich geben sollen, dann hätte sie nie den Unfall gehabt. Zwei Ratschläge: Begleiche immer deine Schulden und lass die Toten ruhen.«

Lily versuchte, sich wieder zu fangen, sie rüttelte mit den Armen und drehte ihre Hände. Ihre Fesseln waren ein wenig locker, das Leder gab etwas nach – sie müsste sich nur strecken, um das Messer auf dem Tisch zu bekommen, dann könnte sie die Schläuche an Silverfishs mechanischem Herz durchschneiden, wenn er sich über sie beugte.

Professor Silverfish wandte sich wieder zu ihr und sah, was sie versucht hatte. Er schob das Tablett mit den Instrumenten von ihr weg und stellte es auf einen Tisch in der Nähe. Dann zog er ihre Fesseln enger, sodass sie fester in ihre Handgelenke schnitten.

»Was hast du vor?«, fragte er. »Meine Metalladern kappen?«

Lily wandte sich ab und biss die Zähne zusammen, das Blut pulsierte ihr in den Ohren.

»Hab ich mir fast gedacht«, sagte der Professor. »Das Mittel, das wir dir gegeben haben, scheint nicht gewirkt zu haben. Nun, das macht nichts, es dürfte ohnehin deutlich interessanter sein, gleich so zu operieren. Meinst du nicht auch? Du bist ein wissbegieriges Kind. Ich bin sicher, dass du gern mal sehen würdest, wie das Ewige Herz in deinem Inneren arbeitet. Falls du durchhältst, will sagen, sobald ich deinen Brustkorb geöffnet habe. Ich habe gehört, der Schmerz soll recht gewaltig sein. Was meinst du? Kannst du dich noch an das erste Mal erinnern?«

Lily schüttelte den Kopf und versuchte damit zugleich ihre Benommenheit abzuschütteln. Dann spuckte sie ihn an.

Professor Silverfish wischte sich über das Gesicht. »Na, na, meine Liebe. Du bist ziemlich unhöflich.« Er wandte sich an Papa. »Hat Miss Scrimshaw in ihrer renommierten Anstalt deiner Tochter nichts beigebracht?«

»Tu das nicht, ich flehe dich an«, keuchte Papa.

»Dafür ist es jetzt zu spät«, erklärte Professor Silverfish. »Du hättest unsere Vereinbarung vor sieben Jahren nicht brechen sollen und dich davonmachen mit dem, was mir gehört.«

»Ich wollte es nicht einsetzen«, sagte Papa. »Ich wollte es zerstören, aber als du meine Familie angegriffen hast, Grace getötet und auch Lily beinahe, da hatte ich keine Wahl mehr. Dir hätte ich das Maschinenherz niemals gegeben. Niemals. Und nichts, was du je vorgebracht hättest, hätte mich umstimmen können. Denn ich habe bald erkannt, was du bist: ein teuflischer Mensch. Früher hast du den Menschen geholfen, ja, mit Kleinigkeiten, aber das war nie den Handel wert, denn du hast sie für deine Zwecke missbraucht. Nicht einmal bei den Soldaten, denen du geholfen hast, als wir zusammenarbeiteten. Du hast ihre Dankbarkeit ausgenutzt, ihre Bereitschaft, für dich zu arbeiten, um mit ihnen deine eigene mörderische Armee aufzubauen. Wenn das Einzige, worum du dich wirklich scherst, dein Leben ist, und du mit deinen Freunden schacherst und die Menschen, die sie lieben, umbringst, um dich selbst zu retten, dann würde ich mal sagen, lag ich absolut richtig – dein Leben ist es nicht wert, gerettet zu werden.«

Professor Silverfish lachte. »Und wer bist *du*, dass du entscheiden könntest, ob mein Leben erhaltenswert ist oder nicht? Es ist nicht an dir, das zu entscheiden, John. Nein, und auch sonst niemand, der Stärkste überlebt – und auch wenn ich körperlich vielleicht nicht der Stärkste bin, mental bin ich stark. Vielleicht hast du gedacht, ich würde nicht lang genug leben, um dafür zu sorgen, dass du deine Entscheidung bereust, aber wie du siehst, lagst du falsch: Das Leben kämpft sich durch. Und jetzt ist es an der Zeit, dass du den Preis bezahlst für den Bruch unserer Vereinbarung – mit dem Leben deiner Tochter.«

Professor Silverfish packte Lilys Nacken mit seinen starken Händen. »Ein Gutes hat all das, was passiert ist, meine Liebe: Du hast für mich den Sicherheitstest dieser Maschine gemacht. Indem du sieben Jahre lang damit gelebt hast, ist der Beweis erbracht, dass es funktioniert. Und schau mal, wie gut du das gemacht hast – du hast überlebt.« Er streichelte ihr Gesicht. »Ein richtiges kleines Perpetuum-mobile-Kindchen. Du hast den Tod zweimal ausgetrickst. Dank meines Ewigen Herzens bist du praktisch unsterblich. Doch jetzt wirst du gleich sterben. Wie fühlt sich das an?«

Durch ihr wirres, trübes Bewusstsein hindurch blinzelte Lily Professor Silverfish an. »Niemand ist unsterblich«, murmelte sie. »Jeder stirbt. Warum tun Sie das dann?«

»Jeder, nur der Besitzer des Ewigen Herzens nicht«, stellte Professor Silverfish richtig. »Für diese Maschine, für die ich bei der Bestellung Tausende investiert habe und noch viel mehr Geld und Jahre, um sie zu suchen. Weißt du eigentlich, was ich alles unternommen habe, um sie zu finden? Ich habe sämtliche Immobilien und Besitztümer deines Vaters aufgekauft, jedes einzelne seiner Papiere studiert. Habe bezahlt dafür, dass er aufgespürt, gefunden und zu mir gebracht wurde. Das alles hat mich fast ruiniert. Aber es war es wert, denn ich wusste, wenn ich das Maschinenherz in Händen hätte, würde ich nach einer einfachen Operation ewig leben ...«

Das Gekichere des Professors verwandelte sich in ein keuchendes Husten, das er unterdrückte. Er legte Tücher rund um Lilys Brust und nahm ein chirurgisches Messer. Lily machte sich auf den Schmerz gefasst, als er sich bereit machte, den ersten Schnitt zu setzen.

KAPITEL 24

Robert rappelte sich auf und sah sich um. Er stand auf einer schmalen Laufplanke, die im Inneren des Ballons entlangführte. Er knöpfte das nasse Geschirr, dann seine Jacke auf und befreite Malkin, der auf seinen vier Pfoten aufkam und gleich seine Schnauze auf das Metallgitter der Laufplanke presste, um Lilys Geruch zu erschnuppern.

Als sich Roberts Augen an das schummrige Licht gewöhnt hatten, konnte er mehr Einzelheiten sehen. Metallträger erstreckten sich im Inneren des Zeppelins, um die seidene Haut an Ort und Stelle zu halten; ihre gerippten Streben überkreuzten sich gegenseitig, was zu einem gigantischen geometrischen Rahmen führte, wie ein riesiges, festes Spinnennetz, das an beiden Enden spitz zulief. In dem großen Raum in der Mitte schwebten mit Gas gefüllte Säcke über Öl- und Treibstofftanks und an mehreren Streben hingen prall mit Wasser gefüllte Ledersäcke.

Robert und Malkin gingen die Laufplanke entlang. Ein kleines Stück entfernt auf Steuerbordseite ragte eine Plattform in den

Raum, dort, wo eine Wendeltreppe zu einer Luke im Boden führte. Darunter lagen, wie Robert annahm, die Gondel und die Fahrgasträume.

Malkin erreichte die Plattform zuerst und schoss die Treppe hinunter; Robert humpelte hinterher, es fiel ihm schwer, Schritt zu halten, hinter sich zog er eine Spur aus Wasser her. Als er nach dem metallenen Treppengeländer griff, hörte er, wie der Fuchs von unten ein ersticktes Bellen ausstieß.

»Malkin?«, rief Robert. Er wartete. Aber da war nur Stille.

Dann, schwere Schritte – zwei Paar Stiefel und das Tapp-Tapp-Tapp eines Gehstocks. Und plötzlich tauchten Roach und Mould auf.

Malkin wandte sich in Moulds Armen, doch Moulds wulstige Finger waren um seinen Kiefer gelegt, um ihn am Schnappen zu hindern, und sein kräftiger Arm war um Malkins Mitte geschlungen. Er trat einen Schritt nach vorn und machte sich so breit wie möglich, um die Laufplanke zu versperren, damit Robert nicht vorbeikam.

Roachs Spiegelaugen schimmerten leer in ihren Höhlen. »Wir haben dich herumkraxeln hören, Junge. Na, willst du noch eine Tracht? Bist du zurück, um deine Freunde zu retten? Man könnte meinen, du wärst derjenige mit dem Metallherzen.« Er schlurfte vor Mould, drehte langsam den Totenkopfknauf von seinem Gehstock und zog einen Degen aus der lackierten Scheide.

Robert taumelte zurück. Er zog sein Taschenmesser aus seiner Tasche und klappte die längste Klinge aus, um sie energisch auf Roach und Mould zu richten.

Mould lachte. »Ist das alles, was du zu bieten hast?«

Roach ließ seinen Degen durch die Luft sausen, und seine verspiegelten Augen folgten der Spitze, die an Roberts Nase vorbeizischte.

Robert stolperte auf der Laufplanke zurück, seine Augen suchten nach einem Fluchtweg. Er griff hinter sich, nach einer Waffe, nach irgendetwas, das er gegen sie einsetzen könnte. Und dann fühlte er die Seile.

Sie liefen durch reihenweise Ösen an der Oberfläche der Rippen des Zeppelins. Er blickte daran hinunter und sah, dass sie allesamt in der spitz zulaufenden Dunkelheit des Schwanzes verschwanden.

Natürlich: *Lenkseile!* Davon hatte ihm Anna an seinem ersten Tag auf der *Ladybird* erzählt – wie sie die Lenksäule mit dem hinteren Ruder verbanden.

Er erinnerte sich an ihre Worte:

Wenn eines von ihnen reißt, kommt das ganze Luftschiff vom Kurs ab.

Das war es! Er griff nach einem Lederriemen, der von einem der Wassersäcke herabbaumelte, um das Gleichgewicht zu halten, und stach mit seinem Taschenmesser mit voller Wucht auf das mittlere Lenkseil ein.

Die Klinge des Messers prallte ab. Mehr konnte er mit ihr nicht ausrichten. Als er sich das Lenkseil ansah, wurde ihm klar, dass sein Versuch kaum eine Spur hinterlassen hatte. Er probierte es erneut, stach mit noch mehr Kraft zu, doch die Fasern waren fest miteinander verdreht.

»Hör mit dem verfluchten Gezappel auf, Uhrmacherlehrling!« Mr Roach zielte mit seinem Degen auf Roberts Brust.

Robert schreckte zurück und wich zur Seite aus. Der Degen verfehlte seine Brust und die Seidenhaut des Luftschiffs um Haaresbreite und streifte den Metallrahmen hinter ihm.

Das war es: Roach würde die Seile für ihn durchschneiden!

Er festigte seinen Griff um den Lederriemen und löste seine Füße vom Boden, sodass sein gesamtes Gewicht an seinen Armen hing.

»Zeit zu sterben.« Roach ließ seinen Degen durch die Luft sausen.

Robert starrte in seine Silberaugen und sah sein eigenes, mitgenommenes, verzweifeltes Spiegelbild. »Na los«, sagte er, »geben Sie Ihr Bestes.«

Roach grinste wie ein Haifisch und hieb mit seinem Degen auf Roberts Kopf.

Robert, der an dem Riemen hing, duckte sich zur Seite; der Degen zischte an ihm vorbei. Er verpasste sein Ohr um wenige Zentimeter, schnitt in die Seile und blieb in der Metallstrebe stecken.

Ein schreckliches Stöhnen vibrierte durch die beschädigten Seile, als sich die Fäden in ihrem Inneren lockerten und rissen. Mr Roach fluchte und versuchte, seine Klinge zu befreien, doch sie bewegte sich nicht.

Als die Laufplanke zu zittern begann, drückte sich Robert eng an die Wand.

Mould, der noch immer Malkin festhielt, sah sich misstrauisch um.

»Was zur ...«

RATSCH! Das Seil riss, streifte Roachs Wange und schnitt durch Moulds Spiegelblick, bevor es wie wild ans andere Ende des Ballons schwang. Mould stieß einen Schrei aus und ließ Malkin fallen. Roach zog noch immer am Griff seines Degens und fasste sich gerade an sein blutendes Gesicht, als das

Schiff mit einem ohrenbetäubenden Ächzen in die Luft wirbelte.

Robert hielt Malkin am Genick fest, als dieser an ihm vorbeipurzelte, und riss ihn an seine Brust.

Die Seite des Ballons wurde von dem freischwingenden Seil aufgerissen, dass wie ein Messer durch den Seidenstoff schnitt und aus dem hinteren Teil des Luftschiffs peitschte. Es wand sich wie eine Schlange im Wind, wickelte sich um das Steuerruder und blockierte es, sodass sie nach Steuerbord drehten.

Robert hörte das Läuten einer Glocke und sah durch das Seidengewebe am Bug einen schemenhaften Umriss – es handelte sich um einen Turm, der da auf sie zukam, ein Turm mit einer mondrunden Uhr an jeder Seite.

Er klammerte sich an seinen Riemen und presste Malkin an sich. »Beiß fest auf etwas drauf«, sagte er zu dem Mechantier. »Ich denke, wir werden kollidieren.«

Die Spitze des Messers berührte das Narbengeflecht auf Lilys Brust. Ihre Augen füllten sich mit Tränen, und sie biss die Zähne zusammen. Plötzlich gab es einen Ruck und ein irrsinniges Kreischen – das klang, als würde man mit tausend Gabeln über eine Tafel kratzen. Es stammte nicht von dem Messer oder aus ihrer Brust, sondern vom Zeppelinballon über ihnen.

Professor Silverfish trat einen Schritt zurück und blickte über seine Schulter. Lily ließ die Luft ausströmen, von der sie gar nicht bemerkt hatte, dass sie sie angehalten hatte.

Vor dem Bullauge ragte ein helles Ziffernblatt mit römischen Zahlen bedrohlich auf. Sie würden gleich mit Big Ben zusammenstoßen!

Die Schnauze der *Behemoth* bäumte sich abrupt auf und das Ziffernblatt verschwand. Mit lautem Krachen raste das Luftschiff in das Dach des Turms. Die Bullaugen zerbarsten, und Glas und graue Dachschindeln regneten durch die Löcher ins Innere und zersprangen an den Wänden und am Boden.

Lily klammerte sich am Bettrahmen fest, als der Raum erbebte. Die ganze Welt neigte sich zur Seite; Lampen, Schalen und Werkzeuge fielen von den Tischen und krachten auf den Boden.

Professor Silverfish ließ sein Messer los und krallte sich an einem Fensterrahmen fest. Schmutz und Schutt prallten gegen den wild tickenden Apparat auf seiner Brust.

Mit einem mordsmäßigen Knirschen kam das Schiff schließlich stockend zum Stillstand, seine Schnauze tief im steilen Dach des Glockenturms vergraben.

Der Aufprall schien die Riemen um Lily gelockert zu haben. Sie setzte sich auf und fiel fast von dem Tisch, schaffte es jedoch, sich festzuhalten und sah sich nach Papa um. An dem Seil festgebunden, trat er um sich – noch immer war er mit seinen Handgelenken an ein Rohr gefesselt und schwebte durch die Luft, an seinen ausgestreckten Armen baumelte er nun von der Decke. Lily dachte, sie könnte ihm vielleicht helfen, wenn sie näher an ihn herankäme.

Sie riss die Riemen los; die rauen Kanten des Leders brannten auf ihrer Haut, als sie sich freikämpfte. Dann rutschte sie von dem Tisch und stampfte über den geneigten Boden.

Langsam und unter Schmerzen griff sie nach oben, um die Fesseln um Papas Fußgelenke zu lösen. Alles war verschwommen. War sie noch immer von der Schussverletzung benommen, oder von dem Betäubungsmittel des Professors? Der ganze Rauch ließ sie husten und röcheln. Da wurde ihr mit einem Mal klar: *Es brannte!*

Plötzlich schlug ihr etwas in den Rücken und brachte sie aus dem Gleichgewicht. Es war Professor Silverfish, der sich auf sie stürzte. Er packte sie an der Taille und zog sie auf ein zerbrochenes Glasbullauge zu. Sie hatte kaum Zeit, gegen ihn anzukämpfen, bevor er sie hinausschob – und sie mit einem dumpfen Schlag auf dem steilen Dach von Big Ben landeten.

Mit einem trommelfellberstenden Knall stach die speerscharfe Spitze von Big Ben in die Vorderseite des Ballons und die Luft strömte mit einem Zischen hinein. Es hörte sich an, als würde der Zeppelin Luft holen.

Dann stieß die Turmspitze weiter durch das Spinnennetz aus Metallträgern und durchstach den ersten mit Gas gefüllten Sack.

KAWUMM! Eine gigantische Explosion richtete die gesamte Länge der Gangway übel zu und schleuderte brennendes Öl und Treibstoff aus den Tanks, als sich das Schiff zur Seite neigte.

Robert hing an seinem wackelnden Riemen, zog den Kopf ein und beugte sich schützend über Malkin, dann legte er seine pitschnasse Jacke um sie beide, um sie von dem Feuer zu schützen.

Mould brannte bereits lichterloh, seine Augen schmolzen in ihren Höhen wie Quecksilbertränen. Panisch streckte er seinen Arm aus und packte Roach am Rockzipfel. Roach wehrte sich heftig, versuchte ihn wegzustoßen, doch seine dünnen Finger verloren ihren Halt am Griff des festsitzenden Degens. Die halb verbrannten Kreaturen stürzten nach hinten, fielen polternd die Gangway hinunter und schlitterten auf den klaffenden Riss in der glimmenden Ballonseide des auf den Kopf gedrehten Schiffs zu.

»Halt dich an etwas fest, Roach«, kreischte Mould, der sich an seinem Begleiter festklammerte.

»Lass los, du Dummkopf!«, schrie Roach. »Du bist zu schwer, du wirst uns beide in den Abgrund reißen.«

Er schlug mit seinen Armen um sich und suchte blind nach einem Sicherheitsgeländer oder einer Stahlrippe. Aber das Metall war zu heiß, er konnte sich nicht daran festhalten und das in Flammen stehende Paar fiel durch die Öffnung und wurde mit einem Glas- und Staubregen nach unten gezogen. Ihre Schreie hallten durch den Rauch aus dem Schlund.

Robert klammerte sich an Malkin und an seinen Riemen fest. Seine Brust zitterte vor Schmerz, und Angst floss in Form von Schweißperlen an ihm herab. Aufgrund der immensen Hitze waren seine nassen Kleider fast schon wieder trocken. Brennende Metallteile fielen hinunter. Er deckte seine Augen schützend ab und sah sich um.

Das rußgeschwärzte Gerippe des Luftschiffs brach in sich zusammen. Luft, heiß wie im Ofen, strahlte ab und leckte mit flammenden Zungen nach seinem Gesicht.

Das war nicht das Ende, es war noch nicht vorbei. Er würde es nicht zulassen, dass sie ihn erledigten wie seinen Dad.

Etwas tropfte auf seine Nase. Er sah nach oben. Über ihm hing ein großer Sack mit Ballastwasser. Natürlich. Er streckte sein Messer danach aus und schlitzte die Seite auf. Schon ergoss sich das kühle Nass über ihn und Malkin und durchweichte sie abermals, sodass sie, als sie die Gangway entlangtaumelten, die Flammen löschten.

Mit dem Fuchs vor seiner Brust schaukelte Robert vor und zurück und bekam ein anderes glitschiges Rohr zu fassen. Dem Pfad der gelöschten Flammen folgend, schafften sie es zu der Wendeltreppe. Sie war leicht geneigt, doch Robert gelang es, die Treppen hinunterzusteigen. Unten angelangt, riss er die Bodenluke auf und taumelte in die Gondel.

Gemeinsam rutschten sie den steilen Boden des Korridors entlang, glitten an brennenden Einstiegsluken und Fenstern vorbei und hielten rumpelnd am Eingang des zentralen Innenraums an.

Über ihnen trat ein Paar Füße in der Luft. »Robert, Malkin!«, brüllte eine Stimme. Und als Robert aufblickte, war dort John Hartman, der, an den Handgelenken gefesselt, von der Decke hing.

Robert ließ Malkin fallen, der zu John flitzte und sachte an dessen Knöcheln nagte. Robert entdeckte eine Rollbahre und kletterte darauf. Auf den Zehenspitzen griff er mit seinem Messer nach oben und schnitt John los.

John rutschte an der Wand hinab, einem zerbrochenen Bullauge entgegen.

»Schnell!«, brüllte er. »Professor Silverfish hat Lily in den Turm geschleppt – wir müssen ihnen folgen!«

KAPITEL 25

Malkin und John ließen sich durch das zerbrochene Bullauge fallen und krochen unter dem Bauch des Luftschiffs hinaus auf das regennasse Dach des Big Ben.

Die monströse Außenhülle des Zeppelins über ihnen stand in Flammen. Sie war rasch in sich zusammengefallen und hatte sich in ein qualmendes Inferno verwandelt. Gigantische Rauchkringel zerplatzten auf ihrer Oberfläche, und die Flammen leckten die letzten Fetzen von Seide und Segeltuch auf, die sich ablösten und über den Nachthimmel trieben.

Lediglich das Metallgerüst des Luftschiffs und der Wald von Stacheln schützte sie noch vor den herunterfallenden Trümmern. Das und die Tatsache, dass der Wind das Feuer und die Flammen vom Turm wegtrieb. Die Hitze war dennoch heftig; in Wellen pulsierte sie durch Roberts Körper, bis er kaum noch klar denken konnte.

Dann erkannte er Professor Silverfish und Lily durch den Rauch, die sich auf halbem Weg das steil abfallende Dach hinunter befanden. Lily schrie und trat den Professor, doch er zog sie über die Brüstung eines balkonartigen Umlaufs. Robert, John und Malkin kletterten hinterher, als die beiden durch einen großen goldgerahmten Bogen ins Innere der Turmspitze des Big Ben verschwanden.

Sie waren gerade um eine Reihe von Dachrinnen herumgeklettert, da explodierte erneut Gas, das aus der Hülle des Zeppelins ausgetreten war; eine Feuerzunge verbrannte Roberts Wangen. Nieten lösten sich aus den heißen Metallplatten der *Behemoth* und prasselten an ihnen vorbei.

Sie drückten sich gegen die Dachfliesen, und Robert blickte nach unten. Auf dem Parlamentsplatz unter dem Turm eilten Feuerwehrleute und Polizisten zum Unglücksort.

In Roberts Kopf begann es sich beim Blick in den Abgrund zu drehen. Beinahe wäre er über die Dachkante gestolpert, doch John packte ihn am Arm und zog ihn weiter.

Sie kämpften sich durch den Regen voller Rauchschwaden und erreichten die Brüstung, wo Lily und Silverfish verschwunden waren. Sie kletterten darüber und rannten in Richtung der goldgerahmten Bögen.

Im Inneren der Turmspitze herrschte eine Gluthitze; Schweiß rann Roberts Rücken hinunter, als er, John und Malkin die Wendeltreppe hinunterhumpelten in Richtung Glockenstuhl des Turms, den widerhallenden Schritten des Professors hinterher. Mit jeder Umdrehung, die sie hinabstiegen, öffnete sich der

Raum unter der schrägen Decke weiter, und das Geräusch der riesigen Uhrwerke wurde lauter.

Sie liefen an der Krone der großen Zinn- und Kupferglocke vorbei, die Big Ben ihren Namen gegeben hatte und neben ihren vier kleineren Schwestern im Dachgewölbe hing, und erreichten ein Gerüst am Fuß des Glockenstuhls. Dort gesellte sich zu dem hallenden Ticktack das ohrenbetäubende Geräusch der Zahnräder, das von irgendwo unter ihnen heraufschallte.

Roberts Puls schlug im Takt der Myriaden von Uhrwerken. Die Geräusche erinnerten ihn an die Werkstatt seines Vaters vor dem Feuer, bevor alles stillstand – doch das hier war tausendmal lauter. Er versuchte, den Professor und Lily zu entdecken.

Hinter den Glocken füllten vier identische Ziffernblätter die Wände aus und tief unter dem Metallgerüst, auf dem sie standen, führten sternförmig vier Konstruktionen vom zentralen Zeitmesser weg, deren gewaltige Zahnräder und Federn im Gleichklang klackten und sich drehten.

Eine Gewehrkugel zischte haarscharf an Roberts Ohr vorbei. Er tauchte unter den Rand der großen Glocke und zog John und Malkin mit hinterher. Vier weitere Kugeln explodierten an der kuppelförmigen Außenseite der großen Glocke. Dann schwieg das Gewehr.

»Das Magazin ist leer«, sagte John.

Sie krochen aus ihrem Versteck. In der Dunkelheit erhaschte Robert einen Blick auf etwas Rotes – Lilys Haar.

Ein, zwei Schritte entfernt erkannte er die Umrisse des Professors und Lilys vor dem nächstgelegenen Ziffernblatt, wie die Bilder einer Laterna magica. Als sie vor den riesigen bunten Scheiben vorbeigingen, fummelte Professor Silverfish an der leer geschossenen Pistole herum. Mit der anderen Hand hielt er Lily den Mund zu. Sie trat gegen seine Schienbeine und wehrte sich.

Robert rannte zum Professor und schlug ihm die Waffe aus der Hand. Er griff nach dem Gerät an dessen Brust, zog an den Schläuchen und versuchte, sie herauszureißen, doch der Professor kämpfte dagegen an. Robert taumelte und sein Ellbogen knallte gegen das Geländer des Gerüstes, dass seine Zähne nur so aufeinanderschlugen.

John war direkt hinter ihm – er hatte die Faust geballt und schlug nach dem Professor. Der Professor stieß Lily beiseite und holte aus. John wich zurück und versuchte sich wegzuducken, aber Silverfish erwischte ihn mit einem rechten Haken. Sein Kopf krachte mit Getöse gegen die Glocke. John fiel zu Boden und hielt seine Schläfe. Blut sickerte durch seine Finger.

Lily wankte unsicher hin und her und drückte die Hand an ihre Brust. Als Robert nach ihr griff, drehte sich der Professor blitzschnell um und packte sie wieder. Malkin sauste vor, schnappte nach seinen Fersen und grub seine Zähne ins Bein des Professors.

»Geh weg, du vermaledeites Mechanvieh!«

Silverfish kickte Malkin weg und nahm Lily wieder fest in den Griff.

Robert stürzte sich aufs Neue auf den Professor. Er hielt sich an dem unförmigen Gerät an dessen Brust fest und verteilte rundum Schläge. Lily zerrte derweil an den Röhrchen im Versuch, sie herauszuziehen. Der Professor fluchte und fuchtelte wild mit den Armen, doch sie hielten sich weiter fest. Er wich zurück, umklammerte ein gebrochenes Stück Geländer, doch es gab nach und alle drei stürzten das Gerüst hinunter.

Der Aufprall nahm Robert die Luft. Er lag schwankend auf einem Vorsprung und keuchte. Er rappelte sich auf und merkte, dass er auf einem schmalen Eisenbalken stand, kaum breiter als seine Füße, der von dem immensen Turmmechanismus zur Mitte des Ziffernblattes führte.

Vor ihm erhob sich langsam der Professor und hinter ihm arbeitete sich Lily an der Stelle hoch, wo sie gelandet war. Nur Robert stand zwischen den beiden.

Der Professor schob sich auf ihn zu. »Du kannst nicht gewinnen, weißt du. Dir fehlt es an Grips.«

Roberts alte Ängste bemächtigten sich seiner. Vielleicht hatte der Mann recht. Er blickte mit wild klopfendem Herzen über den Rand der Metallstrebe in den Abgrund. Lily hustete und versuchte durchzuatmen.

Robert nahm ihre Hand. Weit unter ihnen rutschten die scharfkantigen Zahnräder des Zeitmessers einen Klick weiter.

Nach all dem, was er durchgemacht hatte, wusste er nicht, ob ihm auch das gelingen würde. Es fühlte sich an, als müsste er so tief noch fallen, aber dann erinnerte er sich an Papas Worte: *»Niemandem fällt es leicht, die Angst zu überwinden. Es braucht ein tapferes Herz, um große Schlachten zu gewinnen.«*

»Ich hab Herz genug«, murmelte er.

»Was?«, fragte der Professor.

Er sprach die Worte lauter. »Ich sagte: Ich hab Herz genug. Um diese Schlacht zu gewinnen.«

Er nahm eine Angriffshaltung ein und drückte seine Schulter gegen ihn, doch der Professor schien noch mal Zusatzkräfte gesammelt zu haben. Er tänzelte so geschickt, dass er Robert und Lily die gesamte Länge der Eisenstrebe entlang nach hinten zwang, bis sie mit dem Rücken an dem gläsernen Ziffernblatt standen.

»Vorsicht«, sagte Lily, und Robert spürte ihren Arm an seiner Hüfte. So eng an sie gepresst, konnte er durch den Rücken fühlen, wie wild ihr Herz schlug. Die Schatten der beiden riesigen Zeiger des Big Ben hingen über ihnen an der Außenverglasung, die von der Hitze draußen knisterte und sich verzog.

Professor Silverfish stürzte los, drückte Roberts Kopf an eine dreieckige Butzenscheibe und versuchte, ihn von der Strebe zu drängen. Doch Lily klammerte sich eng an ihn, sie würde ihn nicht loslassen, ihn nicht fallen lassen.

Krrrack! Glassplitter schnitten in Roberts Ohren – sein Kopf hatte die Scheibe zertrümmert. Blut tropfte auf sein Gesicht und seine Schuhe. Es gab kein Entkommen. Er schaute noch einmal hinunter und ihm wurde übel.

Bei einem Sturz würden sie bis zur VI des Ziffernblatts hinunterfallen, das wären mindestens sechs Meter und weitere dreißig Meter zur scharfkantig aussehenden Mechanik mit ihren Zahnrädern, die sich unten, im Herzen des Turms drehten.

Dann fiel ihm etwas auf: Die Metallstrebe, auf der sie standen, führte durch ein Loch in der Mitte des Ziffernblattes hinaus. Da sah er das Innere der Uhren seines Vaters vor sich: *Der Mechanismus des Uhrwerks ... das zentrale Zahnrad ... die Stange, die von dort aus die Zeiger auf dem Zifferblatt bewegt.* Natürlich - sie standen auf dieser Stange, dieser Strebe! Jede Sekunde würde sie sich drehen und den Minutenzeiger der Uhr in Bewegung setzen ...

Die Zähne fest aufeinandergebissen fasste er nach oben und griff mit den Fingern in die Ecke der gebrochenen Scheibe. »Halt dich gut an mir fest, Lily«, flüsterte er. »Jede Sekunde jetzt könnte ...«

»Aus dem Weg, Junge.« Professor Silverfish stemmte sich mit seinem ganzen Gewicht gegen Robert. Er war ihm so nah, dass Robert seinen schlechten Mundgeruch hinter den gelben Zähnen wahrnahm. Doch er hielt sich nirgendwo fest ...

Die Minute musste fast um sein. Robert klammerte sich fester an der Ecke der gebrochenen Scheibe fest. Der Schmerz war so stark, dass er kaum zu ertragen war.

KLICK!

Die Eisenstrebe bewegte die Zeiger der Uhr, die sich unter ihnen drehten.

Professor Silverfish taumelte, seine Füße rutschten ab, seine Arme ruderten durch die Luft und schlugen ins Leere. Er hatte das Gleichgewicht verloren, und das Gewicht der schweren Herz-Maschine zog ihn unbarmherzig über die Kante. Seine Augen waren schreckgeweitet, seine Fingerspitzen streiften Roberts Arm ...

Und er fiel.

Robert hörte seinen Schrei widerhallen.

Dann folgten ein ekelerregendes Knacken und das Knirschen der Mechanik.

Das Klicken der Uhr und ihre klappernde Bewegung kamen zitternd zum Stehen.

Er und Lily starrten in die Dunkelheit hinunter, wo der Körper des Professors und sein Herz-Uhrwerk zerfetzt in den gigantischen stillstehenden Zahnrädern lagen.

»Ich glaube, er ist tot.« Lily zitterte und stieß einen Seufzer der Erleichterung aus. Sie lockerte ihren Griff um seine Hüfte.

Robert merkte, dass er wieder atmen konnte. Er holte tief Luft und ließ die zerbrochene Scheibe los, an die er sich geklammert hatte.

Die Uhr war stehen geblieben. Ohne das Geräusch der sich drehenden Zahnräder war es unheimlich still im Raum. Robert nahm Lilys Hand, und sie taumelten über die stillstehende Strebe zurück auf das sichere Gerüst.

»Wo sind Malkin und Papa?«, fragte Lily, als Robert ihr zu ihm hinaufhalf.

Als wäre es eine Antwort auf ihre Frage, kroch in diesem Moment John unter dem Rand der Glocke hervor und rappelte sich auf. Er rieb sich den Kopf. Malkin kläffte, trottete neben ihm her und stupste ihn sanft auf die Füße.

»Lily!«, rief John aus. »Du bist okay.« Und er rannte zu ihr, nahm sie in die Arme und drückte sie. Malkin stellte die Ohren auf und sprang wie verrückt mit fröhlichem Gebell im Kreis um sie herum, wedelte mit seinem buschigen Schwanz und versuchte ihre Hände zu lecken, bis Lily ihn schließlich hochnahm und auch ihn in die Umarmung einschloss.

»Oh, mein Liebes, mein Herz«, sagte John. »Wie glücklich bin ich, dass du in Sicherheit bist.«

Lily lächelte erleichtert. Da bemerkte sie, wie an Roberts Wangen Tränen hinunterrannen.

John und Lily zogen auch ihn mit in ihre Umarmung. Und Malkin, der irgendwo zwischen ihnen eingeklemmt war, beehrte Robert mit einem so ungestümen, sandpapierenen Gesicht-Abschlabbern, dass sie alle lachen mussten.

»Danke für alles, Robert«, sagte Lily. Du hast uns gerettet. Woher wusstest du, dass die Metallstrebe sich drehen würde?«

Robert zuckte mit den Schultern. »Ich habe mich erinnert«, sagte er. »An alles erinnert, was Papa mir beigebracht hat, bevor er starb ... Nicht nur, wie Uhren funktionieren – sondern auch Menschen. Dass man rasches Denken und ein tapferes Herz braucht, um große Schlachten zu gewinnen.«

Tränen stiegen Lily in die Augen. »Na, davon hast du reichlich«, sagte sie.

»Genauso wie dein Vater«, sagte John. »Ich wusste nicht, dass er gestorben ist. Er war ein guter Mann.« Er drückte sie alle noch einmal, eine richtig feste, ungestüme Umarmung diesmal, und er küsste Robert auf den Scheitel. Und zwischen seinen Schluchzern spürte Robert ein warmes, zärtliches Gefühl: ein flackerndes Hoffnungslicht.

Malkin jaulte laut. »Lasst uns hier verschwinden«, sagte er, »bevor noch mehr Schwierigkeiten auftauchen.«

»Einverstanden. Komm, geh voraus, Macduff.« John nahm sie bei den Armen, und sie duckten sich unter der Glocke hindurch und humpelten über das eiserne Gerüst und hinaus aus dem Glockenturm. Malkin trabte nebenher.

Langsam und zögernd stiegen die vier die Treppe hinunter zum Fuß des Turms und in das lärmende Chaos auf dem New Palace Yard und zu den Feuerwehrmannschaften, den Krankenwägen und Dampffuhrwerken, die den Parlamentsplatz dahinter füllten.

KAPITEL 26

Ein paar Tage darauf sprangen Robert und Malkin aus dem Achtunddreißiger-Bus und bahnten sich ihren Weg über die geschäftigen Straßen von Westminster. Roberts Hand war verbunden; die Wunde heilte gut, juckte aber noch ein bisschen.

Heute war Markttag, und helle Ladenmarkisen breiteten sich über den winterblauen Himmel aus und schirmten die Gehwege von der Novembersonne ab. In der Mitte der gepflasterten Straße drängten sich Stände und aufgebockte Tische in schiefen Reihen, auf denen sich eine wilde Mischung aus Waren befand: Gaslampen neben Luftschiffankern neben Stechpalmen- und Efeukränzen, Bouquets von Gehstöcken neben reihenweise Uhrketten, an denen Taschenuhren im Gleichklang tickten.

Auf den Seitenstraßen handelten Schrott- und Lumpensammler von den Ladeflächen von Dampffuhrwerken mit kaputten Maschinenteilen.

Mit herabhängendem Schwanz schlängelte sich Malkin unter den Verkaufstischen hindurch, wobei er den Füßen der Budenbesitzer auswich und nach verfaulten Äpfeln und Wurzelgemüse Ausschau hielt, an dem er so gerne schnüffelte.

Am Ende der Reihe sah Robert einen Obststand und hielt an, um für Lily und ihren Papa ein Geschenk zu kaufen. Er hatte ein bisschen Kleingeld, das ihm Anna gegeben hatte, bei der er mit Mrs Rust und seinen anderen mechanischen Freunden untergekommen war, solange sie darauf warteten, dass John und Lily aus dem Krankenhaus entlassen wurden.

Robert suchte ein paar Äpfel aus dem Obststapel aus, sie waren knackig und rot und geradezu perfekt reif. Der mechanische Budenbesitzer legte sie für ihn in eine braune Papiertüte und zwirbelte deren Oberseite dann mit seinen großen zangenförmigen Fingern zu.

Als er auf sein Wechselgeld wartete, hörte Robert, wie der Zeitungsjunge auf der gegenüberliegenden Straßenseite die Schlagzeilen ausrief: »Reparaturen an Big Ben dauern an! Rätselhafte Leiche völlig entstellt im Uhrwerk gefunden!«

Robert wurde ein bisschen übel. Es war gut, dass sie es aus dem Turm geschafft hatten, bevor die Polizisten und Feuerwehrmänner oben angekommen waren.

Unten vor Ort versank der New Palace Yard nach dem Absturz im Chaos, und bevor man die vier auch nur irgendetwas hatte fragen können, waren sie schon in einen Krankenwagen verfrachtet und ins St. Thomas Hospital auf der anderen Seite des Flusses gebracht worden. Auf ihrem Weg ins Krankenhaus hatten Robert, John und Lily ausgemacht, ihre Rolle bei dem Luftschiffabsturz nicht zu erwähnen, vor allem nicht gegenüber

Amtspersonen. Es würde zu viele Schwierigkeiten und Fragen geben, die über Lily, Professor Silverfish und das Ewige Herz beantwortet werden müssten.

Und immerhin war niemand vor Ort verletzt worden. Selbst der Big Ben war nicht schwer beschädigt – zumindest wenn man das Loch im Dach oder die Reparaturen, die nötig sein würden, um das Uhrwerk zu richten, nicht mitzählte, und Robert versuchte, eben diese Dinge nicht dazuzuzählen. Es war so, wie sein Dad zu sagen pflegte: *Kaputte Uhren kann man immer reparieren, kaputte Herzen zu retten hingegen ist weit schwieriger.*

Malkins Kläffen riss ihn aus seiner Träumerei.

»Beeil dich«, bellte der Fuchs, »oder wir verpassen sie noch.«

»Warte kurz«, sagte Robert und kaufte dem Jungen eine Zeitung ab.

Als sie auf das Krankenhaus zuliefen, warf er schnell einen Blick auf die Titelstory.

Unsere Reporterin Anna Quinn gibt bekannt, dass die Identität des Besitzers des nicht autorisierten Luftschiffs *Behemoth* ermittelt wurde. Sie hat die Fahrzeugpapiere einem gewissen Professor Silverfish zugeordnet – einem Bewohner Londons, ein berühmter Erfinder und Mitglied der Gilde der Mechanisten. Man geht davon aus, dass er das Schiff auf die Namen zweier ehemaliger vermisster Armeepolizisten neu ausgestellt hat – die Herren Roach und Mould. Die Londoner Polizei muss erst noch bekannt geben, welcher der drei Männer an dem schicksalshaften Tag des Absturzes tot im Glockenturm aufgefunden wurde, oder wie der Mann in das Uhrwerk von Big Ben geraten ist. Sein Körper wurde jedoch ziemlich übel zugerichtet und ist unkenntlich. Zwei weitere Leichen wurden ganz in der Nähe aus der Themse geborgen.

In den vergangenen Tagen wurden die Bediensteten und engen Geschäftspartner von Professor Silverfish festgenommen und verhört, um mehr über diesen schrecklichen Angriff auf den Big Ben und das Parlament herauszufinden.

Robert hörte auf zu lesen und überflog den restlichen Artikel nur, da er den Tag nicht noch einmal in seinen Einzelheiten durchleben wollte. Er hatte Anna alles erzählt, als er sie in die Wahrheit eingeweiht hatte – die ganze Wahrheit –, und dann hatte er sie zur Verschwiegenheit verpflichtet.

Sie hatte ihr Wort gehalten. Nirgends wurden Johns oder Lilys oder seine eigene Verstrickung in das Luftschiffunglück erwähnt oder der wahre Grund desselben. Auch erwähnte Anna nicht, dass der Professor in den Tod gestürzt war, als er versucht hatte, sie umzubringen.

Robert wusste, dass sie all das nur unter einer Bedingung getan hatte: Sie nahm ihm das Versprechen ab, dass er und Lily ihr eines Tages, wenn sie älter wären und mit all dem abgeschlossen hätten, erlauben würden, ihre sensationelle Geschichte in einem Buch zu erzählen. Und Robert hatte zugestimmt, da er sich niemanden vorstellen konnte, der besser geeignet wäre, dieses Buch zu schreiben, und weil es kein passenderes Denkmal für seinen Dad geben könnte.

Er steckte sich die Zeitung unter den Arm und folgte Malkin, der die Stufen zum St. Thomas Hospital hinauftrottete.

Auf Station neun fanden sie Lily und John vor, die bereits angezogen waren und packten. John legte seine Sachen in einen Koffer, während Lily den Schmuck ihrer Mama eifrig von ihrem Nachttisch in ihre Taschen räumte. In den Tagen ihrer Genesung war Malkin zurück zum Haus des Professors gegangen, um ihn für sie zu retten.

»Robert, Malkin!«, rief Lily erfreut, als sie die beiden sah. »Es tut so gut, euch zu sehen.«

»Und dich erst«, sagte Malkin.

»Wie geht es dir?«, fragte Robert.

»Jetzt, wo ich euch sehe, gleich viel besser«, sagte Lily und John nickte zustimmend.

Robert warf einen Blick in die Palisanderschatulle und sah, dass Lily auch die Mütze, die er ihr gegeben hatte und einen Knopf vom Mantel seines Dads zu den Erinnerungsstücken gelegt hatte.

Er trat ans Fenster und blickte kurz nach draußen über den Fluss hinweg zum Glockenturm. Winzig wie Ameisen kletterten Männer an Seilen an der Seite des Turmes empor, um die Ziffernblätter zu reparieren. Robert ging davon aus, dass im Inneren genau das Gleiche geschah, im Herzen der Uhr, aber das blieb von außen verborgen.

Er wandte sich wieder dem Zimmer zu und sah, dass Lily den Deckel ihrer Schatulle schloss.

Sie stellte sie auf den Boden und ging zu ihm hinüber, um ihn fest in die Arme zu schließen. »Ich bin so froh, dass du hier bist, um uns abzuholen, Robert, und du auch, Malkin.« Sie wuschelte durch den Pelz des Fuchses.

»Ich denke, jetzt bin ich endlich bereit, nach Hause zu gehen.«

Robert machte ein langes Gesicht. Er hätte gerne dasselbe sagen können. In den letzten Tagen, seit das Adrenalin des Abenteuers nachgelassen hatte, hatte es Momente gegeben, in denen er nichts lieber getan hätte, als zu seiner Werkstatt zurückzukehren und seinen Dad wiederzusehen, doch er wusste, dass das nicht möglich war. Für ihn gab es keinen Ort, an den er zurückkehren konnte.

»Was ist mit mir?«, fragte er. »Wohin soll ich gehen? Ich habe kein Zuhause. Wahrscheinlich könnte ich zu meiner Mutter, wenn ich wüsste, wo sie ist, aber ich habe schon seit Jahren nichts mehr von ihr gehört.«

John legte ihm eine Hand auf den Rücken. »Ich dachte, wir hätten das bereits besprochen, Robert? Du kannst bei uns in Brackenbridge leben.«

Robert schüttelte den Kopf. »Danke, Sir«, sagte er. »Aber ich will nicht, dass Sie mir helfen, nur weil Sie meinen, Sie wären dazu verpflichtet.«

Lily drückte seine Finger sanft zwischen ihren Handflächen. »Das ist es nicht, Robert. Nicht im Geringsten.«

Dann ergriff wieder John das Wort. »Robert, als wir uns erholten, hat Lily mich daran erinnert, was für ein herausragender Mensch dein Vater war. Wie mutig und wie klug. Er hat ihr Leben gerettet und das von Malkin, und deines auch. Wir stehen tief in seiner Schuld. Und auch dir sind wir etwas schuldig, für *deinen* Mut. Du bist der Sohn deines Vaters, und er wäre stolz darauf gewesen, was du getan hast, um uns zu helfen.«

John setzte sich auf die Bettkante, sodass sein Gesicht auf gleicher Höhe mit dem von Robert war, und blickte ihm in die Augen.

»Vielleicht weißt du das nicht, aber dein Vater und ich waren früher Freunde. Vor sieben Jahren, als wir nach Brackenbridge zogen, kam er oft zu uns, um unsere Uhren aufzuziehen, und später bestellte er für mich Teile, um mir dabei zu helfen, meine Mechantiere zu reparieren. Bei seinen Besuchen saßen wir in meiner Werkstatt zusammen und redeten über Projekte oder über die Uhrwerkdinge, an denen er gerade arbeitete. Er hat mir oft von dir erzählt: wie du beim Erlernen des Handwerks vorankommst. Wie fabelhaft du bist, und wie stolz er sei, dich seinen Sohn nennen zu können. Damals sagte ich zu ihm, dass ich dir, wenn du Talent bei deinem Handwerk zeigst, helfen würde, so viel zu lernen, wie du könntest. Dir beizubringen, wie man Mechaner baut und Mechantiere, so wie ich es tat, und dein Dad stimmte zu, es wäre etwas, das er sich für dich vorstellen könnte. Wenn du dich dafür entscheidest, bei uns zu leben, würde ich dich nur zu gerne alles lehren, was ich weiß. Ich wäre stolz darauf, dich meinen Sohn zu nennen.«

»Und ich wäre stolz darauf, dich meinen Bruder zu nennen«, sagte Lily.

»Und ich darauf, dich einen Freund zu nennen«, sagte Malkin. »Obwohl du ja noch immer ein Welpe bist«, fügte er murrend hinzu.

Robert wusste nicht, was er dazu sagen sollte. Ein paar Tränen stiegen ihm ins Auge, und verlegen wischt er sie mit dem Ärmel seines Mantels weg. »Danke. Aber wir müssen auch an Anna denken«, merkte er an. »Ich war bei ihr, seit ich entlassen wurde, und habe die *Ladybird* instand gesetzt. Sie hat sich um mich gekümmert.«

»Anna kann auch bei uns wohnen, wenn sie möchte«, sagte John. »Sie kann bei uns im Garten anlegen, so lange es ihr gefällt, und wenn es sie auf ein Abenteuer zieht, kannst du mit ihr gehen, wenn es das ist, wofür dein Herz schlägt. Abenteuer machen Spaß, solange man ein Zuhause hat, zu dem man zurückkehren kann, und man von einer liebevollen Familie umgeben ist, wenn sie erst einmal vorüber sind. Ich möchte, dass du weißt, Robert, dass du das bei uns in Brackenbridge immer haben wirst.«

Robert lächelte und sagte: »Dann lasst uns nach Hause gehen.«

Noch am selben Nachmittag brachen sie auf. Robert hatte mit Anna abgemacht, dass sie alle in der *Ladybird* nach Hause fahren würde. Er und Anna waren damit beschäftigt gewesen, das Luftschiff zusammenzuflicken, und hatten dabei einen neuen, leisen uhrwerkbetriebenen Antrieb eingebaut, sodass es viel schneller gehen würde, in den Norden zu fliegen, und es ihnen sogar möglich wäre, eine nächtliche Pause einzulegen, damit sich Lily und John ausruhen könnten.

Begleitet wurden sie von Mrs Rust, Captain Springer, Miss Tock und Mr Wingnut, und obwohl Malkin sagte, es sei noch immer eine schreckliche Art zu reisen, und Lily verkündete, es sei ein bisschen eng, war die Reise für Robert ein großer Spaß. Von seinen Freunden umgeben, konnte er seine Sorgen eine Zeit lang vergessen.

Anna und Papa verstanden sich gut miteinander, und Anna erklärte allen, wie froh sie war, nicht mehr Kohle schippen zu müssen, obgleich sie den Kohleofen zum Kochen durchaus vermisste. »Wie schön«, ergänzte sie, »dass ich endlich selbst Teil eines so aufregenden Luftpiraterie-Spektakels war, und dann auch noch an keinem geringeren Himmel als dem über London. Wer hätte das für möglich gehalten?«

Als die Dunkelheit hereinbrach, hielten sie an und schlugen ihr Lager auf einem Feld unter den Sternen auf. Die Menschen kuschelten sich in dicke Wollmäntel, und die Mechaner werkelten herum, sammelten Holz und kümmerten sich um das Feuer.

Lily sog die kalte Luft ein, so frisch und gänzlich ohne den Smog von London. Sie und Robert halfen Anna dabei, kleine Zweige zu sammeln, doch sie fühlte sich noch immer ein bisschen verloren. Als sie aufsah, bemerkte sie, dass Robert sie beobachtete.

»Was ist los?«, fragte er.

Sie schüttelte den Kopf. »Ich weiß nicht, ob ich es erklären kann. Es ist, als würde noch immer etwas fehlen.«

Er wartete.

»Ich wünschte«, sagte sie, »ich wünschte, ich könnte mit Sicherheit sagen, dass Papa seine Entscheidungen getroffen hat, weil er mich liebt. Nicht wegen eines Versprechens, das er Mama gegeben hat, oder« – ein noch schlimmerer Gedanke erschütterte sie – »weil er seine Erfindung schützen wollte.«

Sie schüttelte den Kopf, um den Gedanken wieder loszuwerden. »Das Komische dabei ist«, fuhr sie fort, »dass das Ewige Herz so vielen Menschen hätte helfen können. So viel Gutes in der Welt hätte bewirken können. Und dennoch hat er sich dafür entschieden, es geheim zu halten. Ich glaube nicht, dass ich das jemals verstehen werde. Ich meine, kann es wirklich so gefährlich sein?«

Robert zuckte die Achseln. »Vielleicht werden wir das nie erfahren«, sagte er, »oder vielleicht wirst du diejenige sein, die es herausfindet.«

»Ich kann nicht aufhören, über seine Entscheidungen nachzugrübeln«, sagte sie zu ihm. »Dass Mama deswegen sterben musste. Und ich weiß nicht, ob ich es verdiene, hier zu sein. Ob ich je so gut sein kann, um dafür zu sorgen, dass ihr Tod nicht umsonst war.

»Weißt du«, sagte Robert, »einmal habe ich in der Werkstatt gearbeitet und ein paar Reparaturen an einer Spieluhr erledigt, und alles ging schief. Da hat mich mein Dad zur Seite genommen und gesagt, ich solle es so betrachten wie das Leben: ›Es sieht kompliziert aus, wenn man all die Einzelteile betrachtet, aber der Zweck einer Spieluhr ist es, fröhliche Musik zu spielen. Du musst dich nur daran erinnern, wie man sie zusammenfügt, und schon wird sie genau das tun. So ist es auch mit dem Leben. Es geht nur darum, es zu leben. Es ist alles, was du hast, und alles, was du tun kannst: leben und glücklich sein.«

Lily lächelte. »Das könnte noch ein bisschen dauern.«

»Ich weiß«, erwiderte Robert. »Tief im Inneren fühle ich wie du.«

Sie blickten zu ihrem Papa, der auf der anderen Seite des mit Reif bedeckten Feldes saß. Der Mann, den sie zu kennen glaubte, der sie gerettet hatte, der sie dann jedoch in die Obhut verschiedener Gouvernanten und Betreuerinnen gegeben hatte, bevor er sie aufs Internat geschickt hatte. Sie war sich sicher, dass er sie liebte, aber manchmal fragte sie sich, ob er vielleicht, nur ganz vielleicht, manchmal seine Entscheidung bereute, sie anstelle ihrer Mama gerettet zu haben.

»Selbst nach allem, was passiert ist, bin ich nicht sicher, wer er ist, woran er glaubt. Er ist mir ein bisschen fremd.«

»Dann solltest du ihm das sagen«, sagte Robert. »Solange du es noch kannst.«

Lily nickte.

Später, als sie alle um das Feuer herumsaßen, als Anna und Mrs Rust damit beschäftigt waren zu kochen, die anderen Mechaner Karten auf einem alten Baumstamm spielten und Robert und Malkin aufgestanden waren, um über das Feld zu spazieren, ergriff Lily die Chance, mit ihrem Papa allein zu reden.

»Warum hast du es getan?«, fragte sie ihn und lehnte sich dabei an ihn. »Warum hast du mich gerettet und nicht Mama?«

Er rieb sich den Nacken und sah sie nachdenklich an. »Ich habe mich so entschieden, weil wir dich beide lieb gehabt haben, Lil. Sie hätte das Gleiche getan.«

Lily hielt ihre Hände im Schoß, verdrehte jedoch die Finger ineinander. »Wie kannst du dir da sicher sein?«, flüsterte sie schließlich.

»Oh, Lily.« Papa nahm sie in den Arm. »Früher, als du noch richtig klein warst und Mama und ich noch bei dir waren, schlossen wir einen Pakt. Sollte irgendetwas geschehen, würden wir dich zuerst retten. Es ist ein bisschen morbide, ich weiß, aber wir mussten solche Dinge bedenken. Meine Arbeit – unsere Arbeit – war so gefährlich. Es war immer klar, dass etwas Schlimmes geschehen könnte.«

»Mama hat auch mit dir zusammengearbeitet?«, fragte Lily schockiert. Noch etwas, das er ihr verschwiegen hatte. »Warum hast du mir davon nie erzählt?«

»Es tut mir leid, Lily. Es tut mir leid, dass ich die Vergangenheit so lange vor dir versteckt habe, aber es war so schmerzhaft, und ich war dumm genug zu glauben, dass der Schmerz mit der Zeit vergehen würde, wenn ich alles, was passiert war, vergessen würde.« Er schüttelte den Kopf. »Sie war eine großartige Mechanistin, deine Mutter. Eine große Erfinderin. Doch wir mussten vorsichtig sein. Immer wenn wir wegmussten und dich bei Mrs Rust zurückließen, reisten wir zur Sicherheit getrennt. Deine Mutter hat immer dafür gesorgt, dass du an erster Stelle stehst, Lily. Ihre Gedanken galten dir allein. In diesem schrecklichen Moment, als ihr beide auf der Schwelle des Todes wart und ich eine Entscheidung treffen musste, wusste ich, wen ich retten musste. Weil auch sie sich so entschieden hätte. Ich hätte mir niemals verzeihen können, wenn ich gegen ihren Wunsch gehandelt hätte.« Er wischte sich eine Träne aus dem Augenwinkel.

Lily lächelte und küsste ihn auf die Wange. »Danke.«

Sie sahen Robert dabei zu, wie er einen Stock warf. Er versuchte, Malkin dazu zu bringen, ihn zu holen, aber das Mechantier schüttelte jedes Mal bloß mit dem Kopf und weigerte sich.

»Ich weiß wirklich nicht«, sagte Papa, »wer von den beiden dickköpfiger ist.«

»Ich auch nicht«, stimmte Lily zu.

Früh am nächsten Morgen flogen sie weiter zu Gut Brackenbridge, und Anna landete die *Ladybird* auf der vereisten Oberfläche des Südrasens in den Gärten, die am weitesten vom Haus entfernt lagen.

Die Familie aus Freunden stieg von dem Luftschiff herab. Als sie sich auf den Weg die Treppe hinauf machten, rannte Lily voraus – sie wollte vor den anderen ankommen, damit sie alle bei ihrer Ankunft begrüßen konnte.

Sie öffnete die Haustür mit den Schlüsseln von Papa, doch als sie auf die Veranda trat, fand sie diese zu ihrem Schrecken mit leeren Kisten vollgestellt, allesamt mit Adressetiketten versehen auf denen »Rent & Sunder« stand. Die wertvollsten Möbel standen im Flur und ein Team von Mechan-Möbelpackern schwirrte umher, die alles in Decken und Lappen packten. Madame Verdigris stand neben der Treppe und leitete das Unterfangen an, und Mr Sunder sauste herum und füllte Kisten mit eingepackten Gegenständen. »Steht das hier zur Auktion?«, fragte er, als er einen Teewagen durch den Flur schob und dabei den Boden zerkratzte.

»Ich denke, der ist für den Müll«, sagte Madame. Sie war gerade dabei, eine Vase in Zeitungspapier zu wickeln, als sie Lily entdeckte. Die Vase fiel mit einem lauten Klirren zu Boden.

»*Mon Dieu, ma chérie.* Wo um alles in der Welt hast du gesteckt?«, sagte Madame. »Wir waren krank vor Sorge. Leider musste ich all die Sachen verkaufen. Hättest du mir doch nur das Perpetuum mobile deines Vaters gegeben, dann würden wir jetzt nicht in solchen Schwierigkeiten stecken.«

Lily verschränkte ihre Arme vor der Brust. »Das kann ich sehen«, sagte sie. »Nun, bevor Sie für immer von hier verschwinden, denke ich, sollten Sie besser alles an seinen Platz zurückstellen.«

Madame lachte. »*Zut alors!* Mach dich nicht lächerlich, Lily. Ich bin jetzt dein Vormund – alles, was du noch an Familie hast – und wenn ich beschließe, diese Dinge zu verkaufen, gibt es nichts, was du dagegen tun kannst. Also selbst wenn dein Vater hier wäre ...«

»Sie sind nicht meine Familie«, unterbrach Lily sie. »Und werden es niemals sein. *DAS* ist meine Familie ...«

Und damit schob sie die Kisten auf die Veranda und öffnete die Flügeltüren, hinter denen Papa, Robert, Malkin, Anna und ihre geliebte Mrs Rust zusammen auf den Stufen vor dem Haus standen. An der Auffahrt warteten die anderen Mechaner: Mr Wingnut, Miss Tock und Captain Springer. Allesamt aufgezogen – und auf Krawall gebürstet.

Sie waren nun seit einigen Wochen zu Hause und Lily saß mit Robert, Malkin, Papa und Mrs Rust bei einem Frühstück aus Rosinenbrötchen mit Honig in der Küche. Es war ihr Lieblingsplatz.

Malkin hatte sich wie ein flauschiger Schemel unter ihren Füßen zusammengerollt. Papa hatte seinen Kaffee halb ausgetrunken und las die Zeitung vom Vortag, und Mrs Rust wuselte hinter ihnen herum und quirlte, frittierte und kochte mit ihren unterschiedlichen glänzenden Silberhänden.

Robert hatte seine Füße auf den Kaminvorsetzer gelegt und wärmte seine Zehen, wie Lily es ihm gezeigt hatte. Eifrig schmierte er mit seinem Taschenmesser Butter auf eine Scheibe Toastbrot und war froh, hier zu sein. Nach allem, was sie durchgestanden hatten, war es gut, dass sie jetzt als Familie zusammen sein konnten.

Sie schnappte sich ein Rosinenbrötchen von der blitzblank polierten Servierplatte in der Mitte des Tischs, bestrich es dick mit

Butter und Honig und nahm, nachdem sie es auf ihre Handfläche gelegt hatte, einen riesigen Bissen.

»Zahnräder und Kleiderbügel!«, lachte Mrs Rust. »Nimm wenigstens einen Teller.«

»Robert benutzt auch keinen«, beschwerte sich Lily mit vollem Mund.

»Tu ich wohl«, sagte Robert. »Ich hab mir nur noch keinen ausgesucht.« Er zog eine leere Untertasse vom Tisch und pfefferte seinen Toast darauf. »Da, bitte.«

Schon komisch, dass sich alle noch immer über Lilys Manieren beschwerten, wenn Robert alles essen konnte, wie er wollte. Aber er war eben ein Junge, und Jungs wurden immer anders behandelt – hatten mehr Freiheiten, durften die guten Sachen machen –, anders als Lily.

Das heißt, bis vor Kurzem. Seit sie zurückgekehrt waren und mehr miteinander geredet hatten, hatte Papa beschlossen, sie nicht in Miss Scrimshaws grauenhafte Akademie zurückzuschicken, und sie stattdessen zusammen mit Robert über Mechaner und Maschinen unterrichtet. Lily gefiel das viel besser als das endlose Bücherbalancieren, das Sticken, die Hochsteckfrisuren und die Verbote, die sie an der Akademie erdulden musste. Wenn sie Papa doch bloß dazu bekommen könnte, Jack Doors Buch über das Schlösserknacken in den Lehrplan aufzunehmen. Dann wäre ihre neue Schulbildung komplett.

»Hört mal her«, sagte Papa hinter seinem *Zahnradkurier*. »Die Vereinigung der Londoner Uhrmacher, die damit beauftragt wurde, Big Ben instand zu setzen, hat endlich ihre Reparaturen am Uhrwerk des Turms abgeschlossen ...«

»Das sind ja gute Neuigkeiten«, nuschelte Lily mit ihrem mit Rosinenbrötchen gefüllten Mund. Sie sah sich die Verfasserzeile an. Es war Annas Story: Vielleicht hatte die Aeronautin sie in den vergangenen vier Wochen deswegen so selten besucht? Oder gab es womöglich einen anderen Grund?

Allerdings hatte Lily nicht allzu viel Zeit, darüber nachzudenken, da Robert mit seinem Toast fertig war. »Auf geht's, Lily«, sagte er, stand auf und wischte sich die Krümel von der Hose. »Es ist beinahe halb elf. Wir wäre es, wenn wir vor dem Unterricht noch eine Runde spazieren gingen?«

»Eine großartige Idee«, sagte Papa. »Vielleicht findet ihr einen schönen Weihnachtsbaum, den wir für nächste Woche fällen können. Und zieht euch warm an«, fügte er hinzu. »Es ist kälter als im Gefrierfach, und laut Vorhersage könnte es später noch schneien.«

»Uhrenfedern und Wassereimer!«, brummelte Mrs Rust. »Bringt mir bloß nicht noch mehr Schnee ins Haus. Ich möchte die Böden im Haus nicht noch einmal zu dieser vertickten Tageszeit wischen, nachdem ich das schon heute Morgen getan habe.«

Lily nickte und pflückte ihren Mantel vom Stuhlrücken. Als Robert und sie sich in ihre Stiefel mühten, beobachtete sie, wie Mrs Rust eine langstielige Bratpfanne aus ihrer Sammlung auswechselbarer Hände nahm, die an der Anrichte hingen, und wie Papa die Seite seiner Zeitung umblätterte und sie durch seine Brille beäugte. Seit sie zurück waren, war alles wieder beim Alten.

Beinahe zumindest: Denn Lily kannte nun die Wahrheit darüber, wer sie war.

Sie knöpfte ihren Mantel zu und riss die Hintertür auf. In der Nacht war neuer Schnee gefallen, und die Luft war schneidend kalt. Dicht von Robert und Malkin gefolgt, sauste Lily hinaus in den weißen Garten und hinterließ ein paar neue Spuren in dem unberührten Schnee.

Ihr Puls schlug höher, als sie so rannte, und sie legte eine Hand auf ihre Brust und tastete unter ihren vielen Kleiderschichten nach dem Ewigen Herz.

BUMM-TICK-

BUMM-TICK-

BUMM-

Da war es. In den letzten Wochen hatte sich sein Klang verändert, war stärker geworden und tiefer, volltöniger.

Bis sie fast daran glauben konnte, dass es für immer weiterschlagen würde. Sie war sich noch immer nicht ganz sicher, ob ein solches Herz zu besitzen ein Geschenk war oder eine Bürde, aber eines wusste sie ganz genau: Sein Schlag war die Musik des Lebens, der Rhythmus des Lebens. Und für sie klang er wunderschön.

EIN LEXIKON MERKWÜRDIGER WÖRTER

Ein Glossar mit Wörtern und Ausdrücken, die den Leserinnen und Lesern möglicherweise nicht bekannt sind

Aeronaut: eine Person, die ein Luftschiff fährt, auch Luftschiffer genannt.

Behemoth: ein extrem großes und starkes Monster (eine äußerst passende Beschreibung für das Luftschiff von Roach und Mould).

Damselfly: zu Deutsch »Seejungfer«, ein öffentlicher Zeppelin der Königlichen Luftschiff-Gesellschaft.

Dragonfly: zu Deutsch »Libelle«, Zeppelin von Lilys Vater John, explodiert und abgestürzt.

Ladybird: zu Deutsch »Marienkäfer«, Zeppelin von Anna Quinn, Lebensretter in der Not.

Victoria Regina: ein Zeppelin auf einem Deckengemälde der Abflughalle

Chronometer: ein Zeitmessgerät, das auf ein bestimmtes Niveau an Präzision hin geprüft wurde. (»Ach, ihr lieben Zahnrädchen und Chronometer!«)

Harpune: eine speerartige Waffe. Kann im Luftkampf eingesetzt werden, um den Ballon eines anderen Zeppelins zu durchbohren.

Horologie: die Wissenschaft der Zeit. Ein Horologe ist jemand, der Wand- und Armbanduhren herstellt.

Hybrid: jemand, der halb Mechaner, halb Mensch ist (wie Roach und Mould).

Der Kraken: ein legendäres Seeungeheuer. Wird oft als Tintenfisch-Kreatur mit gigantischen Tentakeln dargestellt. Was für ein glücklicher Zufall, dass Mrs McKrackens Name dem dieses monströsen Wesens so ungemein ähnelt ...

Mechantier: ein mechanisches Tier, so wie Malkin eines ist.

Groschenromane: spannende Geschichten von berühmten Verbrechern (wie dem berüchtigten Jack Door) und Detektiven, oder von übernatürlichen rätselhaften Begebenheiten. Groschenromane erscheinen wöchentlich in Form von Heftchen; früher haben sie nicht mehr als ein paar Groschen gekostet (daher auch ihr Name). Sie genießen keinen guten Ruf, aber wenn du dich geschickt anstellst, kannst du einen zwischen die Seiten deines Buchs schmuggeln.

Perpetuum mobile: eine Maschine, die sich, einmal angestoßen, für immer bewegt, ohne Energie von außen zu benötigen.

Backbord/ Steuerbord: werden »links« und »rechts« in der Schiffsfahrt genannt. Blickt man auf einem Schiff oder Luftschiff nach vorn auf den Bug, ist Backbord die linke, Steuerbord die rechte Seite.

Zeppelin: ein bestimmter Luftschiff-Typ. Zeppeline bestehen aus einem ovalen »Ballon«, unter dem sich ein stabiles Metallgerüst befindet, das mit Gassäcken gefüllt ist, um das Gefährt in der Luft zu halten. Außerdem haben sie einen Passagier- und Crew-Bereich – auch Gondel genannt –, der sich gewöhnlich unter dem Hauptballon befindet und recht geräumig ausfallen kann. (Es sei denn, man fährt an Bord der *Ladybird*, dann ist er eher kuschelig.)

DANK

Ach, ihr lieben Zahnrädchen und Chronometer, es hat eine Ewigkeit gedauert, dieses Buch zu schreiben! Zahlreiche fabelhafte Menschen haben mir dabei geholfen. Mein inniger und herzlicher Dank gilt den folgenden Personen ...

Den ausdauernden Erstlesern, die mir mit ihrem klugen, von Herzen kommendem Rat zur Seite standen: Richy, Danny, Sarah und Connor, the Runcible Spoons, the Blue Room Writers, the SCBWI Gang und ganz besonders meiner Schwester Hannah.

Dem großartigen Lektorats-Team Rebecca Hill und Becky Walker für ihre umsichtige Bearbeitung und ihre genialen Ergänzungen. Sarah Stewart für ihre brillanten redaktionellen Korrekturen. Katherine Millichope für ihr bezauberndes Cover und Becca Stadtlander für ihre fantastischen Illustrationen. Sarah Cronin für die schöne Textgestaltung. Amy, Stevie und Hannah für das meisterhafte Marketing und die ertragreiche PR. Allen bei Usborne für ihre herausragende Unterstützung, die das Ganze möglich gemacht haben – ihr seid das perfekte Zuhause für *Das Ewige Herz*.

Dank geht auch an meine spitzenmäßige Agentin Jo Williams für all ihre Ideen und ihren Enthusiasmus, und für ihren unerschütterlichen Glauben an mich. An meine Mum und meinen Dad für ihren Beistand und die Impulse, bei all meinen vielen verrückten künstlerischen Vorhaben. Und insbesondere an Michael, der immer da war, mit gutem Essen, guter Gesellschaft, vernünftigem Rat und albernen Witzen. Zuletzt, wie versprochen, ein großes Hallo an meine prächtigen Nichten und Neffen: Lyra, Avery, Zander und Orlie; Chloe, Tiffany und Kian. Ich hoffe, ihr werdet das Buch eines Tages lesen und gehörig Spaß dabei haben!

ÜBER DEN AUTOR

Peter wuchs im Süden Londons mit drei Katzen, zwei Hunden, einer Schwester, einem Antiquitätenhändler als Vater und einer Künstlerin als Mutter in einem weitläufigen viktorianischen Haus auf. Er ist Trickfilmzeichner, der mit dem Preis der britischen Akademie für Film- und Fernsehkunst BAFTA ausgezeichnet wurde, Schriftsteller und Filmemacher.

Peters Debütroman *Das Ewige Herz* hat mehrere Preise gewonnen, für weitere stand er auf der Shortlist, darunter der Waterstones Children's Book Prize. Wie Lily und Robert liebt er Abenteuer und liest gern Groschenromane, aber am meisten wünscht er sich, er hätte einen mechanischen Fuchs, der Malkin heißt.

Mehr über Peter findet ihr unter www.peterbunzl.com und auf Twitter @peterbunzl.